Hamlet

A TRAGÉDIA DO PRÍNCIPE DA DINAMARCA

CLASSICS

São Paulo, 2025

“SER OU NÃO SER, EIS A QUESTÃO.”

WILLIAM SHAKESPEARE

Hamlet

A TRAGÉDIA DO PRÍNCIPE DA DINAMARCA

TEXTO DE ACORDO COM AS NORMAS DO NOVO ACORDO ORTOGRÁFICO DA LÍNGUA PORTUGUESA (1990), EM VIGOR DESDE 1º DE JANEIRO DE 2009.

DADOS INTERNACIONAIS DE CATALOGAÇÃO NA PUBLICAÇÃO (CIP)
ANGÉLICA ILACQUA CRB-8/7057

SHAKESPEARE, WILLIAM, 1564-1616
HAMLET / WILLIAM SHAKESPEARE ; TRADUÇÃO DE LUÍS I DE PORTUGAL
-- BARUERI, SP : NOVO SÉCULO EDITORA, 2025
320 P.

ISBN 978-85-428-1831-4
1. TEATRO INGLÊS I. TÍTULO II

25-3346 CDD 822

ÍNDICES PARA CATÁLOGO SISTEMÁTICO:
1. TEATRO INGLÊS

CLASSICS

UMA MARCA DO
GRUPO NOVO SÉCULO

GRUPO NOVO SÉCULO Alameda Araguaia, 2190 – Bloco A – 11º andar – Conjunto 1111
CEP 06455-000 – Alphaville Industrial, Barueri – SP – Brasil
Tel.: (11) 3699-7107 | E-mail: atendimento@gruponovoseculo.com.br
www.gruponovoseculo.com.br

AMLETH

Saxo Grammaticus

O trecho a seguir foi escrito por volta de 1185, mas é baseado em uma tradição oral muito mais antiga. Ele descreve os mesmos atores e eventos que foram imortalizados por William Shakespeare em sua obra *The Tragedy of Hamlet, Prince of Denmark* (*A Tragédia de Hamlet, Príncipe da Dinamarca*), escrita por volta de 1600.

WILLIAM SHAKESPEARE	SAXO GRAMMATICUS
Hamlet, príncipe da Dinamarca	Amleth, príncipe da Dinamarca
Rei Hamlet	Horwendil
Gertrude	Gerutha, filha de Rorik
Tio Cláudio	Feng
Horácio	Meio-irmão de Amleth
Ofélia	Uma "mulher justa e bela" sem nome
Polônio	Um "bisbilhoteiro" desconhecido
Rosencrantz e Guildenstern	Dois capachos de Feng não identificados
Rei da Inglaterra	Rei da Grã-Bretanha
Fortimbrás, rei da Noruega	Koller, rei da Noruega

AMLETH, PRÍNCIPE DA DINAMARCA

Naquele tempo, Horwendil e Feng, cujo pai Gerwendil havia sido governador dos jutos, foram ambos nomeados em seu lugar por Rorik para defender a Jutlândia. Mas Horwendil ficou no poder apenas por mais três anos e, para alcançar o auge da glória, embarcou em uma jornada. Então, Koller, rei da Noruega, provocado pelos seus grandes feitos e renome, considerou que seria uma bela decisão se, com sua maior força nas armas, pudesse desafiar a fama do viajante; e, navegando pelo mar, foi atrás da frota de Horwendil e a alcançou.

Havia uma ilha no meio do mar, que cada um dos navegadores, trazendo seus navios de cada lado, atracavam. Os capitães, tentados pela aparência agradável da praia e pela beleza das margens, procuraram um ao outro no interior dos bosques de primavera, atravessando as clareiras, vagando ao longo das florestas inexploradas. Até que o avanço de Koller e Horwendil os colocou frente a frente, sem ninguém para servir de testemunha. Horwendil, primeiro tentou dirigir-se ao rei, perguntando-lhe de que forma ele gostaria de lutar e declarando que o melhor era aquele que exigisse a coragem do menor número possível de pessoas. A conclusão à qual ambos chegaram foi uma só: um duelo.

– Pois – falou Horwendil – o duelo é o método ideal de combate para clamar a recompensa da bravura, já que se baseia apenas na coragem intrínseca dos envolvidos, excluindo toda possível ajuda que venha da mão de outro.

Koller ficou maravilhado ao ver uma atitude tão corajosa em alguém tão jovem, e disse-lhe:

– Já que você me concedeu a escolha da batalha, acho que é melhor empregar aquele tipo que precisa apenas do esforço de dois e está livre de todo o tumulto. Certamente é mais corajoso e permite que a vitória seja concedida mais rapidamente. Compartilhamos esse pensamento e concordamos com essa opinião por nossa própria vontade. Mas, uma vez que a questão permanece duvidosa, devemos prestar alguma atenção ao trato gentil e não devemos ceder tanto às nossas inclinações a ponto de deixar as obrigações de lado. O ódio está em nosso coração; no entanto, que a piedade também esteja lá, que em seu devido tempo pode tomar o lugar do rigor. Pois os direitos da natureza nos reconciliam, embora estejamos separados por diferenças de propósito; eles nos unem, por mais que o rancor afaste nosso espírito. Vamos, portanto, fazer esta piedosa estipulação, de que o conquistador deve dar ritos fúnebres aos conquistados. Pois todos admitem que esses são os últimos deveres do gênero humano, dos quais

nenhum homem justo se esquiva. Que cada exército deixe de lado sua severidade e desempenhe esse dever em harmonia. Que a inveja parta com a morte, que a rixa seja enterrada no túmulo. Não mostremos um exemplo de crueldade como o de perseguir o pó um do outro, embora o ódio tenha se instalado entre nós durante nossa vida. O vencedor se vangloriará se tiver carregado seu inimigo derrotado em um funeral majestoso. Pois o homem que paga os devidos tributos a seu inimigo morto ganha a boa vontade daquele que sobrevive; e aquele que trata com gentileza o que não existe mais conquista os vivos com sua bondade. Além disso, há outro desastre, não menos lamentável, que às vezes se abate sobre os vivos: a perda de algum membro de seu corpo; e creio que o socorro se deve a isso tanto quanto ao pior acontecimento que possa ocorrer. Pois muitas vezes aqueles que lutam mantêm suas vidas a salvo, mas sofrem mutilações; e esse destino é até mais sombrio do que a própria morte, pois a morte, ao menos, corta a memória de todas as coisas, enquanto o vivo não consegue esquecer a devastação de seu próprio corpo. Portanto, esse mal também deve ser evitado de qualquer forma; sendo assim, que seja acordado que o dano causado a um de nós pelo outro seja compensado com dez talentos (marcos) de ouro. Porque, se é justo compadecer-se das calamidades alheias, quanto mais compadecer-se das próprias? Nenhum homem obedece cegamente ao impulso da natureza; e aquele que o despreza é um assassino de si mesmo.

Depois de se comprometerem mutuamente com esses termos, começaram a batalha. Nem a estranheza do encontro entre eles, nem a doçura daquele local verdejante amenizaram seu ímpeto de lutar. Horwendil, em seu ardor excessivo, ansiava mais atacar seu inimigo do que se defender; sem se importar com o escudo, agarrou a espada com as duas mãos; e sua ousadia foi recompensada. Com uma chuva de golpes, ele destruiu o escudo de Koller e o deixou exposto; por fim, arrancou seu pé e o derrubou sem vida no chão. E, para não falhar com sua palavra, ele o enterrou com dignidade, dando-lhe um funeral majestoso com toda a pompa. Então perseguiu e matou a irmã de Koller, Sela, que era uma guerreira habilidosa e experiente em peregrinações.

Ele já havia passado três anos em valentes feitos de guerra e, para ganhar a preferência de Rorik, consagrou a ele os melhores troféus e a prioridade no saque. Depois de ganhar a amizade de Rorik, Horwendil lhe cortejou a filha Gerutha, e os dois acabaram se casando. Ela lhe deu um filho, a quem nomearam Amleth.

Toda essa prosperidade irritou Feng, que, marcado pela ferida da inveja, decidiu trapacear o irmão, mostrando que ninguém está a salvo desse mal nem mesmo dentro da própria casa. E eis que, quando veio a chance de assassiná-lo, sua mão sangrenta saciou a paixão vil da alma. Então ele tomou a esposa do irmão que havia matado, coroando o fratricídio com o incesto. Quem cede a uma iniquidade rapidamente se torna uma vítima

mais fácil da próxima, a primeira já preparando o caminho para a segunda. Feng ainda por cima inventou uma falsa pretensão de bondade para encobrir seu crime monstruoso, justificando o assassinato do próprio irmão como se fosse um ato de coragem para salvar sua mulher.

– Gerutha – disse ele –, apesar de ser tão gentil, que não faria o menor mal a ninguém, foi visitada pelo ódio amargo de seu marido; e foi para salvá-la que matei meu irmão, ainda que isso me pese no coração; pois é vergonhoso que uma dama tão doce, sem o menor sinal de malícia, sofresse tamanha agressão e desprezo do marido.

Suas palavras mansas não falharam em seu intento, pois nas cortes, onde os tolos às vezes são favorecidos e os maledicentes aclamados, a mentira não é indigna, ao contrário, é mérito. Feng também não afastou dos abraços vergonhosos as mãos que haviam matado um irmão, perseguindo com igual culpa seus atos perversos e ímpios.

Amleth sabia de tudo, mas temia que um comportamento muito evidente pudesse fazer com que seu tio suspeitasse dele. Por isso, preferiu agir fingindo estupidez, ostentando uma total falta de consciência. Essa atitude sagaz não apenas disfarçava sua real inteligência, mas também garantia sua segurança. Todos os dias, na casa da mãe, ele permanecia totalmente apático e sujo, jogando-se no chão e sujando-se de terra fétida e de imundície. Seu semblante indiferente e seu rosto manchado de lodo denotavam uma certa loucura grotesca em suas expressões. E tudo o que ele dizia estava de acordo com essas loucuras; tudo o que ele fazia cheirava a total letargia. Em suma, não se poderia pensar que aquilo era um homem, mas sim um aborto do absurdo, um golpe de um destino ensandecido. Às vezes, ele costumava sentar-se sobre a fogueira e, juntando as brasas com as mãos, moldava bastões de madeira e os endurecia no fogo, formando certas farpas em suas bordas para que suas estruturas ficassem mais firmes.

Quando lhe perguntaram o que estava fazendo, ele disse que estava preparando estacas afiadas para vingar seu pai. Riram da sua resposta, ridicularizando-o, zombando de sua fixação ridícula com a imagem de seu falecido pai, mas esses "dardos" ajudaram seu objetivo posteriormente. Foi sua habilidade nessa questão que primeiro despertou nos observadores mais atentos a suspeita de sua natureza ardilosa. Pois sua destreza em uma arte insignificante denotava o talento oculto do artesão; nem conseguiam acreditar que um espírito errático pudesse ter uma mão tão astuta para tal arte. Por fim, ele sempre vigiava com o maior cuidado a pilha de estacas que forjou no fogo. Algumas pessoas concluíram que sua mente era bastante rápida, e imaginavam que ele só se fazia de louco para esconder sua real esperteza, e que por trás daquele fingimento haveria algum objetivo ambicioso. Sua obstinação, dizia essa gente, seria mais facilmente detectada se uma mulher bonita fosse colocada em seu caminho e se ambos desfrutassem um do outro em algum lugar isolado, para que ela provocasse sua mente para

as tentações da paixão; o temperamento natural de todos os homens é muito cegamente direcionado para ser artisticamente dissimulado, e a paixão também é muito impetuosa para ser controlada pela astúcia. Portanto, se sua letargia fosse fingida, essa oportunidade o faria ceder imediatamente a prazeres violentos.

Assim, homens foram encarregados de, durante as cavalgadas, atrair o jovem para uma parte remota da floresta e lá emboscá-lo com uma tentação dessa natureza. Entre esses homens estava um irmão adotivo de Amleth, que ainda tinha consideração por sua criação comum e que valorizava menos suas ordens no presente e mais a lembrança da amizade no passado. Ele acompanhou Amleth na comitiva, ansioso não para prendê-lo, mas para adverti-lo; e fora persuadido de que, se seu meio-irmão demonstrasse um mínimo de razão nos gestos, sofreria o pior dos castigos, em especial se fizesse o ato de amor abertamente. Isso também era bastante claro para o próprio Amleth. Assim, quando lhe foi pedido que montasse seu cavalo, ele deliberadamente se posicionou de tal forma que as suas costas ficaram voltadas para o pescoço do animal e a sua frente voltada para a cauda. Então, envolvendo-se com as rédeas, montou o bicho ao contrário, como se desse modo ele pudesse controlar o ritmo furioso do cavalo. Com essa atitude astuta, ele se esquivou do truque e venceu a cilada do tio. O cavalo sem rédeas, galopando, com o cavaleiro dirigindo-o pela cauda, era algo bastante ridículo de ver.

Amleth prosseguiu, e um lobo cruzou seu caminho em meio ao mato. Quando os companheiros lhe disseram que um jovem potro o havia encontrado, ele respondeu que no haras de Feng havia muito poucos desse tipo lutando. Essa foi uma maneira gentil, mas espirituosa, de invocar uma maldição sobre as riquezas de seu tio. Quando afirmaram que Amleth havia dado uma resposta astuta, ele respondeu que havia falado deliberadamente, pois não gostava de que o considerassem propenso a mentir sobre qualquer coisa e queria distância de qualquer falsidade; portanto, misturou astúcia e franqueza de tal forma que, embora suas palavras não fossem verdadeiras, ainda assim não havia nada que denunciasse suas intenções e revelasse até onde ia sua perspicácia.

Outra vez, ao passarem pela praia, seus companheiros encontraram o leme de um navio que naufragara, e disseram que haviam descoberto uma faca enorme.

– Isso – disse ele – era a coisa ideal para esculpir um presunto tão grande.

Ele se referia ao mar, a cuja infinitude, pensou, esse enorme leme corresponde. Ao passarem pelas colinas de areia, pediram-lhe que olhasse para a refeição, ou seja, para a areia, e Amleth respondeu que ela havia sido moída pelas tempestades do oceano. Os companheiros elogiaram a resposta, e ele disse que a havia dado com inteligência. Então eles o deixaram de propósito, para que Amleth tivesse mais coragem de praticar a libertinagem.

A mulher que seu tio havia despachado o encontrou em um local afastado, como se tivesse cruzado com ele por acaso; Amleth a pegou e a teria violentado, se seu irmão adotivo, por meio de um artifício secreto, não tivesse lhe dado uma pista da armadilha. Este, enquanto ponderava sobre a melhor forma de avisar secretamente o meio-irmão e de alertá-lo para ter cuidado com a perigosa lascívia da sua natureza jovem, deparou-se com uma palha no chão e a prendeu sob a cauda de uma mosca que passava voando, a qual ele então conduziu em direção ao local específico onde sabia que Amleth estaria: esse ato serviu muito bem ao príncipe incauto. O sinal foi interpretado com a mesma astúcia de como havia sido enviado. Amleth viu a mosca, espiou com curiosidade o canudo que ela trazia embutido em sua cauda e percebeu que se tratava de um aviso secreto para que tomasse cuidado com a traição. Alarmado, sentindo o cheiro de uma armadilha e desejoso de realizar sua vontade com mais segurança, ele pegou a mulher nos braços e a arrastou para um pântano distante e impenetrável. Além disso, quando os dois se deitaram juntos, ele a fez jurar seriamente que não revelaria o assunto a ninguém, e a promessa de silêncio foi concedida com tanta sinceridade quanto foi pedida. Ambos haviam sido criados da mesma forma em sua infância, e essa criação em comum havia levado Amleth e a garota a uma grande intimidade.

Assim, quando ele voltou para casa, todos lhe perguntaram zombeteiramente se havia cedido ao amor, e Amleth confessou que havia violentado a moça. Quando lhe perguntaram onde havia feito isso e qual tinha sido seu leito, ele respondeu que havia descansado sobre o casco de um animal de carga, sobre uma crista de galo e também sobre um teto. Quando estava começando a cair em tentação, havia juntado fragmentos de todas essas coisas, a fim de evitar mentir. E, embora sua brincadeira não tenha tirado nada da verdade da história, a resposta foi recebida com gritos de entusiasmo pelos espectadores. A donzela também, quando questionada sobre o assunto, declarou que ele não havia feito nada daquilo; e foi possível acreditar com mais facilidade em sua negação quando se descobriu que a escolta não havia testemunhado o ato. Então, aquele que havia marcado a mosca, a fim de alertar Amleth, desejava o reconhecimento de que a salvação deste se devia a este truque, e também observou que, nos últimos tempos, havia se dedicado obcecadamente ao seu meio-irmão. A resposta de Amleth foi precisa nesse ponto. Para não parecer esquecido do serviço prestado por seu informante, ele disse a todos que tinha visto uma certa coisa carregando uma palha e passando de repente, com um talo de palha preso nas partes posteriores. A esperteza desse discurso fez com que os demais se acabassem em gargalhadas, mas também conseguiu tocar o coração do meio-irmão de Amleth, deixando-o contente.

Todos ali foram derrotados, e nenhum deles conseguiu espiar pela falsa cortina que escondia a verdadeira natureza de Amleth. Mas um amigo de Feng, dotado mais de certeza do que de discernimento, declarou que a

insondável astúcia de tal mente não poderia ser detectada por nenhuma trama vulgar, pois a obstinação do homem era tão grande, que não seria acuada por nenhuma medida branda; havia muita sofisticação em sua persistência, e ela não se deixaria ser capturada por "um grande plano". Inspirado por sua perspicácia, ele encontrou uma maneira mais sutil e mais adequada para alguém como Amleth, e por meio dela seria possível descobrir o que ele escondia. Feng deveria se ausentar propositalmente, alegando assuntos de grande importância. Amleth deveria ficar sozinho com a mãe, nos aposentos dela, mas um homem deveria ser encarregado de ficar em uma parte escondida do cômodo e ouvir atentamente a conversa. Afinal, se o filho tivesse algum juízo, não hesitaria em falar na presença da mãe, nem temeria confiar na fidelidade daquela que o gerou. O orador, não querendo parecer mais disposto a planejar do que a executar a trama, ofereceu-se zelosamente como o agente da escuta. Feng se alegrou com o plano e partiu fingindo que faria uma longa viagem. Ora, aquele que havia arquitetado essa trama foi secretamente ao quarto onde Amleth estava trancado com sua mãe e se escondeu em meio à palha. Mas o jovem tinha um antídoto para a traição. Com medo de ser ouvido por algum bisbilhoteiro, ele inicialmente recorreu a hábitos imbecis e cantou como um galo barulhento, batendo os braços para imitar o bater de asas. Em seguida, montou na palha e começou a rebolar o corpo e a pular repetidas vezes, querendo ver se havia algo escondido ali. Sentindo uma protuberância sob os pés, ele cravou sua espada no local e empalou aquele que estava escondido. Em seguida, arrastou-o do esconderijo e o matou. Em seguida, cortou o seu corpo em pedaços e o cobriu com água fervente, jogando o cadáver pela boca de um esgoto a céu aberto para que os porcos o comessem, besuntando a lama fétida com seus membros desafortunados. Assim, tendo escapado da armadilha, voltou para o quarto.

Sua mãe começou a se lamentar muito chorou pela loucura do filho, mas ele disse:

– A mais infame das mulheres, você procura esconder sua culpa mais pesada com essas falsas lágrimas? Desejosa como uma meretriz, você se prostituiu em um estado perverso e abominável de casamento, abraçando com seio incestuoso o assassino de seu marido e seduzindo com gestos imundos aquele que matou o pai de seu filho. Essa, aliás, é a maneira pela qual as éguas se unem aos destruidores de seus companheiros, pois os animais brutos são naturalmente incitados a se unirem de forma indiscriminada; e parece que você, como eles, esqueceu-se por completo de seu primeiro marido. Quanto a mim, não é por acaso que uso a máscara da estupidez, pois não duvido de que aquele que destruiu seu próprio irmão se enlouquecerá com a mesma crueldade pelo sangue de um parente. Portanto, é melhor vestir o traje da insensatez do que o da consciência, e tomar emprestada alguma proteção contra o espetáculo da ira desvairada. No entanto, a

paixão por vingar meu pai ainda arde em meu coração; mas estou atento às chances, esperando a hora certa. Há um tempo para todas as coisas; e contra um espírito tão impiedoso e sombrio devo usar os artifícios mais intrincados que a mente pode conceber. E você, que teria mais dignidade lamentando a própria desgraça, sabe que é supérfluo lamentar minha falta de inteligência; você deveria chorar pela mácula em sua própria mente, não pela de outra pessoa. Quanto ao resto, mantenha-se quieta.

Com essas repreensões, ele rasgou o coração de sua mãe e a redimiu para trilhar os caminhos da virtude, ensinando-a a colocar os fogos do passado acima das seduções do presente.

Quando Feng retornou, não conseguiu encontrar o homem que havia sugerido a traiçoeira espionagem; ele o procurou cuidadosamente por toda parte, mas ninguém disse tê-lo visto em lugar algum. Amleth, em meio a outros, foi questionado em tom de brincadeira se havia encontrado algum rastro dele, e respondeu que o homem havia ido ao esgoto, mas que havia caído no fundo do poço e sido sufocado pelas enchentes de sujeira, e que então havia sido devorado pelos porcos que surgiam por todo aquele lugar. Esse discurso foi desprezado por aqueles que o ouviram, pois parecia sem sentido, embora de fato declarasse expressamente a verdade.

Feng agora suspeitava de que seu enteado, ao contrário do que parecia, era alguém cheio de astúcia, então precisava livrar-se dele, mas não ousava fazer isso por medo do desagrado não apenas do avô de Amleth, Rorik, mas também de sua própria esposa. Por isso, pensou que o rei da Grã-Bretanha deveria ser contratado para matá-lo, de modo que outro pudesse realizar o ato e ele pudesse fingir inocência. Assim, desejoso de esconder sua crueldade, Feng preferiu manchar seu amigo a trazer desgraça sobre a própria cabeça. Ao partir, Amleth deu ordens secretas à mãe para que pendurasse o salão com nós trançados e fingisse que lhe faria uma cerimônia fúnebre dali a um ano, prometendo que retornaria em seguida. Dois servos de Feng o acompanharam, levando uma carta gravada em madeira (um tipo de material de escrita comum nos tempos antigos); essa carta ordenava que o rei dos bretões matasse o jovem que lhe fora enviado.

Enquanto eles estavam descansando, Amleth vasculhou seus cofres, encontrou a carta e leu as instruções nela contidas. Em seguida, apagou toda a escrita na superfície, substituiu-a por novos caracteres e, assim, mudando o significado das instruções, transferiu a própria condenação para seus companheiros. Ele não se contentou em se livrar da própria sentença de morte e em transferi-la para os outros, mas ainda acrescentou uma súplica para que o rei da Grã-Bretanha concedesse sua filha em casamento a um jovem de grande discernimento que também fora enviado por ele. Sob esse pedido estava a marca falsificada da assinatura de Feng.

Ao chegarem à Bretanha, os enviados se dirigiram ao rei e lhe ofereceram a carta que supunham ser um instrumento para a destruição de

Amleth, mas que, na verdade, era a morte para eles mesmos. O rei dissimulou a verdade e os tratou com hospitalidade e gentileza. Então Amleth desprezou todo o esplendor do banquete real como se fossem víveres vulgares e, abstendo-se de forma muito estranha, rejeitou aquele farto banquete, rejeitando a bebida, assim como a comida do banquete. Todos ficaram maravilhados com o fato de um jovem estrangeiro desprezar as iguarias cuidadosamente preparadas para a mesa real, além de todo aquele luxuoso banquete que fora oferecido, como se fosse algo feito para saciar a boca de algum camponês. À meia-noite, quando a festa tinha terminado e o rei já dispensara seus amigos para o descanso, secretamente um homem de sua confiança foi enviado para entrar no quarto de dormir de seus convidados e descobrir sobre o que eles conversavam.

O enviado escutou os companheiros de Amleth lhe perguntarem por que ele havia se abstido do banquete, tratando-o como se fosse veneno, e o jovem respondeu que o pão estava manchado de sangue e que estava contaminado; que havia um fedor de ferro no licor; que as carnes do banquete exalavam o perfume pútrido de uma carcaça humana e estavam infectadas pelo odor da morte. Ele disse, ainda, que o rei tinha os olhos de um escravo e que a rainha havia demonstrado, de três maneiras, o comportamento de uma serva. Assim, ele injuriou com palavras insultantes não só o banquete, mas também seus anfitriões. E logo seus companheiros, zombando de sua inteligência, ridicularizaram-no com ofensas sórdidas, porque ele debochava e evitava as coisas dignas e de boa aparência, e porque atacava de forma tão grosseira um rei ilustre e uma dama de comportamento tão refinado, ofendendo com o abuso mais vergonhoso aqueles que mereciam todo o louvor.

Tudo isso o rei ouviu de seu servo e declarou que aquele que podia dizer tais coisas tinha mais do que sabedoria mortal ou mais do que loucura mortal; com essas poucas palavras, ele descobriu toda a profundidade da mente de Amleth. Em seguida, convocou o servo e perguntou-lhe onde havia conseguido o pão. O mordomo declarou que havia sido feito pelo próprio padeiro do rei. O rei perguntou onde havia crescido o milho do qual era feito e se havia algum sinal de carnificina humana no local. O outro respondeu que, não muito longe dali, havia um campo coberto com os antigos ossos de homens mortos e que ainda apresentava todos os sinais da antiga carnificina; e que ele mesmo havia plantado grãos nesse campo na primavera, achando-o mais frutífero do que os outros e esperando que fosse abundante; e, portanto, pelo que ele sabia, o pão havia adquirido algum sabor ruim desse derramamento de sangue.

O rei, ao ouvir isso, supôs que Amleth havia falado a verdade, e se esforçou para saber também qual era a fonte do toucinho que comeram. Seu outro servo declarou que os porcos, por negligência, haviam se desviado da criação e se alimentado da carcaça podre de um ladrão, e talvez isso tenha infectado a carne dos porcos com um cheiro de iniquidade. O rei, achando

que o julgamento de Amleth estava correto também nesse caso, perguntou com que licor o preparador havia misturado a bebida. Ouvindo que ela havia sido preparada com água e farinha, ele pediu que lhe indicassem o local da fonte e começou a cavar bem fundo; e lá encontrou, enferrujadas, várias espadas, cujo sabor, segundo se pensava, havia contaminado as águas. Outros relatam que Amleth culpou a bebida porque, enquanto a tomava, havia detectado algumas abelhas que haviam se alimentado na barriga de um homem morto; e a mancha, que anteriormente havia sido transmitida aos favos, havia reaparecido no sabor. O rei, vendo que Amleth havia corretamente apontado as causas do sabor que ele havia considerado tão defeituoso, e sabendo que os olhos ignóbeis com os quais Amleth o havia repreendido diziam respeito a alguma mancha em seu nascimento, teve uma entrevista secreta com sua mãe e perguntou-lhe quem era realmente seu pai. Ela disse que não se submetera a outro homem senão o rei. Mas, quando ele ameaçou que iria arrancar a verdade dela por meio de um julgamento, foi-lhe dito que ele era filho de uma escrava.

Pela evidência da confissão assim extorquida, ele entendeu todo o mistério da reprovação sobre sua origem. Envergonhado por seu baixo status, ficou tão arrebatado com a esperteza do jovem, que lhe perguntou por que ele havia difamado a rainha com a acusação de que ela havia se comportado como uma escrava. Mas, ao mesmo tempo que se ressentia do fato de a cortesia de sua esposa ter sido acusada nas fofocas noturnas dos convidados, descobriu que a mãe dela havia sido uma serva. Amleth disse que havia notado nela três defeitos que mostravam o comportamento de uma escrava; primeiro, ela havia abafado a cabeça em seu manto, como fazem as servas; depois, havia recolhido o vestido para caminhar; e, em terceiro lugar, havia arrancado uma lasca de resto de comida preso nas fendas entre seus dentes e o comeu. Além disso, ele mencionou que a mãe do rei havia sido trazida do cativeiro para a escravidão, para que parecesse servil apenas em seus hábitos, mas não em seu nascimento.

Então o rei adorou a sabedoria de Amleth como se fosse inspirada e lhe deu sua filha por esposa, aceitando sua palavra tal qual um testemunho dos céus. Além disso, a fim de cumprir a ordem de seu amigo Feng, ele enforcou os companheiros de Amleth no dia seguinte. O rapaz, fingindo ter ficado ofendido, tratou essa gentileza como uma afronta e recebeu do rei, como compensação, um pouco de ouro, que depois derreteu no fogo e secretamente fez com que fosse despejado em algumas varas ocas.

Depois de passar um ano inteiro com o rei, Amleth obteve permissão para fazer uma viagem e retornou à sua terra natal, levando de toda a sua riqueza principesca e do estado britânico apenas as varas que continham o ouro em seu núcleo. Ao chegar à Jutlândia, trocou o traje atual por seu comportamento antigo, que havia adotado para fins justos, assumindo propositalmente um aspecto grotesco. Coberto de sujeira, entrou na sala de

banquetes onde estavam sendo realizados seus próprios ritos funerários, e deixou todos os homens completamente atônitos, pois viram que os rumores noticiando sua morte eram falsos. Então o terror se transformou em alegria, e os convidados tiravam sarro uns dos outros, pois aquele cujos últimos ritos estavam celebrando como se estivesse morto apareceu em carne e osso. Quando lhe perguntaram sobre seus companheiros, ele apontou para as varas que carregava e disse: "Aqui está um e o outro". Isso Amleth observou com a mesma verdade e deleite, pois seu discurso, embora a maioria ali o considerasse senil, não se afastava da verdade, pois o jovem apontava para o equivalente em ouro dos mortos como se fossem eles próprios.

Em seguida, tentando alegrar a companhia, ele animou os copeiros e fez diligentemente o trabalho de servir a bebida. Em seguida, para evitar que o traje solto atrapalhasse seu caminhar, cingiu a espada ao lado do corpo e, propositalmente, desembainhando-a várias vezes, picou os dedos com a ponta. Os espectadores, então, mandaram rebitar a espada e a bainha com pregos de ferro. Em seguida, para facilitar o caminho para sua conspiração, ele foi até os lordes e os encheu de bebida, encharcando-os de vinho a tal ponto que seus pés ficaram flutuantes pela embriaguez, e por conta disso eles se retiraram, indo descansar nos aposentos do palácio, fazendo a cama no mesmo lugar onde se divertiram. Então, Amleth viu que o estado daqueles lordes estava perfeito para suas conspirações, e aquela era a oportunidade que ele tanto ansiou para realizar seu objetivo. Assim, o jovem tirou de seu peito as estacas que preparara havia muito tempo e entrou no edifício, onde o chão estava coberto com os corpos dos nobres, aproveitando o sono fruto daquela bebedeira. Em seguida, cortando o suporte, ele derrubou o laço de enforcamento que sua mãe havia tricotado e que cobria tanto as paredes internas quanto as externas do salão. Ele o jogou sobre os roncadores e, em seguida, aplicando as estacas tortas, deu um nó e as amarrou de forma tão intrincada e insolúvel que nenhum dos homens que estavam embaixo, por mais que se esforçassem, conseguiriam se levantar. Depois disso, incendiou o palácio.

As chamas se espalharam, devastando tudo que tocava. Ela envolveu toda a residência, destruiu o palácio e queimou todos aqueles que jaziam em sono profundo ou os que, apesar de despertos, se esforçavam em vão para escapar, presos ao laço de Amleth. O jovem foi até o quarto de Feng, que antes disso fora conduzido por sua comitiva até seus aposentos; Amleth arrancou uma espada que por acaso estava pendurada na cama e colocou a sua no lugar. Então, acordou o tio, revelando a ele que seus nobres pereciam nas chamas que consumiam o castelo e que Amleth estava aqui, armado com suas estacas para vingar o assassinato de seu pai, que havia muito já deveria ter ocorrido. Feng, ao ouvir isso, pulou do sofá e, agarrando a arma de Amleth por engano, que havia sido cuidadosamente colocada no lugar da sua, se esforçou inutilmente para desembainhar a estranha espada, sendo morto pelo enteado. Ó valente Amleth, digno de fama imortal, que, astutamente armado com um

véu de tolice, cobriu uma sabedoria elevada demais para a inteligência humana compreender, ocultado sob um maravilhoso disfarce de insanidade! E não apenas encontrou em sua sutileza meios de proteger a própria segurança, mas também, por meio de sua disciplina, encontrou a oportunidade de vingar o pai. Por meio dessa hábil defesa de si mesmo e da vigorosa vingança por seu pai, ele nos deixa com a inquietante questão, se devemos pensar mais em sua inteligência ou na sua bravura.

* * *

Após concluir o assassinato do padrasto, Amleth temeu expor seu ato ao julgamento inconstante de seus compatriotas e achou melhor se esconder até descobrir para que lado ia a turba da população rude. Assim, toda a vizinhança, que observou o incêndio durante a noite, pela manhã, desejava saber a causa do fogo que haviam visto, notando que o palácio real fora reduzido a cinzas e, ao procurar em suas ruínas, encontraram ainda quentes alguns restos disformes de cadáveres humanos queimados. A chama devoradora havia consumido tudo de tal forma, que não restou um único sinal que os informasse sobre a causa de tamanho desastre. Além disso, viram o corpo de Feng perfurado pela própria espada, em meio a suas vestes manchadas de sangue. Alguns foram tomados pela raiva, outros pela tristeza e outros por um riso secreto. Um grupo lamentou a morte de seu líder, o outro agradeceu pelo fato de a tirania do fratricídio ter acabado. Assim, a ocorrência do massacre do rei foi recebida pelos observadores, com emoções mistas.

Amleth, achando o povo tão calmo, ousou sair de seu esconderijo. Convocando aqueles em quem ele sabia que a memória de seu pai estava arraigada, dirigiu-se à assembleia e ali fez um discurso da seguinte maneira:

– Nobres! Que ninguém que esteja preocupado com o triste fim de Horwendil se preocupe com a visão desse desastre diante de vocês; eu digo, não se aflijam, vocês, que permaneceram leais a seu rei e tementes a seu pai, contemplem o cadáver, não de um príncipe, mas de um fratricida. Certamente, foi uma visão ainda mais pesarosa quando viram nosso nobre príncipe deitado, lamentavelmente massacrado por um infame irmão fratricida; não irei chamá-lo assim. Com seus próprios olhos compassivos, vocês contemplaram os membros mutilados de Horwendil; viram o corpo dele coberto de ferimentos. Certamente aquele abominável açougueiro só privou seu rei da vida para poder privar seu país da liberdade! A mão assassina fez de vocês escravos. Quem, então, seria tão louco a ponto de defender Feng, o cruel, antes de Horwendil, o justo? Lembrem-se de como Horwendil foi bondoso com vocês, como ele os tratou com justiça, como os amou com gentileza. Lembrem-se de como vocês perderam o mais dócil dos príncipes e o mais digno dos pais, enquanto em seu leito se erguia um tirano e um

assassino; como seus direitos foram confiscados; como tudo foi assolado por pragas; como o país foi manchado por infâmias; como o jugo foi plantado em seus pescoços e como seu livre-arbítrio foi perdido! E agora tudo isso acabou, pois vocês veem o criminoso sufocado em seus próprios crimes, o assassino de seus parentes punido por seus erros. Que homem de inteligência comum, ao ver isso, consideraria essa bondade um erro? Que ser humano são poderia lamentar o fato de o crime ter se voltado contra o culpado? Quem lamentaria a morte de um carrasco tão sanguinolento? Ou a justa morte de um déspota cruel? Vós vedes o autor do ato; ele está diante de vós. Sim, assumo que vinguei meu país e meu pai. Suas mãos estavam igualmente conectadas à tarefa que as minhas cumpriram. O que caberia a você realizar comigo, eu realizei sozinho. Não tive nenhum parceiro em um feito tão glorioso, nem a ajuda de nenhum homem. Não que eu tenha me esquecido de vocês nessa obra, se eu lhes tivesse pedido; pois sem dúvida vocês teriam sido leais ao seu rei e amorosos ao seu príncipe. Mas preferi que os iníquos fossem punidos sem colocá-los em perigo; não achei que precisassem carregar este fardo, considerando que minha força seria o suficiente para suportá-lo. Por isso, reduzi todos os outros a cinzas e deixei apenas o tronco de Feng para que suas mãos o queimassem, de modo que, pelo menos nesse caso, vocês possam exercer todo o seu desejo de justa vingança. Agora, apressem-se, montem a pira, queimem o corpo do ímpio, consumam seus membros iníquos, espalhem suas cinzas pecaminosas, espalhem sua poeira impiedosa; não deixem que nenhuma urna ou carrinho de mão envolva os restos abomináveis de seus ossos. Que nenhum vestígio de seu fratricídio permaneça; que não haja lugar em sua própria terra para seus membros contaminados; que nenhuma vizinhança lhe sugue a infecção; que nem o mar nem o solo sejam contaminados por abrigar sua carcaça amaldiçoada. Todo o resto eu já o fiz; esse último dever de lealdade pertence a vocês. Estas devem ser as exéquias do tirano, estes serão os ritos fúnebre do fratricida. Não é justo que aquele que privou seu país da liberdade tenha suas cinzas cobertas pela terra deste mesmo país. Além disso, por que contar novamente minhas próprias angústias? Por que dividir meus problemas? Por que tecer de novo o fio de minhas misérias? Vocês as conhecem melhor do que eu mesmo. Fui perseguido até a morte por meu próprio padrasto, desprezado por minha mãe, escarnecido por amigos, por anos vagando de forma lamentável em meio à adversidade; e minha vida insegura fervilhava de medo e perigos. Passei todas as estações da idade de forma miserável e em extrema calamidade. Muitas vezes, em suas murmurações secretas, vocês suspiravam por minha falta de juízo; não havia ninguém, diziam, que pudesse vingar o meu pai, ninguém que pudesse punir o fratricídio. E nisso eu encontrei um testemunho secreto de seu amor, pois vi que a lembrança do assassinato do rei ainda não havia desaparecido de suas mentes. Que peito é tão duro que não se suavizaria pelos sentimentos de companheirismo que senti? Quem é tão rígido e pétreo que não se deixa influenciar pela compaixão por meus

sofrimentos? Vós, cujas mãos estão limpas do sangue de Horwendil, tende piedade de vosso filho adotivo, comovei-vos apenas com minhas calamidades. Tende piedade também de minha mãe aflita e regozijai-vos comigo por ter sido extinta a infâmia daquela que já foi sua rainha. Essa mulher fraca teve de suportar um peso duplo de ignomínia, abraçando aquele que era irmão e assassino de seu marido. Portanto, para esconder meu propósito de vingança e ocultar minha inteligência, fingi uma postura apática; fingi insensatez; planejei este estratagema; e agora vocês podem ver com seus próprios olhos se ele foi bem-sucedido, se alcançou seu objetivo plenamente; estou satisfeito em deixá-los julgar uma questão tão importante. É sua vez; pisoteiem as cinzas do assassino! Desprezem o pó daquele que matou seu irmão e profanou a rainha de seu irmão com suas iniquidades, que ultrajou seu soberano e atacou traiçoeiramente sua majestade, que trouxe a tirania mais cruel sobre vocês, roubou sua liberdade e coroou o fratricídio com o incesto. Fui o agente dessa justa vingança; eu me queimei por essa retribuição devida; sustentem-me com um espírito elevado; prestem-me a homenagem que pertence a vocês; aqueçam-me com seu olhar gentil. Fui eu que limpei a vergonha de meu país; eu que apaguei a desonra de minha mãe; eu que rebati a opressão; eu que matei o assassino; eu que frustrei a mão astuta e repleta das artes distorcidas de meu tio. Se ele estivesse vivo, cada novo dia teria multiplicado seus crimes. Eu me ressenti do mal feito ao meu pai e à minha pátria: Matei aquele que os governava de forma ultrajante e autoritária. Reconheçam meus serviços, honrem minha inteligência, concedam-me o trono se me acham digno, pois vocês têm em mim alguém que lhes prestou um grande serviço e que não é um herdeiro degenerado do poder de seu pai; não é um fratricida, mas o legítimo sucessor do trono; e um vingador obediente do crime de assassinato vil perpetrado contra seu amado rei. Fui eu que os tirei da escravidão e os vesti com a liberdade; restaurei sua fortuna e lhe devolvi a glória; depus o déspota e triunfei sobre o açougueiro. Em suas mãos está a recompensa; vocês sabem o que fiz por vós, e por vossa justiça eu peço meu salário.

O coração de todos os presentes se comoveu enquanto o jovem príncipe falava; ele levou alguns à compaixão e outros às lágrimas. Quando a lamentação cessou, foi nomeado rei por aclamação imediata e geral. Todos depositavam as maiores esperanças em sua sabedoria, uma vez que ele havia planejado toda essa façanha com a mais profunda astúcia e a realizou com a maior artimanha. Muitos poderiam ter sido vistos maravilhados com o fato de ele ter ocultado um plano tão perspicaz durante um período tão longo de tempo.

Após esses feitos na Dinamarca, Amleth equipou três navios e voltou à Grã-Bretanha para ver sua esposa e o pai dela. Ele também alistou em seu serviço a flor dos guerreiros e os vestiu de forma muito seletiva, desejando ter tudo agora magnificamente equipado, mesmo que antes sempre tivesse usado equipamentos desprezíveis, e trocou toda a sua antiga devoção à

pobreza por gastos com luxo. Também mandou fazer um escudo no qual toda a série de suas façanhas, começando pela juventude, fosse pintada em desenhos sofisticados. Ele o ostentava como um espelho de seus feitos de proeza e, com isso, ganhou grande fama. Ali foram retratados o assassinato de Horwendil; o fratricídio e o incesto de Feng; o tio infame, o sobrinho caprichoso; as formas das estacas com ganchos; o padrasto suspeitando, o enteado dissimulando; as várias tentações oferecidas e a mulher trazida para seduzi-lo; o lobo escancarado; a descoberta do leme; a passagem pela areia; a entrada na madeira; a passagem do canudo de palha e a mosca; o aviso por sinais enviados ao jovem; e as relações íntimas com a donzela depois que a escolta foi desviada.

Da mesma forma, podia-se ver a imagem do palácio; a rainha com seu filho; o assassinato do bisbilhoteiro; e como, depois de morto, ele foi fervido e jogado no esgoto, e então atirado aos porcos; como seus membros foram espalhados na lama e assim deixados para as feras se banquetearem. Também era possível ver como Amleth descobriu o segredo de seus companheiros adormecidos e como ele apagou as letras e colocou novos caracteres no lugar; como ele desdenhou o banquete e desprezou a bebida; como condenou o rosto do rei e acusou a rainha de comportamento inadequado. Também foram representados o enforcamento dos enviados e o casamento do jovem príncipe; depois, a viagem de volta à Dinamarca; a celebração festiva dos ritos fúnebres; Amleth, em resposta às indagações, apontando para as varas que vieram no lugar de seus assistentes, atuando como copeiro e propositalmente desembainhando a espada e picando os dedos; a espada atravessada, os aplausos do banquete, a dança se tornando rápida e furiosa; as cortinas jogadas sobre os entorpecidos, depois presas com os ganchos entrelaçados e enroladas firmemente ao redor deles enquanto dormiam; a marca colocada na mansão, a queima dos lordes, o palácio real ardendo em chamas, cambaleando perante o fogo; a visita aos aposentos de Feng, o roubo de sua espada, a arma inútil colocada no lugar; e o rei morto com a ponta de sua própria lâmina habilmente dominada pela mão do enteado. Tudo isso estava lá, pintado no escudo de batalha de Amleth por um artesão magistral, com o melhor dos trabalhos manuais; ele capturou a verdade em suas figuras e incorporou feitos reais em seus contornos. Além disso, os seguidores de Amleth, para aumentar o esplendor de sua presença, usavam escudos folheados a ouro.

O rei da Grã-Bretanha os recebeu muito gentilmente e os tratou com pompa luxuosa e nobre. Durante o banquete, ele perguntou ansiosamente se Feng estava vivo e próspero. Seu genro disse que o homem cujo bem-estar ele lhe indagava havia morrido pela espada. Com uma enxurrada de perguntas, o rei tentou descobrir quem havia matado Feng e viu que o mensageiro de sua morte também havia sido o seu autor. Ao saber disso, o rei ficou secretamente atônito, pois descobriu que uma antiga promessa de

vingar Feng agora recaía sobre si mesmo. Pois Feng e ele haviam determinado, em um pacto mútuo, que um deles deveria agir como vingador do outro. Assim, o rei foi atraído, de um lado, por seu amor pela filha e sua afeição pelo genro; mas, de outro, por sua consideração pelo amigo e, além disso, por seu rigoroso juramento e pela honra de suas declarações mútuas, e que não podia violar. Por fim, desprezou os laços de parentesco, e a fé juramentada prevaleceu. Seu coração se voltou para a vingança, e ele colocou a santidade de seu juramento acima dos laços familiares. Mas, como era considerado pecado violar os laços sagrados da hospitalidade, ele preferiu executar sua vingança pelas mãos de outro, desejando mascarar seu crime secreto com uma demonstração de inocência. Assim, ocultou sua traição e sua intenção maliciosa sob um véu de boa vontade caridosa.

Como a rainha havia morrido recentemente de doença, ele solicitou a Amleth que assumisse a missão de arranjar-lhe um novo par, dizendo que estava muito satisfeito com sua extraordinária perspicácia. Declarou que havia uma certa rainha reinando na Escócia, com quem ele desejava veementemente se casar. Ora, sabia que ela não só não era casada por causa de sua castidade, mas que, na crueldade de sua arrogância, sempre detestou os pretendentes e infligiu aos amantes a mais extrema punição, de modo que não se encontrava um só entre toda a vasta lista que não tivesse pago a insolência com a própria vida. Por mais perigosa que fosse essa incumbência, Amleth partiu, não hesitando em obedecer ao dever que lhe era imposto, mas confiando em parte nos próprios servos, em parte nos assistentes do rei.

Adentrando a Escócia, já bem perto da residência da rainha, o príncipe entrou em um prado à beira do caminho para descansar seus cavalos. Satisfeito com a aparência do local, pensou em descansar, pois o agradável murmúrio do riacho despertava o seu desejo de dormir. Então ele destacou homens para ficarem de guarda a certa distância.

A rainha, ao saber disso, enviou dez guerreiros para espionar a aproximação dos estrangeiros e seus equipamentos. Um deles, de raciocínio rápido, passou pela vigília e levou o escudo que Amleth havia colocado em sua cabeça antes de dormir, de forma tão delicada, que não perturbou seu sono, embora estivesse deitado sobre ele, nem acordou um único homem de toda aquela tropa, pois desejava assegurar sua senhora não apenas por meio de um relatório, mas por algum sinal. Com a mesma diligência, ele tirou a carta confiada a Amleth do cofre em que estava guardada.

Quando essas coisas foram levadas à rainha, ela examinou o escudo minuciosamente e, com base nas anotações anexas, deduziu todo o argumento. Então soube que ali estava o homem que, confiando em seu próprio esquema bem-calculado, havia vingado o assassinato de seu pai pelo tio. Ela também olhou para a carta que continha o pedido de sua aliança e raspou tudo o que estava escrito, pois abominava totalmente o casamento com velhos e desejava os abraços de homens jovens. Mas, no lugar, escreveu

uma carta que parecia ter sido enviada pelo rei da Grã-Bretanha para ela, assinada como a outra com o nome e o título dele, na qual fingia ter sido convidada a se casar com o portador do escudo. Além disso, incluiu um relato dos feitos que havia aprendido com o escudo de Amleth, de modo que alguém poderia pensar que o escudo confirmava a carta, enquanto a carta explicava o escudo. Em seguida, ela disse aos mesmos espiões que havia empregado antes que levassem o escudo de volta junto com a carta, pregando em Amleth o mesmo truque que, como ela havia aprendido, o rapaz usara para enganar seus companheiros.

Enquanto isso, Amleth, que descobriu que o escudo havia sido roubado bem embaixo do seu nariz, fechou deliberadamente os olhos e fingiu dormir, esperando recuperar, por meio de fingimento, o que havia perdido com o sono real. Sabia que o sucesso que o espião teve em sua primeira empreitada o levaria a tentar uma segunda vez. E acertou, porque, quando o espião se aproximou furtivamente e quis recolocar o escudo e a escrita em seu antigo lugar, Amleth deu um salto, agarrou-o e o prendeu. Em seguida, despertou seu séquito e foi para a residência da rainha. Como se estivesse representando o sogro, ele a cumprimentou e lhe entregou a escritura, fechada com o selo do rei.

A rainha, que se chamava Hermutrude, pegou o documento, leu aquelas palavras e elogiou calorosamente a diligência e a astúcia de Amleth, dizendo que Feng havia merecido punição e que a insondável inteligência de Amleth havia realizado um feito que ultrapassava qualquer estimativa humana; não apenas sua natureza impenetrável havia planejado um modo de vingar a morte de seu pai e o adultério de sua mãe, mas também, por meio de seus notáveis feitos de proeza, tomando o reino do homem que constantemente conspirava contra ele.

Ela ficou maravilhada com o fato de que um homem de mente tão instruída pudesse ter cometido o único deslize de um casamento equivocado; porque, embora seu renome estivesse quase acima da mortalidade, ele parecia ter tropeçado em um casamento obscuro e ignóbil. Os pais de sua esposa eram escravos, embora a sorte os tivesse agraciado com as honras da realeza.

– Agora – disse ela –, ao procurar uma esposa, um homem sábio deve levar em conta o brilho de seu nascimento, e não de sua beleza. Portanto, se ele quisesse procurar uma parceira com um espírito adequado, deveria pesar a ascendência e não se deixar levar pela aparência, porque, embora um belo corpo seja um chamariz para a tentação, não passa de um enfeite vazio que desgraçará a branca certidão de muitos homens. Mas há uma mulher tão nobremente nascida quanto este homem e que ele poderia conquistar. – A rainha se referia a si mesma, cujos recursos não eram limitados nem seu nascimento manchado; insistiu que era digna de seus abraços, já que ele não a superava em riqueza real nem a ofuscava na honra dos ancestrais.

De fato, ela era uma rainha legítima e, se não fosse por seu sexo, poderia ser considerada um rei; talvez – e isso é ainda mais verdadeiro – quem quer que ela tomasse por digno de seu leito seria imediatamente um rei, e ela cederia seu reino consigo mesma. Assim, seu cetro e sua mão andavam juntos. Não era um favor insignificante para tal mulher oferecer amor, que em muitos outros casos sempre optou pela recusa, seguindo-a com a espada. Por isso, a rainha o pressionou a transferir o namoro, a conceder-lhe os votos de casamento e a aprender a preferir o nascimento à beleza. Ao fim disso, ela caiu em seus braços.

Amleth ficou lisonjeado com o discurso gracioso da donzela, beijou-a e retribuiu o abraço apertado, afirmando que o desejo dela era o seu próprio. Em seguida, foi realizado um banquete, os amigos foram convidados, os nobres se reuniram e os ritos do casamento foram realizados. Quando os ritos foram concluídos, ele voltou para a Grã-Bretanha com a noiva e com um forte bando de escoceses instruídos a segui-lo de perto, para que pudessem protegê-lo contra as diversas traições que os esperava.

Ao chegar, a filha do rei da Grã-Bretanha, com quem ele ainda era casado, o encontrou. Embora magoada por ter sido menosprezada pela injustiça de precisar aceitar uma amante, disse que seria mais indigno odiá-lo como adúltero do que amá-lo como marido, nem se esquivaria de seu esposo a ponto de esconder em silêncio a armadilha que ela sabia ter sido planejada contra ele. A mulher tinha o filho como garantia do casamento, tinha a consideração por ele, e tinha ainda o afeto de esposa para com a mãe de Amleth.

– Tu – afirmou ela – podes odiar o desvio de sua mãe, mas eu a amo apesar disso; da mesma forma, nenhum desastre apagará minha chama por você; nenhuma maldade ficará entre mim e você, ou me impedirá de expor os desígnios malignos contra ti ou de revelar as terríveis armadilhas que descobri. Tenha cautela, aja com cuidado quanto a seu sogro, pois tu mesmo colheste a safra de tua missão; frustrou os desejos daquele que o enviou e, com uma transgressão sabida, apoderou-se de todos os frutos para si mesmo. – Com essa fala, ela se mostrou mais inclinada a amar o marido do que o pai.

Enquanto ela continuava, o rei da Grã-Bretanha se aproximou e abraçou seu genro de perto, mas com falso amor, recebendo-o com um banquete, para esconder sua intenção trapaceira sob uma demonstração de generosidade. Mas Amleth, tendo descoberto o engano, dissimulou temor, tomou um séquito de duzentos cavaleiros, vestiu uma cota de malha e aceitou o convite, preferindo o perigo de cair no engano do rei à vergonha de fugir. Ele acreditava que a honra deveria ser levada em consideração em todas as coisas.

Quando ele se aproximou, o rei o atacou logo abaixo do átrio, assim que passaram pelas portas duplas. Amleth teria atravessado o rei com seu dardo, mas a dura cota de malha o impediu de usar a lâmina. Por consequência, o jovem príncipe recebeu um ferimento leve, recuando para o local onde havia ordenado que os guerreiros escoceses esperassem por ele.

Então enviou de volta ao rei o espião de sua nova esposa, aquele mesmo que ele capturou roubando seu escudo. O espião deveria testemunhar que foi ele quem tirou secretamente a carta do cofre que se destinava à sua senhora e, dessa forma, fazer com que toda a culpa recaísse sobre Hermutrude, absolvendo Amleth da acusação de traição.

O rei, sem demora, perseguiu o príncipe ferozmente enquanto ele fugia e o privou da maior parte de suas forças. Assim, Amleth, no dia seguinte, querendo lutar por sua vida e totalmente desesperado por sua capacidade de resistência, tentou aumentar seu número aparente. Colocou estacas sob alguns dos cadáveres de seus companheiros para sustentá-los, colocou outros a cavalo como se estivessem vivos e amarrou outros em rochas, sem tirar nenhuma de suas armaduras, vestindo-os na devida ordem de linha e cunha, como se estivessem preparados para lutar a qualquer momento. A ala composta pelos mortos era tão numerosa quanto a dos vivos. Era um espetáculo absurdo, preenchido de homens mortos arrastados para a batalha e cadáveres posicionados para lutar.

O plano funcionou, pois a imagem dos mortos disfarçada sob os raios de sol assustava os que assistiam à cena pela sua vastidão. Aquelas cousas mortas e disformes restauraram tão bem o número original do exército, que a massa do massacre de ontem poderia ter sido preservada para o mesmo fim. Os britânicos, aterrorizados com tamanha demonstração de força, fugiram antes de lutar, conquistados pelos homens mortos que haviam vencido em vida. Não sei dizer se devo elogiar mais a astúcia ou a boa sorte dessa vitória. Os dinamarqueses cercaram o rei enquanto ele fugia, executando-o. Amleth, triunfante, fez uma grande pilhagem, apoderou-se dos despojos da Bretanha e voltou com suas esposas para sua própria terra.

Enquanto isso, Rorik morreu, e Wiglek subiu ao trono, importunando a mãe de Amleth com todo tipo de insolência, privando-a de sua riqueza real, alegando que seu filho havia usurpado o reino da Jutlândia e defraudado o rei de Leire, e que ele tinha o privilégio exclusivo de dar e tirar os direitos de altos cargos. Esse tratamento foi aceito por Amleth com tanta tolerância, que, aparentemente, ele estava retribuindo a calúnia com gentileza, pois presenteou Wiglek com o mais rico de seus espólios. Mas depois o príncipe aproveitou a chance de se vingar, atacando-o, subjugando-o e, de um esconderijo, tornando-se seu inimigo declarado.

Fialler, o governador de Skaane, foi levado ao exílio; e conta-se que Fialler se retirou para um local chamado Undensakre, que é desconhecido de nossos povos. Depois disso, Wiglek, recrutado com as forças de Skaane e da Zelândia, enviou emissários para desafiar Amleth para uma guerra. Amleth, com sua maravilhosa perspicácia, viu que estava entre dois problemas, um que envolvia sua honra e o outro, sua segurança. Ele sabia que, se aceitasse o desafio, corria o risco de perder a vida, ao passo que, se não o aceitasse, sua reputação de guerreiro seria manchada. No entanto, alvejando sempre a

glória, o sentimento de salvar sua honra falou mais alto. E o temor de desastre foi atenuado sua sede de fama; ele não rasgaria o manto imaculado de sua reputação esquivando-se com medo de seu destino. Ele também reconheceu que, tal qual há uma distância enorme entre uma vida medíocre e uma morte nobre, da mesma forma há entre a honra e a vergonha.

No entanto, Amleth estava acorrentado por um amor tão grande por Hermutrude, que se preocupava mais com a futura viuvez dela do que com sua própria morte, e procurava com muito pesar como poderia decidir sobre um segundo marido para ela antes do início da guerra. Hermutrude, portanto, declarou que tinha a coragem de um homem e prometeu que não o abandonaria nem mesmo no campo de batalha, dizendo que a mulher que temia unir-se ao seu senhor na morte era abominável. Mas ela não cumpriu essa rara promessa, porque, quando Amleth foi morto por Wiglek em uma batalha na Jutlândia, ela se entregou sem pestanejar para ser o espólio e a noiva do conquistador. Todos os votos de uma mulher são afrouxados pelas circunstâncias, pela sorte, e dissolvidos na mudança do tempo; a fé de sua alma repousa em um ponto de apoio escorregadio e é enfraquecida pela contingência; ágil nas promessas e tão parca em cumpri-las, todos os tipos de estímulos luxuriosos as escravizam, e ela se afasta, guiadas pelo desejo ofegante e precipitado, esquecendo-se da qualidade do antigo, na busca sempre ardente pelo novo.

Assim acaba a história de Amleth. Se a fortuna tivesse sido tão bondosa com ele quanto a natureza, ele teria se igualado aos deuses em glória e superado os trabalhos de Hércules por seus feitos de proeza. Há uma planície na Jutlândia, famosa por seu nome e local de sepultamento. A administração do reino por Wiglek foi longa e pacífica, e ele posteriormente morreu de doença.

FONTES:

The First Nine Books of the Danish History of Saxo Grammaticus, via Gutenberg, books 3-4, p. 106-130.

Gesta Danorum – Um compilado de múltiplos volumes do qual este texto foi retirado, escrito/compilado em meados de 1185 por Saxo Grammaticus, que nasceu por volta de 1150 e morreu por volta de 1220.

SOBRE O AUTOR

Saxo Grammaticus foi um historiador e clérigo dinamarquês que viveu entre os séculos XII e XIII, provavelmente nascido por volta de 1150. É conhecido por ter escrito a *Gesta Danorum* (Feitos dos Daneses), uma extensa crônica em latim que narra a história da Dinamarca desde seus tempos lendários até o período contemporâneo ao autor. A obra mistura mitologia nórdica, lendas heroicas e eventos históricos, sendo uma das principais fontes sobre a cultura e a tradição escandinava antiga.

Saxo trabalhou sob a proteção do arcebispo Absalão, importante figura política e religiosa da época. Com formação eclesiástica e influência dos clássicos latinos, ele foi um dos primeiros escritores a registrar as histórias que antes eram transmitidas oralmente. Morreu após o ano de 1220, deixando um legado fundamental para a compreensão da história e da mitologia nórdica.

SUMÁRIO

SOBRE ESTA EDIÇÃO

Seguindo a nossa proposta de valorizar os clássicos da literatura universal, apresentamos esta edição bilíngue de *Hamlet*, de William Shakespeare – uma das obras mais influentes e revisitadas da dramaturgia ocidental.

Nesta publicação, o leitor tem acesso ao texto original em inglês, acompanhado de sua tradução histórica para o português, feita por Dom Luís I de Portugal. Figura de destaque no cenário cultural do século XIX, Dom Luís se dedicou pessoalmente à tradução das peças de Shakespeare, trazendo à obra uma combinação rara de sensibilidade, fidelidade e apreço pela musicalidade do texto original.

Além do conteúdo bilíngue, esta edição também apresenta curiosidades sobre *Hamlet*, seu impacto ao longo dos séculos e as inúmeras criações – em teatro, literatura e cinema – que se inspiraram em sua estrutura dramática, personagens e dilemas existenciais. A ideia é que o leitor vá além da leitura, que possa se envolver com a história e também descobrir como *Hamlet* marcou gerações, inspirando obras, reflexões e transformações culturais ao longo do tempo.

SOBRE O TRADUTOR

Luís I de Portugal (1838–1889)

Rei de Portugal entre 1861 e 1889, destacou-se não apenas como monarca, mas também como homem das letras. Interessado pelas artes, pelas ciências e pela literatura, foi um dos poucos reis europeus a dedicar-se à tradução de obras literárias.

Sua versão em português da tragédia *Hamlet*, de William Shakespeare, é considerada uma tradução pioneira e elegante, marcada por um estilo culto e fiel ao espírito do original.

A obra reflete sua sensibilidade estética e seu compromisso com a divulgação da literatura clássica no universo lusófono.

NOTA DA EDITORA

A data exata da composição de *Hamlet* permanece incerta e continua sendo motivo de debate entre estudiosos da obra de William Shakespeare. Embora a peça tenha sido publicada pela primeira vez em 1603, esta edição inicial, conhecida como o primeiro in-quarto (Q1), é considerada incompleta e possivelmente derivada de versões não autorizadas. Por isso, é consenso que a publicação de 1603 não representa, necessariamente, a criação original da tragédia.

Diversas evidências, como análises linguísticas, registros históricos e o contexto do teatro elisabetano, indicam que *Hamlet* já existia antes dessa data. A crítica especializada, de modo geral, concorda que a peça foi escrita entre 1599 e 1601, período em que Shakespeare estava em plena maturidade artística e produziu algumas de suas obras mais densas e influentes.

Diante disso, esta edição adota esse intervalo como o mais provável para a gênese da obra. A escolha busca oferecer ao leitor uma contextualização mais fiel ao momento histórico, estético e intelectual em que *Hamlet* foi concebida.

PERSONS OF THE PLAY

Royal Family:
Hamlet – Prince of Denmark
Claudius – King of Denmark, Hamlet's uncle
Gertrude – Queen of Denmark, Hamlet's mother
Ghost (King Hamlet) – The spirit of Hamlet's deceased father

Hamlet's Allies and Friends:
Horatio – Hamlet's loyal friend
Marcellus – Officer and guard, sees the Ghost
Bernardo – Officer and guard, sees the Ghost
Francisco – A soldier

Polonius' Family:
Polonius – Chief counsellor to the King
Laertes – Son of Polonius
Ophelia – Daughter of Polonius, love interest of Hamlet

Court Members and Others:
Rosencrantz and Guildenstern – Courtiers, childhood friends of Hamlet, used by the King
Fortinbras – Prince of Norway
Osric – A foolish courtier
Reynaldo – Servant to Polonius
Gravediggers/Clowns – Two gravediggers who provide comic relief
A Priest – Officiates Ophelia's funeral
The Players – A troupe of actors who perform "The Mousetrap"

PERSONAGENS DA PEÇA

Família Real:
Hamlet – Príncipe da Dinamarca
Cláudio – Rei da Dinamarca, tio de Hamlet
Gertrude – Rainha da Dinamarca, mãe de Hamlet
Fantasma (Rei Hamlet) – Espírito do falecido rei, pai de Hamlet

Aliados e amigos de Hamlet:
Horácio – Amigo fiel de Hamlet
Marcelo – Oficial e guarda, vê o fantasma
Bernardo – Oficial e guarda, vê o fantasma
Francisco – Um soldado

Família de Polônio:
Polônio – Conselheiro-chefe do rei
Laertes – Filho de Polônio
Ofélia – Filha de Polônio, interesse amoroso de Hamlet

Membros da Corte e outros:
Rosencrantz e Guildenstern – Cortesãos, amigos de infância de Hamlet, usados pelo rei
Fortimbrás – Príncipe da Noruega
Osrico – Um cortesão tolo
Reinaldo – Servo de Polônio
Coveiros/Palhaços – Dois coveiros que oferecem alívio cômico
Um Padre – Oficia o funeral de Ofélia
Os Atores – Um grupo de atores que encena "A Armadilha do Rato"

PREFACE

The play of Hamlet is above all others the most stupendous monument of Shakespeare's genius, standing as a beacon to command the wonder and admiration of the world, and as a memorial to future generations, that the mind of its author was moved by little less than inspiration. Lear, with its sublime picture of human misery; – Othello, with its harrowing overthrow of a nature great and amiable; – Macbeth, with its fearful murder of a monarch, whose "virtues plead like angels trumpet-tongued against the deep damnation of his taking off," – severally exhibit, in the most pre-eminent degree, all those mighty elements which constitute the perfection of tragic art – the grand, the pitiful, and the terrible. Hamlet is a history of mind – a tragedy of thought. It contains the deepest philosophy, and most profound wisdom; yet speaks the language of the heart, touching the secret spring of every sense and feeling.

PREFÁCIO

A peça *Hamlet* é, acima de todas as outras, o monumento mais estupendo do gênio de Shakespeare, erguendo-se como um farol para comandar o assombro e a admiração do mundo, e como um memorial para as gerações futuras, de que a mente de seu autor foi movida por pouco menos do que inspiração. Lear, com seu sublime retrato da miséria humana; Otelo, que mostra a dolorosa ruína de uma alma nobre; Macbeth, com seu temível assassinato de um monarca, cujas "virtudes clamam como a trombeta dos anjos contra a profunda condenação de sua queda", exibem, em todos os casos, no grau mais preeminente, todos aqueles poderosos elementos que constituem a perfeição da arte trágica – a grandeza, a miséria e o horror. Hamlet é uma história da mente – uma tragédia do pensamento. Ela contém a mais profunda filosofia e a mais vasta sabedoria, mas fala a linguagem do coração, tocando o íntimo de cada sentido e sentimento.

Here we have no ideal exaltation of character, but life with its blended faults ands, – a gentle nature unstrung by passing events, and thus rendered "out of tune and harsh."

The original story of Hamlet is to be found in the Latin pages of the Danish historian, Saxo Grammaticus, who died in the year 1208. Towards the end of the sixteenth century, the French author, Francis de Belleforest, introduced the fable into a collection of novels, which were translated into English, and printed in a small quarto black letter volume, under the title of the "Historie of Hamblett," from which source Shakespeare constructed the present tragedy.

Saxo has placed his history about 200 years before Christianity, when barbarians, clothed in skins, peopled the shores of the Baltic. The poet, however, has so far modernised the subject as to make Hamlet a Christian, and England tributary to the "sovereign majesty of Denmark." A date can therefore be easily fixed, and the costume of the tenth and eleventh centuries may be selected for the purpose. There are but few authentic records in existence, but these few afford reason to believe that very slight difference existed between the dress of the Dane and that of the Anglo-Saxon of the same period.

Since its first representation, upwards of two centuries and a half ago, no play has been acted so frequently, or commanded such universal admiration. It draws within the sphere of its attraction both the scholastic and the unlearned. It finds a response in every breast, however high or however humble. By its colossal aid it exalts the drama of England above that of every nation, past or present. It is, indeed, the most marvellous creation of human intellect.

Charles Kean

Aqui não temos uma exaltação do herói ideal, mas a vida com todas as suas falhas e imperfeições – uma natureza gentil, desviada por acontecimentos atrozes e, assim, tornada "desafinada e árida".

A história original de Hamlet pode ser encontrada nas páginas latinas do historiador dinamarquês Saxo Grammaticus, falecido no ano de 1208. No final do século XVI, o autor francês Francis de Belleforest introduziu a fábula em uma coleção de romances, que foram traduzidos para o inglês e impressos em um pequeno volume de letras pretas, sob o título de "Historie of Hamblett", a partir da qual Shakespeare construiu a sua versão da tragédia.

Saxo situou sua história cerca de 200 anos antes do cristianismo, quando os bárbaros, vestidos com peles, povoavam as margens do Báltico. O poeta, no entanto, trouxe a narrativa para mais perto do seu tempo, a ponto de tornar Hamlet um cristão e a Inglaterra tributária da "majestade soberana da Dinamarca". Portanto, uma data pode ser facilmente fixada, e o traje dos séculos X e XI pode ser escolhido para esse fim. Existem poucos registros autênticos, mas esses poucos registros permitem acreditar que existia uma diferença muito pequena entre a vestimenta dos dinamarqueses e a dos anglo-saxões do mesmo período.

Desde sua primeira representação, há mais de 250 anos, nenhuma peça foi representada com tanta frequência ou recebeu tanta admiração universal. Ela envolve em sua esfera de atração tanto o erudito quanto o iletrado. Ela encontra uma resposta em cada peito, por mais elevado ou humilde que seja. Com sua força única, elevou o teatro inglês a um patamar que poucas nações conseguiram alcançar. É, sem dúvida, a mais maravilhosa criação do intelecto humano.

Charles Kean

ATO I
ACT I

CENA I
SCENE I

SCENE I

ELSINORE. A PLATFORM BEFORE THE CASTLE.

Enter Francisco and Barnardo, two sentinels.

Barnardo	Who's there?
Francisco	Nay, answer me. Stand and unfold yourself.
Barnardo	Long live the King!
Francisco	Barnardo?
Barnardo	He.
Francisco	You come most carefully upon your hour.
Barnardo	'Tis now struck twelve. Get thee to bed, Francisco.
Francisco	For this relief much thanks. 'Tis bitter cold, And I am sick at heart.
Barnardo	Have you had quiet guard?
Francisco	Not a mouse stirring.
Barnardo	Well, good night. If you do meet Horatio and Marcellus, The rivals of my watch, bid them make haste.
Francisco	I think I hear them. Stand, ho! Who is there?

Enter Horatio and Marcellus.

Horatio	Friends to this ground.
Marcellus	And liegemen to the Dane.
Francisco	Give you good night.
Marcellus	O, farewell, honest soldier, who hath reliev'd you?
Francisco	Barnardo has my place. Give you good-night.

[Exit.]

Marcellus	Holla, Barnardo!
Barnardo	Say, what, is Horatio there?
Horatio	A piece of him.
Barnardo	Welcome, Horatio. Welcome, good Marcellus.
Marcellus	What, has this thing appear'd again tonight?
Barnardo	I have seen nothing.
Marcellus	Horatio says 'tis but our fantasy, And will not let belief take hold of him Touching this dreaded

CENA I

ESPLANADA DO CASTELO DE ELSINOR.

(Francisco, de sentinela; Bernardo entra)

Bernardo Quem está aí?

Francisco Não; responde-me. Para e diz quem tu és.

Bernardo Viva o rei!

Francisco Bernardo?

Bernardo Ele mesmo.

Francisco Vens exatamente na tua hora.

Bernardo Meia-noite, Francisco. Vai te deitar.

Francisco Muito grato sou por me renderes. Que frio! Chega a doer-me o coração.

Bernardo Foi calma a guarda?

Francisco Não ouvi nem o guincho do rato.

Bernardo Então, boa noite. Se vires por aí Marcelo e Horácio, dize-lhes que se apressem; estão ambos escalados comigo.

Francisco Julgo ouvi-los. Alto lá! Não te aproximes. Quem está aí?

(Entram Horácio e Marcelo)

Horácio Amigos desta terra.

Marcelo E súditos do rei da Dinamarca.

Francisco Boa noite para todos.

Marcelo Outro tanto te desejamos nós, meu bom soldado. Quem te rendeu na guarda?

Francisco Foi Bernardo. Mais uma vez, boa noite.

(Sai)

Marcelo Olá, Bernardo!

Bernardo Fala. Horácio está aí?

Horácio Ele em pessoa.

Bernardo Bem-vindo, Horácio; salve, bom Marcelo.

Marcelo E a tal coisa apareceu de novo esta noite?

Bernardo Não vi nada.

Marcelo Horácio diz que tudo é fantasia; não quer acreditar no que contamos sobre a visão que vimos

	sight, twice seen of us. Therefore I have entreated him along With us to watch the minutes of this night, That if again this apparition come He may approve our eyes and speak to it.
Horatio	Tush, tush, 'twill not appear.
Barnardo	Sit down awhile, And let us once again assail your ears, That are so fortified against our story, What we two nights have seen.
Horatio	Well, sit we down, And let us hear Barnardo speak of this.
Barnardo	Last night of all, When yond same star that's westward from the pole, Had made his course t'illume that part of heaven Where now it burns, Marcellus and myself, The bell then beating one—
Marcellus	Peace, break thee off. Look where it comes again.

Enter Ghost.

Barnardo	In the same figure, like the King that's dead.
Marcellus	Thou art a scholar; speak to it, Horatio.
Barnardo	Looks it not like the King? Mark it, Horatio.
Horatio	Most like. It harrows me with fear and wonder.
Barnardo	It would be spoke to.
Marcellus	Question it, Horatio.
Horatio	What art thou that usurp'st this time of night, Together with that fair and warlike form In which the majesty of buried Denmark Did sometimes march? By heaven I charge thee speak.
Marcellus	It is offended.
Barnardo	See, it stalks away.
Horatio	Stay! speak, speak! I charge thee speak!

[Exit Ghost.]

Marcellus	'Tis gone, and will not answer.
Barnardo	How now, Horatio! You tremble and look pale. Is not this something more than fantasy? What think you on't?
Horatio	Before my God, I might not this believe Without the sensible and true avouch Of mine own eyes.
Marcellus	Is it not like the King?
Horatio	As thou art to thyself: Such was the very armour he had on When he th'ambitious Norway combated; So frown'd he once, when in an angry

	duas vezes. Por isso, convidei-o a vir fazer-nos companhia nas horas desta noite. Dessa forma, não duvidará de nossos olhos e, se a aparição voltar, poderá falar com ela.
Horácio	Bah! Bah! Não há de aparecer.
Bernardo	Bem, sentemo-nos; renovemos o assalto aos teus ouvidos, que tão fortes se mostram para a história do que vimos há duas noites.
Horácio	Pois sentemo-nos para ouvir Bernardo sobre o assunto.
Bernardo	Na última noite, ao vir iluminar aquela estrela, que está a oeste do polo, a parte exata do céu em que ora brilha, eu e Marcelo, ao soar uma hora o sino…
Marcelo	Para! Não continues; ei-lo de novo.

(Entra o Fantasma)

Bernardo	Exatamente a forma do rei morto.
Marcelo	Fala-lhe tu, Horácio, que és instruído.
Bernardo	Não é igual ao rei? Vê bem, Horácio.
Horácio	Igual; espanto e medo me confundem.
Bernardo	Deseja que lhe falem.
Marcelo	Fala, Horácio.
Horácio	Quem és, que assim usurpas estas horas da noite e a forma nobre e belicosa que ostentava, marchando, a majestade do sepultado rei da Dinamarca? Pelo céu, fala; ordeno-te!
Marcelo	Ofendeu-se.
Bernardo	Vai embora.
Horácio	Detém-te e fala! Intimo-te!

(Sai o Fantasma)

Marcelo	Foi-se sem dizer nada.
Bernardo	Então, Horácio? Assim, tremendo e pálido… não é mais do que simples fantasia? Que pensais de tudo isso?
Horácio	Perante meu Deus, nisso poderia não ter acreditado sem a sensível e verdadeira testemunha de meus próprios olhos.
Marcelo	Ao rei se assemelha?
Horácio	Como tu te assemelhas a ti mesmo. Era exatamente essa a armadura que ele usava quando combateu o ambicioso norueguês; desse modo franziu o

parle He smote the sledded Polacks on the ice. 'Tis strange.

Marcellus Thus twice before, and jump at this dead hour, With martial stalk hath he gone by our watch.

Horatio In what particular thought to work I know not; But in the gross and scope of my opinion, This bodes some strange eruption to our state.

Marcellus Good now, sit down, and tell me, he that knows, Why this same strict and most observant watch So nightly toils the subject of the land, And why such daily cast of brazen cannon And foreign mart for implements of war; Why such impress of shipwrights, whose sore task Does not divide the Sunday from the week. What might be toward, that this sweaty haste Doth make the night joint-labourer with the day: Who is't that can inform me?

Horatio That can I; At least, the whisper goes so. Our last King, Whose image even but now appear'd to us, Was, as you know, by Fortinbras of Norway, Thereto prick'd on by a most emulate pride, Dar'd to the combat; in which our valiant Hamlet, For so this side of our known world esteem'd him, Did slay this Fortinbras; who by a seal'd compact, Well ratified by law and heraldry, Did forfeit, with his life, all those his lands Which he stood seiz'd of, to the conqueror; Against the which, a moiety competent Was gaged by our King; which had return'd To the inheritance of Fortinbras, Had he been vanquisher; as by the same cov'nant And carriage of the article design'd, His fell to Hamlet. Now, sir, young Fortinbras, Of unimproved mettle, hot and full, Hath in the skirts of Norway, here and there, Shark'd up a list of lawless resolutes, For food and diet, to some enterprise That hath a stomach in't; which is no other, As it doth well appear unto our state, But to recover of us by strong hand And terms compulsatory, those foresaid lands So by his father lost. And this, I take it, Is the main motive of our preparations, The source of this our watch, and the chief head Of this post-haste and rummage in the land.

Barnardo I think it be no other but e'en so: Well may it sort that this portentous figure Comes armed through our watch so like the King That was and is the question of these wars.

sobrecenho, depois da discussão, quando no gelo jogou a resistente machadinha. É muito estranho.

Marcelo Por duas vezes, já, nesta hora morta, passou por nós com o mesmo ar belicoso.

Horácio Não posso achar explicação; contudo, de maneira geral, penso que o fato é indício de algum mal para nós todos.

Marcelo Sentem-se, então, e quem souber nos diga donde vem fatigarem-se os vassalos deste reino com guardas rigorosas; e mais: por que fundir canhões de bronze, por que tanto armamento do estrangeiro, por que trabalham tanto os arsenais, sem das semanas separar os sábados? Que perigo se aproxima para que essa correria suada torne a noite parceira de trabalho do dia? Quem me pode dar disso a explicação?

Horácio Eu, quero crê-lo. É o que se fala, ao menos: o defunto monarca, de quem vimos, ora, a imagem, foi desafiado, como é bem sabido, por Fortimbrás, a quem ciumento orgulho dava ousadia. O nosso bravo Hamlet – que assim por estes mundos lhe chamavam – matou o norueguês, que, por contrato selado e sancionado pelas normas da nobreza, legava ao adversário todos os territórios ocupados, se a vida a perder viesse na compita. Nosso rei, por seu lado, o equivalente de terras empenhou, que caberiam a Fortimbrás, no caso de afirmar-se vitorioso, tal como, pela força desse artigo, as daquele para Hamlet foram deixadas. Mas agora o moço Fortimbrás, ardoroso, porém falho de experiência, alistou pela fronteira da Noruega, só a preço de comida, uns tipos corajosos e sem terras, que anteveem qualquer empresa gorda – que não é outra, justamente, como nosso Estado, de há muito o reconhece – senão nos constranger pela violência das armas a entregar-lhes esses domínios que de seu pai nos vieram. Eis a origem principal, quero crer, de tanta azáfama, a causa desta guarda e a maior fonte da algazarra em que se agita o reino.

Bernardo É o que eu penso, também; deve ser isso. É o que explica passar por nossa guarda semelhante portento sob o aspecto do rei que foi e é causa desta guerra.

Horatio	A mote it is to trouble the mind's eye. In the most high and palmy state of Rome, A little ere the mightiest Julius fell, The graves stood tenantless and the sheeted dead Did squeak and gibber in the Roman streets; As stars with trains of fire and dews of blood, Disasters in the sun; and the moist star, Upon whose influence Neptune's empire stands, Was sick almost to doomsday with eclipse. And even the like precurse of fierce events, As harbingers preceding still the fates And prologue to the omen coming on, Have heaven and earth together demonstrated Unto our climatures and countrymen.
	Re-enter Ghost.
	But, soft, behold! Lo, where it comes again! I'll cross it, though it blast me. Stay, illusion! If thou hast any sound, or use of voice, Speak to me. If there be any good thing to be done, That may to thee do ease, and grace to me, Speak to me. If thou art privy to thy country's fate, Which, happily, foreknowing may avoid, O speak! Or if thou hast uphoarded in thy life Extorted treasure in the womb of earth, For which, they say, you spirits oft walk in death, Speak of it. Stay, and speak!
	[The cock crows.]
	Stop it, Marcellus!
Marcellus	Shall I strike at it with my partisan?
Horatio	Do, if it will not stand.
Barnardo	'Tis here!
Horatio	'Tis here!
	[Exit Ghost.]
Marcellus	'Tis gone! We do it wrong, being so majestical, To offer it the show of violence, For it is as the air, invulnerable, And our vain blows malicious mockery.
Barnardo	It was about to speak, when the cock crew.
Horatio	And then it started, like a guilty thing Upon a fearful summons. I have heard The cock, that is the trumpet to the morn, Doth with his lofty and

Horácio	O olho da inteligência um argueiro turva. Na época mais gloriosa da alta Roma, pouco antes de cair o grande Júlio, saíram dos sepulcros os cadáveres em seus lençóis, gemendo pelas ruas. Depois, chuviscou sangue, apareceram manchas no Sol, cometas; e o úmido astro que tem força no reino de Netuno, do eclipse padeceu do fim das coisas. Idênticos sinais de cruéis eventos – precursores que são sempre dos fados e prólogo de agouros iminentes – enviaram juntamente o céu e a terra por sobre o nosso clima e nosso povo.
	(Entra o Fantasma)
	Mas silêncio! Cautela! Ei-lo que volta. Vou falar-lhe ainda mesmo que me mate. Pare, ilusão! Se tens o uso da fala, responda-me! Se é de necessidade fazer algo de bom, que te alivie e me dê graça; fale-me! Se estás a par de algum mal iminente de tua pátria, e que possa ser desviado, ó, fale-me! Ou, ainda, se escondeste sob a terra, quando vivo, tesouros extorquidos, razão, se diz, de as almas retornarem, detém-te e fala.
	(Um galo canta)
	Agarra-o bem, Marcelo.
Marcelo	Posso atacá-lo com minha partasana?
Horácio	Se resistir.
Bernardo	Aqui!
Horácio	Por este lado!
	(Sai o Fantasma)
Marcelo	Desapareceu! Foi mal de nossa parte, em tanta mostra de majestade, usarmos de violência. Como o ar, é invulnerável, não passando de brincadeira os nossos golpes vãos.
Bernardo	Ia falar; o galo não o deixou.
Horácio	Nesse instante, tremeu como culpado diante da citação de mau presságio. Ouvi dizer que o galo, essa trombeta da manhã, com sua voz

shrill-sounding throat Awake the god of day; and at his warning, Whether in sea or fire, in earth or air, Th'extravagant and erring spirit hies To his confine. And of the truth herein This present object made probation.

Marcellus It faded on the crowing of the cock. Some say that ever 'gainst that season comes Wherein our Saviour's birth is celebrated, The bird of dawning singeth all night long; And then, they say, no spirit dare stir abroad, The nights are wholesome, then no planets strike, No fairy takes, nor witch hath power to charm; So hallow'd and so gracious is the time.

Horatio So have I heard, and do in part believe it. But look, the morn in russet mantle clad, Walks o'er the dew of yon high eastward hill. Break we our watch up, and by my advice, Let us impart what we have seen tonight Unto young Hamlet; for upon my life, This spirit, dumb to us, will speak to him. Do you consent we shall acquaint him with it, As needful in our loves, fitting our duty?

Marcellus Let's do't, I pray, and I this morning know Where we shall find him most conveniently.

[Exeunt.]

vibrante e clara, desperta o deus do dia, e que a esse aviso, quer no mar, quer no fogo, no ar, na terra, os errantes espíritos retornam para seus postos, do que temos clara confirmação enquanto presenciamos.

Marcelo Quando o galo cantou, desvaneceu-se. Dizem que, quando se aproxima a data de festejarmos o Natal do nosso Salvador, essa ave canta durante toda a noite. Então, espírito nenhum anda vagante, dizem; todas as noites são salubres; os planetas não têm influência, os gnomos, os bruxedos: tão gracioso é esse tempo e tão sagrado!

Horácio Ouvi falar, também, e em parte o creio. Mas vede: a aurora com seu manto rubro passeia sobre o orvalho além do morro. Ponhamos fim à guarda. Sou de aviso que os fatos desta noite os transmitamos ao moço Hamlet, porque, por minha vida, esse espírito mudo há de falar-lhe. Concordais em fazer-lhe esse relato que o dever e a afeição de nós o exigem?

Marcelo Façamos isso; eu sei onde encontrá-lo a essa hora da manhã.

(Saem)

CENA II
SCENE II

SCENE II

ELSINORE. A ROOM OF STATE IN THE CASTLE.

Enter Claudius King of Denmark, Gertrude the Queen, Hamlet, Polonius, Laertes, Voltemand, Cornelius, Lords and Attendant.

King Though yet of Hamlet our dear brother's death The memory be green, and that it us befitted To bear our hearts in grief, and our whole kingdom To be contracted in one brow of woe; Yet so far hath discretion fought with nature That we with wisest sorrow think on him, Together with remembrance of ourselves. Therefore our sometime sister, now our queen, Th'imperial jointress to this warlike state, Have we, as 'twere with a defeated joy, With one auspicious and one dropping eye, With mirth in funeral, and with dirge in marriage, In equal scale weighing delight and dole, Taken to wife; nor have we herein barr'd Your better wisdoms, which have freely gone With this affair along. For all, our thanks. Now follows, that you know young Fortinbras, Holding a weak supposal of our worth, Or thinking by our late dear brother's death Our state to be disjoint and out of frame, Colleagued with this dream of his advantage, He hath not fail'd to pester us with message, Importing the surrender of those lands Lost by his father, with all bonds of law, To our most valiant brother. So much for him. Now for ourself and for this time of meeting: Thus much the business is: we have here writ To Norway, uncle of young Fortinbras, Who, impotent and bed-rid, scarcely hears Of this his nephew's purpose, to suppress His further gait herein; in that the levies, The lists, and full proportions are all made Out of his subject: and we here dispatch You, good Cornelius, and you, Voltemand, For bearers of this greeting to old Norway, Giving to you no further personal power To business with the King, more than the scope Of these dilated articles allow. Farewell; and let your haste commend your duty.

Cornelius and Voltemand In that, and all things, will we show our duty.

King We doubt it nothing: heartily farewell.

CENA II

SALA DE RECEPÇÃO DO CASTELO.

(Entram o Rei, a Rainha, Hamlet, Polônio, Laertes, Voltimando, Cornélio, os nobres e o séquito)

Rei Conquanto esteja fresca, ainda, a memória do luto de Hamlet, o irmão saudoso, e chorá-lo devêssemos, contraindo toda a Corte em tristeza o sobrecenho: tanto a razão se impõe à natureza, que com sábia tristeza o relembramos ao tempo em que pensamos em nós mesmos. Por isso, à que era nossa irmã, e agora nossa rainha, a imperial herdeira deste reino guerreiro, com alegria, por bem dizermos, parcialmente frustra, num dos olhos o choro, no outro o riso, ledos no funeral, tristes na igreja, sabendo equilibrar a dor e o encanto, tomamos como esposa após ouvirmos vossos conselhos, sempre e em tudo livres. Nossos agradecimentos por tudo isso. Agora Fortimbrás, o moço, como bem o sabeis, subestimando nossa força, ou mesmo pensando que o traspasso de nosso irmão poria o Estado fora dos eixos, sonha com vantagens pessoais, não cessando de inquietar-nos com mensagens que visam a reaver-nos as terras que seu pai perdeu na luta, conforme as condições estipuladas com nosso bravo irmão. Sobre ele, basta. Passemos a tratar de nós e desta convocação: é o caso que escrevemos a Noruega, tio desse moço Fortimbrás, que, de cama e muito doente, decerto ignora os planos do sobrinho, pedindo-lhe que intervenha no sentido de sofrear-lhe o ardor, visto que as levas e os alistamentos estão sendo feitos nos seus domínios. Daí te despacharmos, bom Cornélio, e também tu, Voltimando, com meu saudar ao velho norueguês, sem mais poder pessoal para tratares com o rei além do que estiver previsto nas tuas instruções. E, agora, adeus; que a pressa recomende teu zelo.

Cornélio e Voltimando Demonstrá-lo-emos nisto, como em tudo.

Rei Estamos certos disso; passai bem.

[Exeunt Voltemand and Cornelius.]

	And now, Laertes, what's the news with you? You told us of some suit. What is't, Laertes? You cannot speak of reason to the Dane, And lose your voice. What wouldst thou beg, Laertes, That shall not be my offer, not thy asking? The head is not more native to the heart, The hand more instrumental to the mouth, Than is the throne of Denmark to thy father. What wouldst thou have, Laertes?
Laertes	Dread my lord, Your leave and favour to return to France, From whence though willingly I came to Denmark To show my duty in your coronation; Yet now I must confess, that duty done, My thoughts and wishes bend again toward France, And bow them to your gracious leave and pardon.
King	Have you your father's leave? What says Polonius?
Polonius	He hath, my lord, wrung from me my slow leave By laboursome petition; and at last Upon his will I seal'd my hard consent. I do beseech you give him leave to go.
King	Take thy fair hour, Laertes; time be thine, And thy best graces spend it at thy will! But now, my cousin Hamlet, and my son—
Hamlet	*[Aside]* A little more than kin, and less than kind.
King	How is it that the clouds still hang on you?
Hamlet	Not so, my lord, I am too much i' the sun.
Queen	Good Hamlet, cast thy nighted colour off, And let thine eye look like a friend on Denmark. Do not for ever with thy vailed lids Seek for thy noble father in the dust. Thou know'st 'tis common, all that lives must die, Passing through nature to eternity.
Hamlet	Ay, madam, it is common.
Queen	If it be, Why seems it so particular with thee?
Hamlet	Seems, madam! Nay, it is; I know not seems. 'Tis not alone my inky cloak, good mother, Nor customary suits of solemn black, Nor windy suspiration of forc'd breath, No, nor the fruitful river in the eye, Nor the dejected haviour of the visage, Together with all forms, moods, shows of grief, That can denote me truly. These indeed seem, For they are actions that a man might play; But I have that within which passeth show; These but the trappings and the suits of woe.

(Voltimando e Cornélio saem)

Dize agora, Laertes, que pretendes. Já nos falaste de algo. Que é, Laertes? Não se dará que percas as palavras, se falares com senso ao soberano da Dinamarca. Que nos poderias pedir, Laertes, que não fosse nossa dádiva, não pedido de tua parte? A cabeça não é tão bem casada com o coração, nem serve a mão à boca com mais zelo, que ao trono teu bom pai. Que desejas, Laertes?

Laertes — Real senhor, permissão de regresso para a França. Ainda que de bom grado eu tenha vindo à vossa coroação, confessar devo que, cumprido o dever, meus pensamentos e desejos, sujeitos à vossa alta benevolência, à França me conduzem.

Rei — Teu pai já o consentiu? Que dizes, Polônio?

Polônio — Sim, milorde, arrancou de mim meu tardo consentimento à custa de insistência, tendo eu, por fim, selado seu pedido com meu custoso "sim". Por isso, peço-vos consentirdes que volte para a França.

Rei — Laertes, a hora é boa; usa o teu tempo, e a teu sabor e dotes o aproveita. E agora, primo Hamlet, primo e filho…

Hamlet — *(À parte)* Parente, mais; querido, muito menos.

Rei — Por que sempre o teu rosto com essas nuvens?

Hamlet — Nem tanto, meu senhor, o Sol me aquece.

Rainha — Despe-te, bom Hamlet, desse luto, e deita olhar amigo à Dinamarca. Não prossigas assim, de olhos caídos, a procurar teu nobre pai na poeira. É lei comum, tu o sabes; quantos vivem, passam da natureza para a vida da eternidade.

Hamlet — É lei comum, realmente, minha senhora.

Rainha — Então, se é assim com todos, que te parece estranho nesse caso?

Hamlet — Não me parece, senhora; é. Não conheço "pareces", boa mãe. Nem esta capa sombria, nem as vestes costumeiras de solene cor negra, os tempestuosos suspiros arrancados do imo peito, as torrentes fecundas que me descem dos olhos, o semblante acabrunhado; nem todas as demais modalidades da mágoa poderão nunca, em verdade, definir-me. Parecem, tão somente, pois, gestos de fácil fingimento. Mas há algo dentro de mim que não parece. Tudo isso é roupa e enfeite do infortúnio.

King 'Tis sweet and commendable in your nature, Hamlet, To give these mourning duties to your father; But you must know, your father lost a father, That father lost, lost his, and the survivor bound In filial obligation, for some term To do obsequious sorrow. But to persevere In obstinate condolement is a course Of impious stubbornness. 'Tis unmanly grief, It shows a will most incorrect to heaven, A heart unfortified, a mind impatient, An understanding simple and unschool'd; For what we know must be, and is as common As any the most vulgar thing to sense, Why should we in our peevish opposition Take it to heart? Fie, 'tis a fault to heaven, A fault against the dead, a fault to nature, To reason most absurd, whose common theme Is death of fathers, and who still hath cried, From the first corse till he that died today, 'This must be so.' We pray you throw to earth This unprevailing woe, and think of us As of a father; for let the world take note You are the most immediate to our throne, And with no less nobility of love Than that which dearest father bears his son Do I impart toward you. For your intent In going back to school in Wittenberg, It is most retrograde to our desire: And we beseech you bend you to remain Here in the cheer and comfort of our eye, Our chiefest courtier, cousin, and our son.

Queen Let not thy mother lose her prayers, Hamlet. I pray thee stay with us; go not to Wittenberg.

Hamlet I shall in all my best obey you, madam.

King Why, 'tis a loving and a fair reply. Be as ourself in Denmark. Madam, come; This gentle and unforc'd accord of Hamlet Sits smiling to my heart; in grace whereof, No jocund health that Denmark drinks today But the great cannon to the clouds shall tell, And the King's rouse the heaven shall bruit again, Re-speaking earthly thunder. Come away.

[Exeunt all but Hamlet.]

Hamlet O that this too too solid flesh would melt, Thaw, and resolve itself into a dew! Or that the Everlasting had not fix'd His canon 'gainst self-slaughter. O God! O God! How weary, stale, flat, and unprofitable Seem to me all the uses of this world! Fie on't! Oh fie! 'tis an

Rei Recomenda-te, Hamlet, à natureza chorares o teu pai dessa maneira. Mas lembra-te: teu pai perdeu um pai, que o seu também perdera. Ao filho vivo cabe o grato dever de lastimá-lo por algum tempo. Mas mostrar tão grande obstinação no luto é dar indícios de teima e impiedade; é a dor dos fracos; revela uma vontade ímpia e rebelde, um coração débil, uma mente anarquizada, uma inteligência pobre e sem cultivo. Se tem de ser assim, tal como as coisas mais comuns que os sentidos nos afetam, para que nos mostrarmos rigorosos e pueris? Ora! É ofensa ao próprio céu, à natureza, aos mortos, mais que absurda para a razão, cujo princípio básico é o traspasso dos pais e que não cessa de proclamar desde a hora do primeiro cadáver até o morto deste instante: tinha de ser assim. Vamos, peço-te, deixa essa dor estéril e nos trate como pais. Sim, que o mundo tome nota: o mais chegado és tu ao nosso trono. Não menos generosos sentimentos dedica ao filho um pai do que os que à tua pessoa consagramos. Teu desejo de voltar novamente para a escola de Wittenberg opõe-se ao nosso alvitre. Por isso, conjuramos-te a ficares sob o grato prazer de nossos olhos, dos nobres o primeiro, primo e filho.

Rainha Não deixes que tua mãe gaste suas súplicas em vão, Hamlet. Peço-te que fiques conosco. Não te vás a Wittenberg.

Hamlet Quanto em mim for, senhora, serei dócil.

Rei Isso, sim, que é falar sensato e amável. Sê como nós na Dinamarca. Vamos, senhora.

O voluntário "sim" de Hamlet sorri-me ao coração. Por isso, os brindes de hoje, da Dinamarca, o canhão grande deverá anunciar às nuvens. O céu vai repetir, a cada taça do rei, trovões da terra. E agora vamos.

(Saem o Rei, a Rainha, Laertes, Polônio e o séquito)

Hamlet Ó, se esta carne sólida, tão sólida, se desfizesse, fundindo-se em orvalho! Ou se ao menos o Eterno não houvesse condenado o suicídio! Ó, Deus! Ó, Deus! Como se me afiguram fastidiosas, fúteis e vãs as coisas deste mundo! Que horror! Jardim

unweeded garden That grows to seed; things rank and gross in nature Possess it merely. That it should come to this! But two months dead—nay, not so much, not two: So excellent a king; that was to this Hyperion to a satyr; so loving to my mother, That he might not beteem the winds of heaven Visit her face too roughly. Heaven and earth! Must I remember? Why, she would hang on him As if increase of appetite had grown By what it fed on; and yet, within a month— Let me not think on't—Frailty, thy name is woman! A little month, or ere those shoes were old With which she followed my poor father's body Like Niobe, all tears.— Why she, even she— O God! A beast that wants discourse of reason Would have mourn'd longer,— married with mine uncle, My father's brother; but no more like my father Than I to Hercules. Within a month, Ere yet the salt of most unrighteous tears Had left the flushing in her galled eyes, She married. O most wicked speed, to post With such dexterity to incestuous sheets! It is not, nor it cannot come to good. But break, my heart, for I must hold my tongue.

Enter Horatio, Marcellus and Barnardo.

Horatio Hail to your lordship!

Hamlet I am glad to see you well: Horatio, or I do forget myself.

Horatio The same, my lord, And your poor servant ever.

Hamlet Sir, my good friend; I'll change that name with you: And what make you from Wittenberg, Horatio?— Marcellus?

Marcellus My good lord.

Hamlet I am very glad to see you.—Good even, sir.— But what, in faith, make you from Wittenberg?

Horatio A truant disposition, good my lord.

Hamlet I would not hear your enemy say so; Nor shall you do my ear that violence, To make it truster of your own report Against yourself. I know you are no truant. But what is your affair in Elsinore? We'll teach you to drink deep ere you depart.

Horatio My lord, I came to see your father's funeral.

Hamlet I prithee do not mock me, fellow-student. I think it was to see my mother's wedding.

Horatio Indeed, my lord, it follow'd hard upon.

inculto em que só medram ervas daninhas, cheio só das coisas mais rudes e grosseiras. Chegar a isso! Morto há dois meses! Não, nem tanto... Dois? Um rei tão bom, que, confrontado com este, era Apolo ante um sátiro... Tão terno para a esposa, que ao próprio vento obstava de bater-lhe no rosto com violência. Ó, céus! Recordá-lo-ei? Pendia dele como se seus desejos aumentassem com a saciedade. E um mês depois... Paremos. Fragilidade, nome de mulher... só um mês, sem ter gasto ainda os sapatos com que o corpo seguiu do meu bom pai, qual Níobe, só lágrimas. Sim, ela – Ó, céu! Um animal que é destruído da faculdade da palavra decerto choraria por mais tempo! Desposada! Pelo irmão de meu pai, mas que tem tanto dele tal como eu de Hércules. Num mês, antes que o sal das lágrimas tão falsas secasse de seus olhos tumefeitos, já estava ela casada! Ó, pressa iníqua de subir para o tálamo incestuoso! Não pode acabar bem..., mas despedaça-te, coração; é melhor ficar calado.

(Entram Horácio, Marcelo e Bernardo)

Horácio Deus guarde a Vossa Alteza.

Hamlet Alegra-me rever-te com saúde... Horácio, se a memória não me falha.

Horácio O mesmo criado, príncipe, de sempre.

Hamlet Amigo, amigo; é o nome que eu te dou. Qual a razão de haveres tu deixado Wittenberg?... Marcelo?

Marcelo Meu bom príncipe...

Hamlet Muito prazer. (*A Bernardo*) Bom dia. Mas, falando sério, por que deixaste Wittenberg?

Horácio Simples disposição de um preguiçoso.

Hamlet Não quisera ouvir isso nem de teus próprios inimigos. Por isso, não me faças ao ouvido a violência de depores contra ti próprio. Não, não és vadio. Qual o motivo que a Elsinor te trouxe? Conosco aprenderás a beber muito.

Horácio Senhor, os funerais de vosso pai.

Hamlet Meu caro condiscípulo, não zombes; creio que vieste para o casamento de minha mãe.

Horácio Realmente, foi bem próximo.

Hamlet	Thrift, thrift, Horatio! The funeral bak'd meats Did coldly furnish forth the marriage tables. Would I had met my dearest foe in heaven Or ever I had seen that day, Horatio. My father,—methinks I see my father.
Horatio	Where, my lord?
Hamlet	In my mind's eye, Horatio.
Horatio	I saw him once; he was a goodly king.
Hamlet	He was a man, take him for all in all, I shall not look upon his like again.
Horatio	My lord, I think I saw him yesternight.
Hamlet	Saw? Who?
Horatio	My lord, the King your father.
Hamlet	The King my father!
Horatio	Season your admiration for a while With an attent ear, till I may deliver Upon the witness of these gentlemen This marvel to you.
Hamlet	For God's love let me hear.
Horatio	Two nights together had these gentlemen, Marcellus and Barnardo, on their watch In the dead waste and middle of the night, Been thus encounter'd. A figure like your father, Armed at point exactly, cap-à-pie, Appears before them, and with solemn march Goes slow and stately by them: thrice he walk'd By their oppress'd and fear-surprised eyes, Within his truncheon's length; whilst they, distill'd Almost to jelly with the act of fear, Stand dumb, and speak not to him. This to me In dreadful secrecy impart they did, And I with them the third night kept the watch, Where, as they had deliver'd, both in time, Form of the thing, each word made true and good, The apparition comes. I knew your father; These hands are not more like.
Hamlet	But where was this?
Marcellus	My lord, upon the platform where we watch.
Hamlet	Did you not speak to it?
Horatio	My lord, I did; But answer made it none: yet once methought It lifted up it head, and did address Itself to motion, like as it would speak. But even then the morning cock crew loud, And at the sound it shrunk in haste away, And vanish'd from our sight.
Hamlet	'Tis very strange.
Horatio	As I do live, my honour'd lord, 'tis true; And we did think it writ down in our duty To let you know of it.
Hamlet	Indeed, indeed, sirs, but this troubles me. Hold you the watch tonight?

Hamlet	Economia, Horácio! Os bolos fúnebres serviram para os frios do esposório. Preferira encontrar no céu o inimigo mais ferrenho a viver tal dia, Horácio. Meu pai! Às vezes, julgo ver meu pai.
Horácio	Como, senhor?
Hamlet	Com os olhos da alma, Horácio.
Horácio	Vi-o uma vez; um grande rei, de fato.
Hamlet	Um homem, na acepção lata do termo; jamais poderei ver alguém como ele.
Horácio	Creio, senhor, que o vi nesta noite última.
Hamlet	A quem?
Horácio	Vosso pai, senhor.
Hamlet	O rei meu pai?
Horácio	Prestai-me ouvidos, refreando o espanto por algum tempo, até que eu vos relate tal maravilha sob o testemunho destes senhores.
Hamlet	Pelo céu, falai!
Horácio	Duas noites a fio estes senhores, Bernardo e Marcelo, quando guarda montavam, na hora morta da meia-noite, viram uma figura parecida com vosso pai, armado da cabeça aos pés, avançando com postura lenta e grave. Três vezes pelos olhos pávidos lhes passou, à distância apenas de um bastão de comando. Eles, gelados pelo medo, ficaram sem ter ânimo para falar-lhe. O fato me confiaram, sob a maior reserva, ainda abalados. Montei guarda com eles na outra noite… E eis que na hora indicada, sob a forma que eles descreveram, tudo exato, voltou a aparição… sim, vosso pai; conheci-o; estas mãos não se parecem tanto.
Hamlet	Onde foi tudo isso?
Marcelo	Na esplanada, senhor, onde estávamos de guarda.
Hamlet	Falaste-lhe?
Horácio	Falei-lhe, sim, meu príncipe, mas não me respondeu. Contudo, quis-me parecer que ele o rosto levantava, pondo-se em movimento, como prestes a falar. Mas, nessa hora, cantou o galo. A esse canto, esgueirou-se ele apressado, sumindo à nossa vista.
Hamlet	É muito estranho.
Horácio	Por minha vida, príncipe, é a verdade. Pensamos que o dever nos prescrevia dar-vos conta de tudo.
Hamlet	Não vos encubro a minha inquietação. Montais guarda esta noite?

Marcellus and Barnardo	We do, my lord.
Hamlet	Arm'd, say you?
Marcellus and Barnardo	Both. Arm'd, my lord.
Hamlet	From top to toe?
Marcellus and Barnardo	BOTH. My lord, from head to foot.
Hamlet	Then saw you not his face?
Horatio	O yes, my lord, he wore his beaver up.
Hamlet	What, look'd he frowningly?
Horatio	A countenance more in sorrow than in anger.
Hamlet	Pale, or red?
Horatio	Nay, very pale.
Hamlet	And fix'd his eyes upon you?
Horatio	Most constantly.
Hamlet	I would I had been there.
Horatio	It would have much amaz'd you.
Hamlet	Very like, very like. Stay'd it long?
Horatio	While one with moderate haste might tell a hundred.
Marcellus and Barnardo	Longer, longer.
Horatio	Not when I saw't.
Hamlet	His beard was grizzled, no?
Horatio	It was, as I have seen it in his life, A sable silver'd.
Hamlet	I will watch tonight; Perchance 'twill walk again.
Horatio	I warrant you it will.
Hamlet	If it assume my noble father's person, I'll speak to it, though hell itself should gape And bid me hold my peace. I pray you all, If you have hitherto conceal'd this sight, Let it be tenable in your silence still; And whatsoever else shall hap tonight, Give it an understanding, but no tongue. I will requite your loves. So, fare ye well. Upon the platform 'twixt eleven and twelve, I'll visit you.
All	Our duty to your honour.
Hamlet	Your loves, as mine to you: farewell.

[Exeunt Horatio, Marcellus and Barnardo.]

My father's spirit in arms! All is not well; I doubt some foul play: would the night were come! Till then sit still, my soul: foul deeds will rise, Though all the earth o'erwhelm them, to men's eyes.

[Exit.]

Marcelo e *Bernardo* Sim, alteza.

Hamlet Tinha armas, dissestes?

Marcelo e *Bernardo* Sim, alteza.

Hamlet Da cabeça aos pés?

Marcelo e *Bernardo* Sim, de alto a baixo.

Hamlet Então não lhe pudestes ver o rosto.

Horácio Como não? A viseira estava erguida.

Hamlet E as feições, carregadas?

Horácio Expressão mais de dor do que de cólera.

Hamlet Corado ou pálido?

Horácio Muito pálido.

Hamlet E o olhar? Chegou a fitar-vos?

Horácio Durante todo o tempo.

Hamlet Desejara tê-lo visto.

Horácio Sem dúvida, isso havia de causar-vos profunda admiração.

Hamlet Muito provavelmente. E demorou-se?

Horácio O tempo de contar, com certa calma, até cem.

Marcelo e *Bernardo* Muito mais! Muito mais tempo!

Horácio Não quando o vi.

Hamlet E a barba? Era grisalha?

Horácio Tal como a vi quando ele ainda era vivo: negro-prateada.

Hamlet À noite, eu farei guarda; talvez ele retorne.

Horácio É quase certo.

Hamlet Se ele me aparecer sob a figura de meu pai, falar-lhe-ei, ainda que o inferno se me abrisse e mandasse ficar quieto. Mas peço a todos: se a ninguém falastes dessa visão, sede discretos nisso. A qualquer ocorrência desta noite, trocai sinais apenas, não palavras. Saberei ser-vos grato. Passai bem. Na esplanada, entre as onze horas e meia-noite, pretendo aparecer.

Todos Nossos respeitos.

Hamlet Vosso amor, como o meu. Adeus.

(Horácio, Marcelo e Bernardo saem)

A sombra de meu pai em armas! Tudo vai muito mal. Temo qualquer desgraça. Ah! Quem dera que a noite já chegasse! Mas até lá, minha alma, sê paciente. As ações más, embora a terra as cubra, aos olhos dos mortais não se subtraem.

(Sai)

CENA III
SCENE III

SCENE III

A ROOM IN POLONIUS'S HOUSE.

Enter Laertes and Ophelia.

Laertes	My necessaries are embark'd. Farewell. And, sister, as the winds give benefit And convoy is assistant, do not sleep, But let me hear from you.
Ophelia	Do you doubt that?
Laertes	For Hamlet, and the trifling of his favour, Hold it a fashion and a toy in blood; A violet in the youth of primy nature, Forward, not permanent, sweet, not lasting; The perfume and suppliance of a minute; No more.
Ophelia	No more but so?
Laertes	Think it no more. For nature crescent does not grow alone In thews and bulk; but as this temple waxes, The inward service of the mind and soul Grows wide withal. Perhaps he loves you now, And now no soil nor cautel doth besmirch The virtue of his will; but you must fear, His greatness weigh'd, his will is not his own; For he himself is subject to his birth: He may not, as unvalu'd persons do, Carve for himself; for on his choice depends The sanctity and health of this whole state; And therefore must his choice be circumscrib'd Unto the voice and yielding of that body Whereof he is the head. Then if he says he loves you, It fits your wisdom so far to believe it As he in his particular act and place May give his saying deed; which is no further Than the main voice of Denmark goes withal. Then weigh what loss your honour may sustain If with too credent ear you list his songs, Or lose your heart, or your chaste treasure open To his unmaster'd importunity. Fear it, Ophelia, fear it, my dear sister; And keep you in the rear of your affection, Out of the shot and danger of desire. The chariest maid is prodigal enough If she unmask her beauty to the moon. Virtue itself 'scapes not calumnious strokes: The canker galls the infants of the spring Too oft before their buttons be disclos'd, And in the morn and liquid dew of youth

CENA III

UM QUARTO NA CASA DE POLÔNIO.

(Entram Laertes e Ofélia)

Laertes Tudo o que é meu já se acha a bordo; adeus. Cara irmã, se houver ventos benfazejos e navios no porto, não te ponhas a dormir: dê notícias.

Ofélia E duvida-o?

Laertes O que respeita a Hamlet, e seu namoro, toma-o como capricho, simples moda, violeta que a estação produziu cedo, passageira e aromosa, mas efêmera , perfume e refrigério de um minuto, nada mais.

Ofélia Nada mais?

Laertes Isso, mais nada. Nosso corpo, ao crescer, não ganha apenas volume e músculos; o templo expande-se, e a par, também, se alarga o espírito e a alma com seu culto interior. É bem possível que te ame agora, sem que fraude alguma lhe macule a virtude do alvedrio. Mas deves ter cautela, que os de sua posição não são donos de si mesmos. Ele é escravo do próprio nascimento; não pode, como o faz gente do povo, eleger para si, que dessa escolha depende a segurança e o bem do Estado. Daí, necessita subordiná-la ao voto e à aprovação do corpo, cuja cabeça ele é. Se te disser que te ama, cumpre à tua prudência dar-lhe crédito na medida em que seja permitido passar do verbo à ação, o que mais longe não irá do que a voz da Dinamarca. Pensa na mancha, irmã, para tua honra, se desses ao seu canto ouvido crédulo e o coração perdesses, ou se abrisses o teu casto tesouro aos seus assaltos. Cuidado, irmã! Cuidado, Ofélia amiga! Fica na retaguarda dos anseios, a coberto dos botes dos desejos. Já prodigalidade é uma virgem revelar a beleza à própria Lua. Da calúnia à virtude não se livra. Muitas vezes, o verme estraga as flores primaveris bem antes de se abrirem. No orvalho e na manhã da

Contagious blastments are most imminent. Be wary then, best safety lies in fear. Youth to itself rebels, though none else near.

Ophelia I shall th'effect of this good lesson keep As watchman to my heart. But good my brother, Do not as some ungracious pastors do, Show me the steep and thorny way to heaven; Whilst like a puff'd and reckless libertine Himself the primrose path of dalliance treads, And recks not his own rede.

Laertes O, fear me not. I stay too long. But here my father comes.

Enter Polonius.

A double blessing is a double grace; Occasion smiles upon a second leave.

Polonius Yet here, Laertes? Aboard, aboard, for shame. The wind sits in the shoulder of your sail, And you are stay'd for. There, my blessing with you.

[Laying his hand on Laertes's head.]

And these few precepts in thy memory Look thou character. Give thy thoughts no tongue, Nor any unproportion'd thought his act. Be thou familiar, but by no means vulgar. Those friends thou hast, and their adoption tried, Grapple them unto thy soul with hoops of steel; But do not dull thy palm with entertainment Of each new-hatch'd, unfledg'd comrade. Beware Of entrance to a quarrel; but being in, Bear't that th'opposed may beware of thee. Give every man thine ear, but few thy voice: Take each man's censure, but reserve thy judgement. Costly thy habit as thy purse can buy, But not express'd in fancy; rich, not gaudy: For the apparel oft proclaims the man; And they in France of the best rank and station Are of a most select and generous chief in that. Neither a borrower nor a lender be: For loan oft loses both itself and friend; And borrowing dulls the edge of husbandry. This above all: to thine own self be true; And it must follow, as the night the day, Thou canst not then be false to any man. Farewell: my blessing season this in thee.

mocidade, o vento contagioso é mais nocivo. Sê cautelosa; o medo é amparo certo. A mocidade é inimiga de si mesma.

Ofélia — Encerrarei no peito, como guardas, essas sábias lições. Mas, caro irmão, não faças como alguns desses pastores que aconselham aos outros o caminho do céu, cheio de abrolhos, enquanto eles seguem ledos a estrada dos prazeres, sem dos próprios conselhos se lembrarem.

Laertes — Nada receies; mas é tempo; aí vem nosso pai.

(Entra Polônio)

Dupla bênção, graça dupla. O acaso me concede este outro adeus.

Polônio — Ainda aqui, Laertes? A bordo, a bordo, vamos! O vento sopra a vela do teu barco; já te reclamam. Vai, leva minha bênção!

(Põe a mão na cabeça de Laertes)

E grava na memória estes preceitos: não dês língua aos teus próprios pensamentos nem corpo aos que não forem convenientes. Sê lhano, mas evita abastardar-te. O amigo comprovado prende-o firme no coração com vínculos de ferro; mas a mão não calejes ao saudares amigos novos a todo instante. Foge de entrar em briga; mas, brigando, acaso, faze o adversário temer-te sempre. A todos, teu ouvido; a voz, a poucos; ouve opiniões, mas forma juízo próprio. Conforme a bolsa, assim tenhas a roupa: sem fantasia; rica, mas discreta, que o traje às vezes o homem denuncia. Nisso, principalmente, são pichosas as pessoas de classe e prol na França. Não emprestes nem peças emprestadas, que emprestar é perder o dinheiro e o amigo, e o oposto embota o fio à economia. Mas, sobretudo, sê a ti próprio fiel; segue-se disso como o dia à noite, que a ninguém poderás jamais ser falso. Adeus; que minha bênção tais conselhos faça frutificar.

Laertes	Most humbly do I take my leave, my lord.
Polonius	The time invites you; go, your servants tend.
Laertes	Farewell, Ophelia, and remember well What I have said to you.
Ophelia	'Tis in my memory lock'd, And you yourself shall keep the key of it.
Laertes	Farewell.

[Exit.]

Polonius	What is't, Ophelia, he hath said to you?
Ophelia	So please you, something touching the Lord Hamlet.
Polonius	Marry, well bethought: 'Tis told me he hath very oft of late Given private time to you; and you yourself Have of your audience been most free and bounteous. If it be so,—as so 'tis put on me, And that in way of caution,—I must tell you You do not understand yourself so clearly As it behoves my daughter and your honour. What is between you? Give me up the truth.
Ophelia	He hath, my lord, of late made many tenders Of his affection to me.
Polonius	Affection! Pooh! You speak like a green girl, Unsifted in such perilous circumstance. Do you believe his tenders, as you call them?
Ophelia	I do not know, my lord, what I should think.
Polonius	Marry, I'll teach you; think yourself a baby; That you have ta'en these tenders for true pay, Which are not sterling. Tender yourself more dearly; Or,—not to crack the wind of the poor phrase, Running it thus,—you'll tender me a fool.
Ophelia	My lord, he hath importun'd me with love In honourable fashion.
Polonius	Ay, fashion you may call it; go to, go to.
Ophelia	And hath given countenance to his speech, my lord, With almost all the holy vows of heaven.
Polonius	Ay, springes to catch woodcocks. I do know, When the blood burns, how prodigal the soul Lends the tongue vows: these blazes, daughter, Giving more light than heat, extinct in both, Even in their promise, as it is a-making, You must not take for fire. From this time Be something scanter of your maiden presence; Set your entreatments at a

Laertes — Humildemente me despeço, senhor.

Polônio — O tempo é curto; vai logo, que os criados já te esperam.

Laertes — Adeus, Ofélia; guarda o que eu te disse.

Ofélia — Guardei-o na memória, e a chave a levas.

Laertes — Adeus.

(Sai)

Polônio — Que palavras, Ofélia, ele te disse?

Ofélia — Se o permitis, falou de lorde Hamlet.

Polônio — Ah, bem pensado. Já me disseram que ele te dispensa alguma intimidade e que tu própria tens sido liberal em dar-lhe ouvidos. Se é assim, de fato – o que me revelaram à guisa de advertência –, devo ser-te franco: não te comportas com a prudência que compete à minha honra e à minha filha. Que é que há entre vós dois? Fala a verdade.

Ofélia — Senhor, ultimamente me fez muitas propostas de afeição.

Polônio — Ora, afeição! Falas tal qual mocinha inexperiente do perigo de certas situações. E tu? Acreditas em tais propostas?

Ofélia — Não sei como pensar, meu pai, sobre isso.

Polônio — Ouve, então: é preciso que não passes de um bebê para teres recebido como moeda corrente essas propostas. Propõe agora juízo, se não queres – e a pobre frase o aguenta – para tolo me propor.

Ofélia — Mas, senhor, sua insistência sempre foi de moral honrosa e digna.

Polônio — Moral! Bela expressão. Adiante! Adiante!

Ofélia — E ele soube firmar os seus protestos de amor com os mais sagrados juramentos.

Polônio — Conheço isso; armadilha para tordos. Sempre que o sangue ferve, à língua os votos que a alma não regateia vêm e esplendem com mais luz que calor para se extinguirem como promessa frustra antes do ato. Não os tomes por fogo. Doravante restringe a tua virginal presença; não deves por muito elevado preço nessas propostas, como se ordens fossem para parlamentar. Quanto a Hamlet, confia nele até este ponto: é moço e sabe

higher rate Than a command to parley. For Lord Hamlet, Believe so much in him that he is young; And with a larger tether may he walk Than may be given you. In few, Ophelia, Do not believe his vows; for they are brokers, Not of that dye which their investments show, But mere implorators of unholy suits, Breathing like sanctified and pious bawds, The better to beguile. This is for all: I would not, in plain terms, from this time forth Have you so slander any moment leisure As to give words or talk with the Lord Hamlet. Look to't, I charge you; come your ways.

Ophelia I shall obey, my lord.

[Exeunt.]

dispor de corda bem mais frouxa para andar do que a tua. Em suma, Ofélia, descrê dos teus protestos; são agentes que desmentem a cor do hábito externo, mendigos de desejos inconfessos que respiram candura e santidade para melhor lograrem. Novamente e em termos simples: doravante te proíbo que sejas perdulária de teu ócio, pondo-te a conversar com lorde Hamlet. Vê bem o que ordeno. E, agora, põe-te a andar.

Ofélia Ser-vos-ei obediente.

(Saem)

CENA IV
SCENE IV

SCENE IV

THE PLATFORM.

Enter Hamlet, Horatio and Marcellus.

Hamlet The air bites shrewdly; it is very cold.

Horatio It is a nipping and an eager air.

Hamlet What hour now?

Horatio I think it lacks of twelve.

Marcellus No, it is struck.

Horatio Indeed? I heard it not. It then draws near the season Wherein the spirit held his wont to walk.

[A flourish of trumpets, and ordnance shot off within.]

What does this mean, my lord?

Hamlet The King doth wake tonight and takes his rouse, Keeps wassail, and the swaggering upspring reels; And as he drains his draughts of Rhenish down, The kettle-drum and trumpet thus bray out The triumph of his pledge.

Horatio Is it a custom?

Hamlet Ay marry is't; And to my mind, though I am native here, And to the manner born, it is a custom More honour'd in the breach than the observance. This heavy-headed revel east and west Makes us traduc'd and tax'd of other nations: They clepe us drunkards, and with swinish phrase Soil our addition; and indeed it takes From our achievements, though perform'd at height, The pith and marrow of our attribute. So oft it chances in particular men That for some vicious mole of nature in them, As in their birth, wherein they are not guilty, Since nature cannot choose his origin, By their o'ergrowth of some complexion, Oft breaking down the pales and forts of reason; Or by some habit, that too much o'erleavens The form of plausive manners;—that these men, Carrying, I say, the stamp of one defect, Being Nature's livery or Fortune's star,— His virtues else,—be they as pure as grace, As infinite as man may undergo,

CENA IV

ESPLANADA.

(Entram Hamlet, Horácio e Marcelo)

Hamlet	Que vento forte! O frio é insuportável.
Horácio	E o ar cortante e agitado.
Hamlet	Que horas são?
Horácio	Penso que falta pouco para meia-noite.
Hamlet	Não; já bateram.
Horácio	Já? Não ouvi; então não falta muito para que o fantasma volte a aparecer-nos.

(Toque de trombetas e tiros de canhão atrás da cena)

	Que significa esse barulho, príncipe?
Hamlet	O rei está acordado e oferecendo um banquete. Bebe com gosto, enquanto tudo ao redor gira em festa. Cada gole de vinho do Reno é saudado por trombetas e tambores, que anunciam o triunfo de seu brinde.
Horácio	É costume?
Hamlet	É, de fato. Mas, a meu ver – embora aqui eu tivesse o berço e a educação –, este é um daqueles costumes cuja ruptura é mais honrosa do que a continuidade. Essas orgias torpes nos difamam de leste a oeste, junto aos outros povos. Só nos chamam de bêbedos, alcunha que nos deprime, por privar os nossos empreendimentos, ainda os mais brilhantes, da essência medular de nosso mérito. Isso acontece às vezes noutros meios: se nasce alguém com algum defeito ingênito – do que não é culpado, porque a origem para si não escolhe a natureza, pelo excesso de sangue, que, por vezes, os fortes da razão e os diques rompem, ou somente por hábito, que estraga a moral cotidiana –, esse coitado, que leva pela vida tal defeito, seja mancha do acaso ou vestimenta da natureza, embora suas virtudes sejam tão puras quanto a graça e em número infinito, no máximo de

Shall in the general censure take corruption From that particular fault. The dram of evil Doth all the noble substance of a doubt To his own scandal.

Horatio Look, my lord, it comes!

Enter Ghost.

Hamlet Angels and ministers of grace defend us! Be thou a spirit of health or goblin damn'd, Bring with thee airs from heaven or blasts from hell, Be thy intents wicked or charitable, Thou com'st in such a questionable shape That I will speak to thee. I'll call thee Hamlet, King, father, royal Dane. O, answer me! Let me not burst in ignorance; but tell Why thy canoniz'd bones, hearsed in death, Have burst their cerements; why the sepulchre, Wherein we saw thee quietly inurn'd, Hath op'd his ponderous and marble jaws To cast thee up again! What may this mean, That thou, dead corse, again in complete steel, Revisit'st thus the glimpses of the moon, Making night hideous, and we fools of nature So horridly to shake our disposition With thoughts beyond the reaches of our souls? Say, why is this? Wherefore? What should we do?

[Ghost beckons Hamlet.]

Horatio It beckons you to go away with it, As if it some impartment did desire To you alone.

Marcellus Look with what courteous action It waves you to a more removed ground. But do not go with it.

Horatio No, by no means.

Hamlet It will not speak; then will I follow it.

Horatio Do not, my lord.

Hamlet Why, what should be the fear? I do not set my life at a pin's fee; And for my soul, what can it do to that, Being a thing immortal as itself? It waves me forth again. I'll follow it.

Horatio What if it tempt you toward the flood, my lord, Or to the dreadful summit of the cliff That beetles o'er his base into the sea, And there assume some other horrible form Which might deprive your sovereignty of reason, And draw you into madness? Think of it. The very place puts toys

nossa capacidade, perde no conceito geral por essa falha. A massa nobre se torna recalcada e diminuída pelo grão do defeito.

Horácio — Ei-lo, meu príncipe!

(Entra o Fantasma)

Hamlet — Anjos do céu, correi em nosso auxílio! Quer sejas um bom gênio ou alma penada, quer tragas ar do céu ou sopro infecto, quer tenhas intenções ruins ou amoráveis, tão duvidosa é a forma que assumiste, que resolvo falar-te. Dou-te o nome de Hamlet, rei, meu pai, régio danês! Não me deixes em trevas; dize a causa de teus ossos, que a morte já guardara, terem rompido o invólucro; o motivo de te haver o sepulcro, em que te vimos recolhido, lançado de suas fortes mandíbulas de mármore. Que pode significar vestires assim de aço, para o luar de novo visitares, tornando a noite hedionda, e a nós, ludíbrio da criação, abalares deste modo com pensamentos que ultrapassam muito o âmbito limitado de nossa alma? Fala; que é isso? A causa? Que faremos?

(O Fantasma faz sinal a Hamlet)

Horácio — Faz-vos sinal para irde-vos com ele, como se pretendesse algo dizer-vos sem testemunhas.

Marcelo — Vede o gesto cortês com que ele indica que em lugar apartado quer falar-vos. Não deveis atender.

Horácio — De forma alguma.

Hamlet — Assim, não falará; bem, segui-lo-ei.

Horácio — Ficai, senhor!

Hamlet — De que posso temer-me? Minha vida? Não vale um alfinete. Quanto à minha alma, em nada há de ofendê-la, por ser algo imortal como ele próprio. Acena-me de novo; vou segui-lo.

Horácio — E, se vos arrastar para a água, príncipe, ou para o pico horrendo do rochedo que no mar se acha a prumo de sua base, para assumir, então, forma espantosa e privar da razão a Vossa Alteza, levando-vos à insânia? Refleti. Sem outra qualquer causa, o simples fato do lugar faz nascerem

of desperation, Without more motive, into every brain That looks so many fathoms to the sea And hears it roar beneath.

Hamlet It waves me still. Go on, I'll follow thee.
Marcellus You shall not go, my lord.
Hamlet Hold off your hands.
Horatio Be rul'd; you shall not go.
Hamlet My fate cries out, And makes each petty artery in this body As hardy as the Nemean lion's nerve.

[Ghost beckons.]

Still am I call'd. Unhand me, gentlemen.

[Breaking free from them.]

By heaven, I'll make a ghost of him that lets me. I say, away!—Go on, I'll follow thee.

[Exeunt Ghost and Hamlet.]

Horatio He waxes desperate with imagination.
Marcellus Let's follow; 'tis not fit thus to obey him.
Horatio Have after. To what issue will this come?
Marcellus Something is rotten in the state of Denmark.
Horatio Heaven will direct it.
Marcellus Nay, let's follow him.

[Exeunt.]

desesperadas fantasias em todo e qualquer cérebro que de tão grande altura o mar contemple e o ouça em baixo rugir.

Hamlet De novo me acena. Caminha! Já te sigo.

Marcelo Não deveis ir, meu príncipe.

Hamlet Soltai-me.

Horácio Sede razoável, príncipe: ficai.

Hamlet Meu destino me chama; é ele que deixa as menores artérias do meu corpo com a mesma resistência que a dos músculos do leão de Nemeia.

(O Fantasma acena)

Outro sinal! Largai-me!

(Desvencilha-se)

Ou, pelo céu, faço um fantasma do primeiro que ousar ainda me deter. Caminha, digo; irei aonde tu fores.

(Saem o Fantasma e Hamlet)

Horácio O delírio o conduz ao desespero.

Marcelo Não devíamos ter-lhe obedecido.

Horácio Sigamo-lo. Que fim vai ter tudo isso?

Marcelo Algo está a apodrecer na Dinamarca.

Horácio O céu dará remédio.

Marcelo Acompanhemo-lo.

(Saem)

CENA V
SCENE V

SCENE V

A MORE REMOTE PART OF THE CASTLE.

Enter Ghost and Hamlet.

Hamlet Whither wilt thou lead me? Speak, I'll go no further.

Ghost Mark me.

Hamlet I will.

Ghost My hour is almost come, When I to sulph'rous and tormenting flames Must render up myself.

Hamlet Alas, poor ghost!

Ghost Pity me not, but lend thy serious hearing To what I shall unfold.

Hamlet Speak, I am bound to hear.

Ghost So art thou to revenge, when thou shalt hear.

Hamlet What?

Ghost I am thy father's spirit, Doom'd for a certain term to walk the night, And for the day confin'd to fast in fires, Till the foul crimes done in my days of nature Are burnt and purg'd away. But that I am forbid To tell the secrets of my prison-house, I could a tale unfold whose lightest word Would harrow up thy soul; freeze thy young blood, Make thy two eyes like stars start from their spheres, Thy knotted and combined locks to part, And each particular hair to stand on end Like quills upon the fretful porpentine. But this eternal blazon must not be To ears of flesh and blood. List, list, O, list! If thou didst ever thy dear father love—

Hamlet O God!

Ghost Revenge his foul and most unnatural murder.

Hamlet Murder!

Ghost Murder most foul, as in the best it is; But this most foul, strange, and unnatural.

Hamlet Haste me to know't, that I, with wings as swift As meditation or the thoughts of love May sweep to my revenge.

Ghost I find thee apt; And duller shouldst thou be than the fat weed That rots itself in ease on Lethe wharf, Wouldst thou not stir in this. Now, Hamlet, hear.

CENA V

OUTRA PARTE DA ESPLANADA.

(Entram o Fantasma e Hamlet)

Hamlet	Para onde me conduzes? Não darei mais um passo.
Fantasma	Ouve-me!
Hamlet	Isso é o que desejo.
Fantasma	Já está perto o momento em que é forçoso que de novo me entregue às labaredas sulfúreas do tormento.
Hamlet	Pobre espírito!
Fantasma	Não me lastimes; ouve com atenção o segredo que passo a revelar-te.
Hamlet	Fala, que estou obrigado a dar-te ouvidos.
Fantasma	E também a vingar-me, após me ouvires.
Hamlet	Como!?
Fantasma	Sou a alma de teu pai, por algum tempo condenada a vagar durante a noite, e de dia a jejuar na chama ardente até que as culpas todas praticadas em meus dias mortais sejam nas chamas, alfim, purificadas. Se eu pudesse revelar-te os segredos do meu cárcere, as menores palavras dessa história te rasgariam a alma; tornar-te-iam, gelado o sangue juvenil; das órbitas fariam que saltassem, como estrelas, teus olhos; o penteado desfar-te-iam, pondo eriçados, hirtos os cabelos, como cerdas de iroso porco-espinho. Mas essa descrição da eternidade para ouvidos não é de carne e sangue. Escuta, Hamlet! Se algum dia amaste teu carinhoso pai…
Hamlet	Ó, Deus!
Fantasma	Vinga o seu assassínio estranho e torpe.
Hamlet	Assassínio?
Fantasma	Sim, assassínio torpe, como todos; mas esse é estranho, vil e inconcebível.
Hamlet	Conta-me a fim de que eu, com asas rápidas como a meditação ou os pensamentos de amor, possa vingar-te.
Fantasma	Acho que podes. Mais lerdo do que a espessa planta que nas margens do Letes apodrece, se isso não te abalasse. Escuta, Hamlet! Contaram que uma

’Tis given out that, sleeping in my orchard, A serpent stung me; so the whole ear of Denmark Is by a forged process of my death Rankly abus’d; but know, thou noble youth, The serpent that did sting thy father’s life Now wears his crown.

Hamlet O my prophetic soul! Mine uncle!

Ghost Ay, that incestuous, that adulterate beast, With witchcraft of his wit, with traitorous gifts,— O wicked wit, and gifts, that have the power So to seduce!—won to his shameful lust The will of my most seeming-virtuous queen. O Hamlet, what a falling off was there, From me, whose love was of that dignity That it went hand in hand even with the vow I made to her in marriage; and to decline Upon a wretch whose natural gifts were poor To those of mine. But virtue, as it never will be mov’d, Though lewdness court it in a shape of heaven; So lust, though to a radiant angel link’d, Will sate itself in a celestial bed And prey on garbage. But soft! methinks I scent the morning air; Brief let me be. Sleeping within my orchard, My custom always of the afternoon, Upon my secure hour thy uncle stole With juice of cursed hebenon in a vial, And in the porches of my ears did pour The leperous distilment, whose effect Holds such an enmity with blood of man That swift as quicksilver it courses through The natural gates and alleys of the body; And with a sudden vigour it doth posset And curd, like eager droppings into milk, The thin and wholesome blood. So did it mine; And a most instant tetter bark’d about, Most lazar-like, with vile and loathsome crust All my smooth body. Thus was I, sleeping, by a brother’s hand, Of life, of crown, of queen at once dispatch’d: Cut off even in the blossoms of my sin, Unhous’led, disappointed, unanel’d; No reckoning made, but sent to my account With all my imperfections on my head. O horrible! O horrible! most horrible! If thou hast nature in thee, bear it not; Let not the royal bed of Denmark be A couch for luxury and damned incest. But howsoever thou pursu’st this act, Taint not thy mind, nor let thy soul contrive Against thy mother aught; leave her to heaven, And to those thorns that in her bosom lodge, To prick and

cobra me picara quando, a dormir, eu no jardim me achava. Assim foi ludibriado todo o ouvido da Dinamarca por uma notícia falsa de minha morte. Mas escuta, nobre mancebo! A cobra que peçonha lançou na vida de teu pai agora cinge a coroa dele.

Hamlet Ah, minha alma profética! Meu tio!

Fantasma Sim, esse monstro adúltero e incestuoso. Com o feitiço pessoal e com presentes – ó, dotes maus, ó, brindes, que tal força tendes de sedução! – pôde a vontade da rainha conquistar, que parecia tão virtuosa, dobrando-a para o vício. Que queda, Hamlet! Do meu amor, que tinha tal pureza que andava a par com o voto que eu fizera no nosso casamento – a um miserável que em confronto comigo nada vale! Mas, se a virtude é firme, ainda que o vício sob a forma do céu vá cortejá-la, a luxúria, conquanto a um anjo presa, num leito celestial cedo se enfara, sonhando com carniça. Mas devagar! Pressinto o ar da manhã. Serei breve. Ao achar-me adormecido no meu jardim, na sesta cotidiana, teu tio se esgueirou por minhas horas de sossego, munido de um frasquinho de meimendro e no ouvido despejou-me o líquido leproso, cujo efeito de tal modo se opõe ao sangue humano, que corre pelas portas e pelos caminhos do corpo tão veloz como o mercúrio, fazendo coagular com vigor súbito o sangue puro e fino, como o leite quando o ácido o conturba. Assim, comigo: no mesmo instante impingem me nasceram, qual se eu fosse outro Lázaro, nojentas, pelo corpo macio. Adormecido, desta arte, privou-me o irmão, há um tempo, da vida, da Coroa e da rainha, morto na florescência dos pecados, sem óleos, confissão nem sacramentos, sem ter prestado contas para o juízo enviado com o fardo dos meus erros. É horrível, sim, horrível, muito horrível! Se sentimento natural tiveres, não suportes tal coisa. Não consintas que o leito real da Dinamarca fique como catre de incesto e de luxúria. Contudo, se nesse ato te empenhares, não te manches. Que tua alma não conceba nada contra tua mãe; ao céu a entrega, e aos espinhos que o peito lhe compungem. Deles seja o castigo. Agora,

sting her. Fare thee well at once! The glow-worm shows the matin to be near, And 'gins to pale his uneffectual fire. Adieu, adieu, adieu. Remember me.

[Exit.]

Hamlet O all you host of heaven! O earth! What else? And shall I couple hell? O, fie! Hold, my heart; And you, my sinews, grow not instant old, But bear me stiffly up. Remember thee? Ay, thou poor ghost, while memory holds a seat In this distracted globe. Remember thee? Yea, from the table of my memory I'll wipe away all trivial fond records, All saws of books, all forms, all pressures past, That youth and observation copied there; And thy commandment all alone shall live Within the book and volume of my brain, Unmix'd with baser matter. Yes, by heaven! O most pernicious woman! O villain, villain, smiling damned villain! My tables. Meet it is I set it down, That one may smile, and smile, and be a villain! At least I am sure it may be so in Denmark.

[Writing.]

So, uncle, there you are. Now to my word; It is 'Adieu, adieu, remember me.' I have sworn't.

Horatio *[Within]* My lord, my lord.
Marcellus *[Within]* Lord Hamlet.
Horatio *[Within]* Heaven secure him.
Hamlet So be it!
Marcellus *[Within]* Illo, ho, ho, my lord!
Hamlet Hillo, ho, ho, boy! Come, bird, come.

Enter Horatio and Marcellus.

Marcellus How is't, my noble lord?
Horatio What news, my lord?
Hamlet O, wonderful!
Horatio Good my lord, tell it.
Hamlet No, you'll reveal it.
Horatio Not I, my lord, by heaven.
Marcellus Nor I, my lord.
Hamlet How say you then, would heart of man once think it?— But you'll be secret?

adeus! Mostra-me o pirilampo da madrugada; já seu fogo inativo empalidece. Adeus, Hamlet! Lembra-te de mim.

(Sai)

Hamlet Legiões do céu! Ó, terra! Que mais, ainda? Invocarei o inferno? Firme, firme, coração! Não fiqueis velhos de súbito, músculos; aguentai-me! Que me lembre de ti? Sim, pobre fantasma, sim, enquanto tiver sede a memória neste globo conturbado. Lembrar-me? Sim; das tábuas da memória hei de todas as notícias frívolas apagar, as vãs sentenças dos livros, as imagens, os vestígios que dos anos e a experiência aí deixaram. Essa tua ordem, só, há de guardar-se no volume e no livro do meu cérebro, sem mais escórias. Sim, pelo alto céu, ó, mulher perniciosa! Vilão, vilão que ri! Vilão maldito! Meu canhenho… preciso tomar nota de que o homem pode sorrir e ser infame. Sei que ao menos é assim na Dinamarca.

(Escreve)

Aí vou, meu tio. Agora minha senha vai ser: adeus, recorda-te de mim. Assim jurei.

Horácio *(Dentro)* Milorde Hamlet!

Marcelo *(Dentro)* Príncipe!

Horácio *(Dentro)* Que o céu o ampare.

Marcelo *(Dentro)* Amém.

Horácio Olá! Olá! Senhor!

Hamlet Olá, menino! Vem, meu passarinho!

(Entram Horácio e Marcelo)

Marcelo Que aconteceu, senhor?

Horácio Que houve, senhor?

Hamlet Extraordinário!

Horácio Bom senhor, contai-nos.

Hamlet Não, que o revelaríeis.

Horácio Eu, não, senhor; por Deus!

Marcelo Nem eu, tampouco.

Hamlet Que julgais? A alma humana poderia concebê-lo? Jurais não o revelar?

Horatio and Marcellus	Ay, by heaven, my lord.
Hamlet	There's ne'er a villain dwelling in all Denmark But he's an arrant knave.
Horatio	There needs no ghost, my lord, come from the grave To tell us this.
Hamlet	Why, right; you are i' the right; And so, without more circumstance at all, I hold it fit that we shake hands and part: You, as your business and desire shall point you,— For every man hath business and desire, Such as it is;—and for my own poor part, Look you, I'll go pray.
Horatio	These are but wild and whirling words, my lord.
Hamlet	I'm sorry they offend you, heartily; Yes faith, heartily.
Horatio	There's no offence, my lord.
Hamlet	Yes, by Saint Patrick, but there is, Horatio, And much offence too. Touching this vision here, It is an honest ghost, that let me tell you. For your desire to know what is between us, O'ermaster't as you may. And now, good friends, As you are friends, scholars, and soldiers, Give me one poor request.
Horatio	What is't, my lord? We will.
Hamlet	Never make known what you have seen tonight.
Horatio and Marcellus	My lord, we will not.
Hamlet	Nay, but swear't.
Horatio	In faith, my lord, not I.
Marcellus	Nor I, my lord, in faith.
Hamlet	Upon my sword.
Marcellus	We have sworn, my lord, already.
Hamlet	Indeed, upon my sword, indeed.
Ghost	*[Cries under the stage.]* Swear.
Hamlet	Ha, ha boy, sayst thou so? Art thou there, truepenny? Come on, you hear this fellow in the cellarage. Consent to swear.
Horatio	Propose the oath, my lord.
Hamlet	Never to speak of this that you have seen. Swear by my sword.
Ghost	*[Beneath.]* Swear.
Hamlet	*Hic et ubique?* Then we'll shift our ground. Come hither, gentlemen, And lay your hands again upon my sword. Never to speak of this that you have heard. Swear by my sword.
Ghost	*[Beneath.]* Swear.

Horácio e *Marcelo*	Pelo céu o juramos, meu senhor.
Hamlet	Não há em toda a Dinamarca um biltre que possa ser tratante mais chapado.
Horácio	Não era necessário que nos viesse do outro mundo um fantasma dizer isso.
Hamlet	Está bem, está bem; tendes razão. Desse modo, sem mais formalidades, apartemos as mãos e dispersemo-nos. Vós, para onde os negócios e os pendores vos levarem – que todos os possuem, sejam quais forem. Quanto à minha pobre parte… ora, vede: vou rezar.
Horácio	São palavras sem nexo, meu senhor.
Hamlet	Em verdade, compunge-me ofender-vos. De coração.
Horácio	Não há ofensa, príncipe.
Hamlet	Por São Patrício, há ofensa, Horácio, e grande, quanto à visão de há pouco. Só vos digo que é um fantasma honesto. Mas quererdes saber o que passou entre mim e ele, não pode ser; sofreai-vos como for. E, agora, bons amigos – sim, que o somos, companheiros de escola e de caserna –, concedei-me um favor.
Horácio	Que pode ser, meu príncipe? Está feito.
Hamlet	Não contar o que vistes esta noite.
Horácio e *Marcelo*	Nada diremos.
Hamlet	Bem; então, jurai-o.
Horácio	Sob palavra de honra, serei mudo.
Marcelo	Eu também; sob palavra.
Hamlet	Em minha espada.
Horácio	Já o juramos, senhor.
Hamlet	Bem, mas agora jurai sobre esta espada.
Fantasma	*(Embaixo da terra)* Jurai!
Hamlet	Olá, garoto! Estás aí, valente. Ouvistes que da adega ele nos fala. Prestai o juramento.
Horácio	Formulai-o.
Hamlet	Jamais falar de quanto presenciastes sobre esta espada.
Fantasma	*(Embaixo da terra)* Jurai!
Hamlet	*Hic et ubique*? Mudemos de lugar. Aqui, senhores. Ponde as mãos novamente sobre a espada. Não falareis jamais sobre o que vistes. Jurai por minha espada.
Fantasma	*(Embaixo da terra)* Jurai!

Hamlet Well said, old mole! Canst work i' th'earth so fast? A worthy pioner! Once more remove, good friends.

Horatio O day and night, but this is wondrous strange.

Hamlet And therefore as a stranger give it welcome. There are more things in heaven and earth, Horatio, Than are dreamt of in your philosophy. But come, Here, as before, never, so help you mercy, How strange or odd soe'er I bear myself,— As I perchance hereafter shall think meet To put an antic disposition on— That you, at such times seeing me, never shall, With arms encumber'd thus, or this head-shake, Or by pronouncing of some doubtful phrase, As 'Well, we know', or 'We could and if we would', Or 'If we list to speak'; or 'There be and if they might', Or such ambiguous giving out, to note That you know aught of me:—this not to do. So grace and mercy at your most need help you, Swear.

Ghost *[Beneath.]* Swear.

Hamlet Rest, rest, perturbed spirit. So, gentlemen, With all my love I do commend me to you; And what so poor a man as Hamlet is May do t'express his love and friending to you, God willing, shall not lack. Let us go in together, And still your fingers on your lips, I pray. The time is out of joint. O cursed spite, That ever I was born to set it right. Nay, come, let's go together.

[Exeunt.]

Hamlet	Bravo, velha toupeira! E como furas a terra, bom mineiro! Ainda mais longe, meus amigos.
Horácio	Ó, dia e noite! É estranho!
Hamlet	Recebamo-lo, então, como a um estrangeiro. Há muita coisa mais no céu e na terra, Horácio, do que sonha a nossa pobre filosofia. Vinde novamente. Jurai de novo, assim Deus vos ajude, por mais que eu me apresente sob aspecto extravagante, tal como em futuro é possível que eu venha a comportar-me, que jamais – se me virdes alguma hora cruzar assim os braços, ou a cabeça sacudir deste jeito, ou dizer frases sem nexo: "Muito bem", ou "Poderíamos se o quiséssemos", ou "Vontade tenho de falar", ou discursos desse gênero – mostrareis saber algo. Que a divina graça e a misericórdia vos amparem.
Fantasma	*(Embaixo da terra)* Jurai!
Hamlet	Sossega, alma penada! E agora, amigos, com todo o meu amor me recomendo. E tudo o que um pobre homem como Hamlet possa fazer, no empenho de agradar-vos, não faltará, querendo-o Deus. E vamo-nos. Peço silêncio; os dedos sobre os lábios. Dos gonzos saiu o tempo. Maldição! Ter vindo ao mundo para endireitá-lo! Partamos juntos. Vamo-nos.

(Saem)

ATO II
ACT II

CENA I
SCENE I

SCENE I

A ROOM IN POLONIUS'S HOUSE.

Enter Polonius and Reynaldo.

Polonius	Give him this money and these notes, Reynaldo.
Reynaldo	I will, my lord.
Polonius	You shall do marvellous wisely, good Reynaldo, Before you visit him, to make inquiry Of his behaviour.
Reynaldo	My lord, I did intend it.
Polonius	Marry, well said; very well said. Look you, sir, Enquire me first what Danskers are in Paris; And how, and who, what means, and where they keep, What company, at what expense; and finding By this encompassment and drift of question, That they do know my son, come you more nearer Than your particular demands will touch it. Take you as 'twere some distant knowledge of him, As thus, 'I know his father and his friends, And in part him'—do you mark this, Reynaldo?
Reynaldo	Ay, very well, my lord.
Polonius	'And in part him, but,' you may say, 'not well; But if't be he I mean, he's very wild; Addicted so and so;' and there put on him What forgeries you please; marry, none so rank As may dishonour him; take heed of that; But, sir, such wanton, wild, and usual slips As are companions noted and most known To youth and liberty.
Reynaldo	As gaming, my lord?
Polonius	Ay, or drinking, fencing, swearing, Quarrelling, drabbing. You may go so far.
Reynaldo	My lord, that would dishonour him.
Polonius	Faith no, as you may season it in the charge. You must not put another scandal on him, That he is open to incontinency; That's not my meaning: but breathe his faults so quaintly That they may seem the taints of liberty; The flash and outbreak of a fiery mind, A savageness in unreclaimed blood, Of general assault.
Reynaldo	But my good lord—

CENA I

UM QUARTO NA CASA DE POLÔNIO.

(Entram Polônio e Reinaldo)

Polônio Reinaldo, dá a meu filho este dinheiro, juntamente com as notas.

Reinaldo Assim farei, senhor.

Polônio Andarás sabiamente, bom Reinaldo, antes de visitá-lo, se inquirires de sua conduta.

Reinaldo Assim o tencionava.

Polônio Muito bem dito; muito bem; mas olha: colhe primeiro informações acerca dos nossos conterrâneos que se encontram em Paris: quais os nomes, como vivem, com quem e quanto gastam. Se notares, com essa digressão, que eles conhecem meu filho, chegar-te-ás para mais perto, de maneira que os toques com as perguntas. Concede que o conheces vagamente; por exemplo: o pai dele, alguns amigos e a ele em parte. Compreendes, bom Reinaldo?

Reinaldo Pois não; perfeitamente, meu senhor.

Polônio A ele em parte. Dirás depois: não muito se é o mesmo que suponho, é um turbulento, com tais e tais defeitos, e atribuí-lhe quantos te parecer, mas não a ponto de causar-lhe desonra. Tem cuidado; somente alguns deslizes, tão só aqueles mais da moda e, entre os moços, compatíveis com a liberdade.

Reinaldo O jogo, por exemplo.

Polônio Sim; bebidas, esgrima, juras, brigas e mulheres. Irás até esse ponto.

Reinaldo Mas isso, meu senhor, o mancharia.

Polônio Não se tiveres tino em teu ataque. Não farás dele assunto só de escândalos, como se fosse dado à incontinência. Não é isso; retrata-lhe os defeitos, as manchas naturais da liberdade, as explosões de um espírito fogoso, a selvajaria, só, de sangue indômito que investe contra tudo.

Reinaldo Mas, senhor…

Polonius	Wherefore should you do this?
Reynaldo	Ay, my lord, I would know that.
Polonius	Marry, sir, here's my drift, And I believe it is a fetch of warrant. You laying these slight sullies on my son, As 'twere a thing a little soil'd i' th' working, Mark you, Your party in converse, him you would sound, Having ever seen in the prenominate crimes The youth you breathe of guilty, be assur'd He closes with you in this consequence; 'Good sir,' or so; or 'friend,' or 'gentleman'— According to the phrase or the addition Of man and country.
Reynaldo	Very good, my lord.
Polonius	And then, sir, does he this,— He does—What was I about to say? By the mass, I was about to say something. Where did I leave?
Reynaldo	At 'closes in the consequence.' At 'friend or so,' and 'gentleman.'
Polonius	At 'closes in the consequence' ay, marry! He closes with you thus: 'I know the gentleman, I saw him yesterday, or t'other day, Or then, or then, with such and such; and, as you say, There was he gaming, there o'ertook in's rouse, There falling out at tennis': or perchance, 'I saw him enter such a house of sale'— *Videlicet*, a brothel, or so forth. See you now; Your bait of falsehood takes this carp of truth; And thus do we of wisdom and of reach, With windlasses, and with assays of bias, By indirections find directions out. So by my former lecture and advice Shall you my son. You have me, have you not?
Reynaldo	My lord, I have.
Polonius	God b' wi' you, fare you well.
Reynaldo	Good my lord.
Polonius	Observe his inclination in yourself.
Reynaldo	I shall, my lord.
Polonius	And let him ply his music.
Reynaldo	Well, my lord.
Polonius	Farewell.

[Exit Reynaldo.]
Enter Ophelia.

Ophelia	Alas, my lord, I have been so affrighted.
Polonius	With what, in the name of God?

Polônio	Por que tudo isso?
Reinaldo	É o que eu desejara saber, meu bom senhor.
Polônio	Eis o meu plano, e a meu ver o artifício é proveitoso: se a meu filho imputares essas manchas, como que provenientes do trabalho, toma nota, teu interlocutor, que irás sondando, no caso de ao rapaz ter visto nelas, sem receio de errar, podes crer nisso, há de logo aderir-te à consequência: "Caro senhor", ou "amigo", ou "cavalheiro", de acordo com o falar da terra ou o título da pessoa…
Reinaldo	Compreendo, meu senhor.
Polônio	Nessa altura ele faz… ele faz… Que é que eu estava a dizer? Pela Santa Missa! Queria dizer algo… Onde foi que eu fiquei?
Reinaldo	"Há de logo aderir-te à consequência", e "amigo" ou coisa assim, e "cavalheiro".
Polônio	Sim, aderir à consequência. Esplêndido! Adere assim: "Conheço o cavalheiro; vi-o ontem, ou anteontem, ou em tal dia, com tais e tais. É certo o que dissestes; joga muito, embriagou-se de uma feita, no tênis discutiu", ou, porventura: "Vi-o entrar uma vez em casa imunda, *videlicet*, bordel", e assim por diante. Agora, vê: a isca da falsidade apanha a carpa da verdade. Assim nós, os entendidos, usando de cautela e circunlóquios, chegamos ao caminho por desvios. Seguindo os meus conselhos, faze o mesmo sobre meu filho. Entendes o que eu digo?
Reinaldo	Sim, senhor.
Polônio	Que Deus seja contigo; passa bem.
Reinaldo	Meu bom senhor!
Polônio	Observa por ti mesmo seus pendores.
Reinaldo	É o que farei.
Polônio	Mas que ele continue com sua música.
Reinaldo	Perfeitamente.
Polônio	Adeus.

(Sai Reinaldo)
(Entra Ofélia)

Ofélia	Ó, meu senhor, causou-me tanto medo!
Polônio	Fala, em nome do céu! Medo por quê?

Ophelia	My lord, as I was sewing in my chamber, Lord Hamlet, with his doublet all unbrac'd, No hat upon his head, his stockings foul'd, Ungart'red, and down-gyved to his ankle, Pale as his shirt, his knees knocking each other, And with a look so piteous in purport As if he had been loosed out of hell To speak of horrors, he comes before me.
Polonius	Mad for thy love?
Ophelia	My lord, I do not know, but truly I do fear it.
Polonius	What said he?
Ophelia	He took me by the wrist and held me hard; Then goes he to the length of all his arm; And with his other hand thus o'er his brow, He falls to such perusal of my face As he would draw it. Long stay'd he so, At last,—a little shaking of mine arm, And thrice his head thus waving up and down, He rais'd a sigh so piteous and profound As it did seem to shatter all his bulk And end his being. That done, he lets me go, And with his head over his shoulder turn'd He seem'd to find his way without his eyes, For out o' doors he went without their help, And to the last bended their light on me.
Polonius	Come, go with me. I will go seek the King. This is the very ecstasy of love, Whose violent property fordoes itself, And leads the will to desperate undertakings, As oft as any passion under heaven That does afflict our natures. I am sorry,— What, have you given him any hard words of late?
Ophelia	No, my good lord; but as you did command, I did repel his letters and denied His access to me.
Polonius	That hath made him mad. I am sorry that with better heed and judgement I had not quoted him. I fear'd he did but trifle, And meant to wreck thee. But beshrew my jealousy! It seems it is as proper to our age To cast beyond ourselves in our opinions As it is common for the younger sort To lack discretion. Come, go we to the King. This must be known, which, being kept close, might move More grief to hide than hate to utter love.

[Exeunt.]

Ofélia	Estava a costurar no quarto quando, descomposto, me surge lorde Hamlet, gibão aberto, sem chapéu, as meias caídas nos artelhos, e tão branco quanto a camisa; os joelhos lhe tremiam; o olhar, tão cheio de piedade, como vindo do inferno para relatar-me os eternais horrores. Desse modo me apareceu.
Polônio	Louco de amor por ti?
Ofélia	Não sei, senhor; mas, em verdade, o temo.
Polônio	Que disse ele?
Ofélia	Tomou-me fortemente pelo punho e afastou-me à distância de seu braço; depois, com a outra mão por sobre os olhos, o rosto me fitou, como querendo desenhá-lo. Algum tempo assim se quedou. Por fim, depois de sacudir-me o braço e menear a cabeça por três vezes, suspirou tão profundo e tão piedoso, como a despedaçar-se-lhe a estatura e firmar-se-lhe o ser. Alfim, soltou-me; e a cabeça, virada, parecia que sem o uso da vista se orientava, pois a porta passou sem tê-la visto, e o olhar em mim mantendo sempre fixo.
Polônio	Vem comigo; contemos isso ao rei. É o delírio do amor, nem mais nem menos, que com a própria violência se aniquila, conduzindo a vontade ao desespero como o não faz outra paixão, de quantas sob o céu nos afligem. Estou triste. Não foste áspera com ele ultimamente?
Ofélia	Não, meu pai; mas, conforme o prescreveste, devolvi-lhe as cartas e neguei-me a recebê-lo.
Polônio	Foi o que o pôs doido. Pesa-me não o haver considerado com mais vagar; pensei que era namoro e que sua intenção fosse perder-te. Maldita desconfiança! Em nossa idade é comum sempre o excesso nos juízos, como é próprio dos moços carecerem de discrição. Convém contá-lo ao rei. Maior dano colheremos se calarmos, do que ódio, se esse amor lhe revelarmos. Vem.

(Saem)

CENA II
SCENE II

SCENE II

A ROOM IN THE CASTLE.

Enter King, Queen, Rosencrantz, Guildenstern and Attendants.

King	Welcome, dear Rosencrantz and Guildenstern. Moreover that we much did long to see you, The need we have to use you did provoke Our hasty sending. Something have you heard Of Hamlet's transformation; so I call it, Since nor th'exterior nor the inward man Resembles that it was. What it should be, More than his father's death, that thus hath put him So much from th'understanding of himself, I cannot dream of. I entreat you both That, being of so young days brought up with him, And since so neighbour'd to his youth and humour, That you vouchsafe your rest here in our court Some little time, so by your companies To draw him on to pleasures and to gather, So much as from occasion you may glean, Whether aught to us unknown afflicts him thus That, open'd, lies within our remedy.
Queen	Good gentlemen, he hath much talk'd of you, And sure I am, two men there are not living To whom he more adheres. If it will please you To show us so much gentry and good will As to expend your time with us awhile, For the supply and profit of our hope, Your visitation shall receive such thanks As fits a king's remembrance.
Rosencrantz	Both your majesties Might, by the sovereign power you have of us, Put your dread pleasures more into command Than to entreaty.
Guildenstern	We both obey, And here give up ourselves, in the full bent, To lay our service freely at your feet To be commanded.
King	Thanks, Rosencrantz and gentle Guildenstern.
Queen	Thanks, Guildenstern and gentle Rosencrantz. And I beseech you instantly to visit My too much changed son. Go, some of you, And bring these gentlemen where Hamlet is.
Guildenstern	Heavens make our presence and our practices Pleasant and helpful to him.

CENA II

UM QUARTO NO CASTELO.

(Entram o Rei, a Rainha, Rosencrantz e Guildenstern)

Rei	Bem-vindos, Rosencrantz e Guildenstern! Ainda que desejássemos rever-vos, a urgência de empregar-vos deu motivo a este chamado. Certo ouvistes algo sobre a transformação de Hamlet; assim lhe chamo, que o exterior dele e o seu íntimo não são agora os mesmos. Qual a causa, fora a morte do pai, que o pôs desta arte, tão alheio à sua própria inteligência, não posso saber. Por isso, peço-vos – já que ambos fostes criados junto dele, tão afins no caráter e na idade – que vos digneis ficar em nossa Corte por algum tempo, para o distrairdes com vossa companhia, e também para investigardes, sempre que possível, se algo que nos escapa o mortifica e que, uma vez sabido, remediemos.
Rainha	Tem falado bastante nos senhores. Não pode haver outras pessoas que ele tanto aprecie. Se vos for do agrado mostrar-nos boa vontade e gentileza, despendendo conosco vosso tempo para lucro tão só de nosso anseio, terá nossa visita, prêmio digno do reconhecimento de um monarca.
Rosencrantz	Está em Vossas Majestades, pelo jus da soberania, não nos pedir favor, mas ordenar-nos, como o queira vosso augusto prazer.
Guildenstern	Estamos prontos a obedecer-vos. Tensos até ao máximo, viemos nos pôr aos pés de Vossa Alteza para sermos mandados.
Rei	Muito obrigado, Rosencrantz, querido Guildenstern.
Rainha	Muito obrigada, Guildenstern, querido Rosencrantz. É com muito carinho que vos peço visitardes meu filho, que se encontra tão mudado. Um daí sirva de guia e conduza até Hamlet estes senhores.
Guildenstern	Praza ao céu que lhe sejam úteis e gratos nosso auxílio e nossa presença.

Queen	Ay, amen.

[Exeunt Rosencrantz, Guildenstern and some Attendants.]
Enter Polonius.

Polonius	Th'ambassadors from Norway, my good lord, Are joyfully return'd.
King	Thou still hast been the father of good news.
Polonius	Have I, my lord? Assure you, my good liege, I hold my duty, as I hold my soul, Both to my God and to my gracious King: And I do think,—or else this brain of mine Hunts not the trail of policy so sure As it hath us'd to do—that I have found The very cause of Hamlet's lunacy.
King	O speak of that, that do I long to hear.
Polonius	Give first admittance to th'ambassadors; My news shall be the fruit to that great feast.
King	Thyself do grace to them, and bring them in.

[Exit Polonius.]

	He tells me, my sweet queen, that he hath found The head and source of all your son's distemper.
Queen	I doubt it is no other but the main, His father's death and our o'erhasty marriage.
King	Well, we shall sift him.

Enter Polonius with Voltemand and Cornelius.

King	Welcome, my good friends! Say, Voltemand, what from our brother Norway?
Voltemand	Most fair return of greetings and desires. Upon our first, he sent out to suppress His nephew's levies, which to him appear'd To be a preparation 'gainst the Polack; But better look'd into, he truly found It was against your Highness; whereat griev'd, That so his sickness, age, and impotence Was falsely borne in hand, sends out arrests On Fortinbras; which he, in brief, obeys, Receives rebuke from Norway; and in fine, Makes vow before his uncle never more To give th'assay of arms against your Majesty. Whereon old Norway, overcome with joy, Gives him three thousand crowns in annual fee, And his commission to employ those soldiers So levied as

Rainha Deus o queira.

(Saem Rosencrantz, Guildenstern e alguns criados)
(Entra Polônio)

Polônio Regressaram contentes da Noruega, meu bom senhor, os nossos emissários.

Rei Sempre fostes o pai de boas-novas.

Polônio Não é verdade? Posso assegurar-vos que eu dedico o dever, assim como a alma, primeiro a Deus, depois ao meu querido soberano. E ora penso – salvo se esta cabeça já não segue como dantes o rasto da prudência – haver achado o motivo de estar Hamlet louco.

Rei Revelai-mo; a notícia me alvoroça.

Polônio Primeiro os emissários; a notícia vai ser a sobremesa do banquete.

Rei Pois faze-lhes as honras e os conduze.

(Sai Polônio)

Disse, minha querida, haver achado as origens da doença de teu filho.

Rainha Temo que seja apenas a mais grave: o traspasso do pai e nosso enlace.

Rei Sondá-lo-emos.

(Volta Polônio, com Voltimando e Cornélio)

Rei Bem-vindos, bons amigos. Dizei-me, Voltimando: o que trouxestes de nosso irmão da Noruega?

Voltimando Retribui-vos cumprimentos e envia-vos saudares. Mal nos ouviu, mandou suspender todas as levas do sobrinho, que julgava serem preparações contra os polacos, mas que depois soube visarem Vossa Alteza. Indignado com tamanho desrespeito à sua idade e ao próprio achaque da velhice, mandou vir Fortimbrás preso, que lhe obedece prontamente, e, após ser admoestado por Noruega, promete ao tio que jamais as forças empregaria contra Vossa Alteza, com o que o velho Noruega, jubiloso, três mil coroas de pensão lhe outorga, com a permissão de usar contra o Polaco justamente os soldados

before, against the Polack: With an entreaty, herein further shown, *[Gives a paper.]* That it might please you to give quiet pass Through your dominions for this enterprise, On such regards of safety and allowance As therein are set down.

King It likes us well; And at our more consider'd time we'll read, Answer, and think upon this business. Meantime we thank you for your well-took labour. Go to your rest, at night we'll feast together:. Most welcome home.

[Exeunt Voltemand and Cornelius.]

Polonius This business is well ended. My liege and madam, to expostulate What majesty should be, what duty is, Why day is day, night night, and time is time Were nothing but to waste night, day and time. Therefore, since brevity is the soul of wit, And tediousness the limbs and outward flourishes, I will be brief. Your noble son is mad. Mad call I it; for to define true madness, What is't but to be nothing else but mad? But let that go.

Queen More matter, with less art.

Polonius Madam, I swear I use no art at all. That he is mad, 'tis true: 'tis true 'tis pity; And pity 'tis 'tis true. A foolish figure, But farewell it, for I will use no art. Mad let us grant him then. And now remains That we find out the cause of this effect, Or rather say, the cause of this defect, For this effect defective comes by cause. Thus it remains, and the remainder thus. Perpend, I have a daughter— have whilst she is mine— Who in her duty and obedience, mark, Hath given me this. Now gather, and surmise. *[Reads.] To the celestial, and my soul's idol, the most beautified Ophelia*— That's an ill phrase, a vile phrase; 'beautified' is a vile phrase: but you shall hear. *[Reads.] these; in her excellent white bosom, these, &c.*

Queen Came this from Hamlet to her?

Polonius Good madam, stay awhile; I will be faithful. *[Reads.] Doubt thou the stars are fire, Doubt that the sun doth move, Doubt truth to be a liar, But never doubt I love. O dear Ophelia, I am ill at these numbers. I have not art to reckon my groans. But that I love thee best, O*

alistados, ao lado do pedido aqui explanado *(Entrega uma carta)*, de que vos seja grato o livre trânsito dessas tropas por vosso território em condições de inteira segurança, contidas nesta carta.

Rei — Muito bem; vamos lê-la com a calma necessária, responder-lhe e pensar sobre a matéria. Agradecemos vossos bons serviços. Agora, descansai; cearemos juntos. Bem-vindos ao meu lar.

(Saem Voltimando e Cornélio)

Polônio — Foi bem solucionada essa pendência. Meu rei, minha senhora: pretender explicar o que seja a majestade ou o dever, porque o dia é dia e a noite é noite, e o tempo é tempo, vale o mesmo que malgastar o dia, a noite e o tempo. É certo: a concisão é a alma do espírito, como a prolixidade os seus suportes e flores exteriores. Vou ser breve. Vosso filho está louco; sim, é o termo mais acertado; pois em que consiste a loucura, senão em sermos loucos? Que seja.

Rainha — Mais matéria, menos arte.

Polônio — Juro que não faço uso de arte alguma. Que é louco, é certo; é certo e mete pena. Mete pena ser certo; ruim antítese. Pois deixemo-la; quero falar simples. Louco é como lhe chamo; só nos falta descobrir qual a causa desse efeito, ou melhor: qual a causa do defeito, que o efeito defeituoso tem sua causa. Assim ficou; o resto é como segue. Considerai: tenho uma filha – tenho, enquanto é minha – a qual, fiel à obediência que me deve, notai bem, me deu isto. Ora, concluí: "Ao ídolo de minha alma, à divina e embelezada Ofélia". Expressão horrorosa e banal: embelezada! Muito banal. Mas ouvi até ao fim: "Ao seu seio cândido e delicado, estas etc.".

Rainha — Hamlet lhe enviou isso?

Polônio — Senhora, mais paciência; direi tudo. "Duvida da luz dos astros, de que o Sol tenha calor, duvida até da verdade, mas confia em meu amor. Querida Ofélia: não sou muito bom na contagem das sílabas: não possuo a arte de medir

	most best, believe it. Adieu. Thine evermore, most dear lady, whilst this machine is to him, Hamlet. This in obedience hath my daughter show'd me; And more above, hath his solicitings, As they fell out by time, by means, and place, All given to mine ear.
King	But how hath she receiv'd his love?
Polonius	What do you think of me?
King	As of a man faithful and honourable.
Polonius	I would fain prove so. But what might you think, When I had seen this hot love on the wing, As I perceiv'd it, I must tell you that, Before my daughter told me, what might you, Or my dear Majesty your queen here, think, If I had play'd the desk or table-book, Or given my heart a winking, mute and dumb, Or look'd upon this love with idle sight, What might you think? No, I went round to work, And my young mistress thus I did bespeak: 'Lord Hamlet is a prince, out of thy star. This must not be.' And then I precepts gave her, That she should lock herself from his resort, Admit no messengers, receive no tokens. Which done, she took the fruits of my advice, And he, repulsed,—a short tale to make— Fell into a sadness, then into a fast, Thence to a watch, thence into a weakness, Thence to a lightness, and, by this declension, Into the madness wherein now he raves, And all we wail for.
King	Do you think 'tis this?
Queen	It may be, very likely.
Polonius	Hath there been such a time, I'd fain know that, That I have positively said ''Tis so,' When it prov'd otherwise?
King	Not that I know.
Polonius	*[Points to his head and shoulder.]* Take this from this, if this be otherwise. If circumstances lead me, I will find Where truth is hid, though it were hid indeed Within the centre.
King	How may we try it further?
Polonius	You know sometimes he walks four hours together Here in the lobby.
Queen	So he does indeed.
Polonius	At such a time I'll loose my daughter to him. Be you and I behind an arras then, Mark the encounter. If he love her not, And be not from his reason fall'n thereon, Let me be no assistant for a state, But keep a farm and carters.

os meus suspiros; mas que te amo muitíssimo, infinitamente, podes crer-me. Adeus. O teu para sempre, querida menina, enquanto esta máquina lhe pertencer, Hamlet." Eis o que minha filha me contou, por obediência; e mais: suas instantes declarações, segundo o modo, o tempo e as oportunidades.

Rei E ela, como o acolheu?

Polônio Que pensais, senhor, de mim?

Rei Que sois pessoa honrada e de confiança.

Polônio Pois prová-lo-ei. Que havíeis de pensar, se eu visse alçar voo amor tão férvido – e o percebi, vos digo, antes de minha filha me revelar isso? Que pensaríeis, ou a minha majestade aqui presente, se eu tivesse servido de carteira ou pasta de papéis, ou então piscado ao coração, ficando quieto e mudo, e indiferente contemplasse o caso? Que pensaríeis? Não; pus-me em campanha, e falei deste modo à senhorita: "Lorde Hamlet está acima de tua esfera; não pode ser", e dei-lhe bons conselhos para que ela o evitasse daí em diante, recusasse recados e presentes. Pôs-se ela a aproveitar-se dos conselhos, e ele – para ser breve – repelido, cai em melancolia a que se segue jejum, falta de sono, abatimento e distração. E, assim, piorando sempre, cai na loucura em que ora se debate e nos punge.

Rei Pensais, então, seja isso?

Rainha Pode ser; bem plausível.

Polônio Já aconteceu – anseio por sabê-lo – ter eu dito: "Tal coisa é deste modo", que assim não fosse?

Rei Não, que o saiba.

Polônio *(Indicando a cabeça e os ombros)* Arrancai esta destes, se isso é falso. Pelo rastro descubro onde se encontra escondida a verdade, ainda que seja no próprio centro.

Rei E como comprová-lo?

Polônio Sabeis que ele passeia horas seguidas aqui na galeria.

Rainha É hábito seu.

Polônio Mandarei minha filha vir falar-lhe; nós ficamos atrás desta cortina. Observai bem os fatos; se ele não a ama, mudai-me da função de conselheiro para a de carroceiro ou camponês.

King	We will try it.

Enter Hamlet, reading.

Queen	But look where sadly the poor wretch comes reading.
Polonius	Away, I do beseech you, both away I'll board him presently. O, give me leave.

[Exeunt King, Queen and Attendants.]

	How does my good Lord Hamlet?
Hamlet	Well, God-a-mercy.
Polonius	Do you know me, my lord?
Hamlet	Excellent well. You are a fishmonger.
Polonius	Not I, my lord.
Hamlet	Then I would you were so honest a man.
Polonius	Honest, my lord?
Hamlet	Ay sir, to be honest, as this world goes, is to be one man picked out of ten thousand.
Polonius	That's very true, my lord.
Hamlet	For if the sun breed maggots in a dead dog, being a good kissing carrion,— Have you a daughter?
Polonius	I have, my lord.
Hamlet	Let her not walk i' th' sun. Conception is a blessing, but not as your daughter may conceive. Friend, look to't.
Polonius	How say you by that? *[Aside.]* Still harping on my daughter. Yet he knew me not at first; he said I was a fishmonger. He is far gone, far gone. And truly in my youth I suffered much extremity for love; very near this. I'll speak to him again.—What do you read, my lord?
Hamlet	Words, words, words.
Polonius	What is the matter, my lord?
Hamlet	Between who?
Polonius	I mean the matter that you read, my lord.
Hamlet	Slanders, sir. For the satirical slave says here that old men have grey beards; that their faces are wrinkled; their eyes purging thick amber and plum-tree gum; and that they have a plentiful lack of wit, together with most weak hams. All which, sir, though I most powerfully and potently believe,

Rei	Façamos a experiência.

(Entra Hamlet, lendo)

Rainha	Vede como é triste! O pobrezinho vem lendo um livro!
Polônio	É urgente; deveis ambos sair, eu vos suplico. Vou falar-lhe.

(Saem o Rei, a Rainha e os criados)

	Como está o meu bom príncipe Hamlet?
Hamlet	Bem, graças a Deus.
Polônio	Conheceis-me, milorde?
Hamlet	Perfeitamente; sois um peixeiro.
Polônio	Eu não, milorde.
Hamlet	Pois quisera que fôsseis tão honesto.
Polônio	Honesto, príncipe?
Hamlet	Sim, porque, do jeito como o mundo anda, ser honesto equivale a ser escolhido entre dez mil.
Polônio	É muito certo isso, príncipe.
Hamlet	Porque, se o Sol gera vermes no cadáver de um cão, carniça muito bela para ser beijada... Não tendes uma filha?
Polônio	Tenho, milorde.
Hamlet	Então não a deixeis passear ao Sol; a concepção é uma bênção; não, porém, como vossa filha pode conceber. Cuidado, amigo!
Polônio	Que quereis dizer com isso? *(À parte)* Sempre com a ideia em minha filha. No entanto, a princípio não me reconheceu, tendo-me tomado por um peixeiro. O mal já vai longe. Mas, para ser franco, na minha mocidade o amor me fez sofrer bastante. Cheguei quase a esse ponto. Vou falar-lhe outra vez. Que é que o meu príncipe está lendo?
Hamlet	Palavras, palavras, palavras...
Polônio	A que respeito, príncipe?
Hamlet	Entre quem?
Polônio	Refiro-me ao assunto de vossa leitura, príncipe.
Hamlet	Calúnias, meu amigo. Este escravo satírico diz que os velhos têm a barba grisalha, a pele do rosto enrugada, que dos olhos lhes destila âmbar tênue e goma de ameixeira, carecerem de espírito e possuírem pernas fracas. Mas embora, senhor, eu esteja íntima e

yet I hold it not honesty to have it thus set down. For you yourself, sir, should be old as I am, if like a crab you could go backward.

Polonius *[Aside.]* Though this be madness, yet there is method in't.— Will you walk out of the air, my lord?

Hamlet Into my grave?

Polonius Indeed, that is out o' the air. *[Aside.]* How pregnant sometimes his replies are! A happiness that often madness hits on, which reason and sanity could not so prosperously be delivered of. I will leave him and suddenly contrive the means of meeting between him and my daughter. My honourable lord, I will most humbly take my leave of you.

Hamlet You cannot, sir, take from me anything that I will more willingly part withal, except my life, except my life, except my life.

Polonius Fare you well, my lord.

Hamlet These tedious old fools.

Enter Rosencrantz and Guildenstern.

Polonius You go to seek the Lord Hamlet; there he is.

Rosencrantz *[To Polonius.]* God save you, sir.

[Exit Polonius.]

Guildenstern My honoured lord!

Rosencrantz My most dear lord!

Hamlet My excellent good friends! How dost thou, Guildenstern? Ah, Rosencrantz. Good lads, how do ye both?

Rosencrantz As the indifferent children of the earth.

Guildenstern Happy in that we are not over-happy; On Fortune's cap we are not the very button.

Hamlet Nor the soles of her shoe?

Rosencrantz Neither, my lord.

Hamlet Then you live about her waist, or in the middle of her favours?

Guildenstern Faith, her privates we.

Hamlet In the secret parts of Fortune? O, most true; she is a strumpet. What's the news?

Rosencrantz None, my lord, but that the world's grown honest.

grandemente convencido da verdade de tudo isso, não considero honesto publicá-lo; porque, se pudésseis ficar tão velho quanto eu, sem dúvida alguma andaríeis para trás, como caranguejos.

Polônio — *(À parte)* Apesar de ser loucura, revela método. Não quereis sair do vento, príncipe?

Hamlet — Entrar na sepultura?

Polônio — Realmente, desse modo sairíeis do vento. *(À parte)* Como são agudas, não raro, as suas respostas! É uma felicidade da loucura, algumas vezes, felicidade que a razão e o bom senso não alcançam com a mesma facilidade. Vou deixá-lo a fim de arranjar maneira de que se encontre com minha filha. Meu muito digno senhor, desejo humildemente pedir permissão para despedir-me.

Hamlet — Pois não; não podeis pedir coisa que eu cedesse de melhor boa vontade; exceto a vida, exceto a vida, exceto a vida.

Polônio — Passai bem, meu príncipe.

Hamlet — Esses velhos chatos e tolos!

(Entram Rosencrantz e Guildenstern)

Polônio — Procurais lorde Hamlet? Está aqui.

Rosencrantz — *(À Polônio)* Deus vos guarde, senhor.

(Sai Polônio)

Guildenstern — Nobre senhor…

Rosencrantz — Meu querido príncipe…

Hamlet — Caros amigos! Como passais, Guildenstern? Ah, Rosencrantz! Bons amigos, como ides passando?

Rosencrantz — Como filhos medíocres da terra.

Guildenstern — Felizes por não o sermos em demasia. Não somos o botão mais alto do gorro da fortuna.

Hamlet — Nem a sola de seus sapatos?

Rosencrantz — Nem isso, príncipe.

Hamlet — Então viveis na zona da cintura ou no meio de seus favores.

Guildenstern — De fato, vivemos em sua intimidade.

Hamlet — Nas partes secretas da fortuna? Realmente, é uma meretriz. Que novidades há?

Rosencrantz — Nenhuma, príncipe; a não ser que o mundo se tornou honesto.

Hamlet	Then is doomsday near. But, in the beaten way of friendship, what make you at Elsinore?
Rosencrantz	To visit you, my lord, no other occasion.
Hamlet	Beggar that I am, I am even poor in thanks; but I thank you. And sure, dear friends, my thanks are too dear a halfpenny. Were you not sent for? Is it your own inclining? Is it a free visitation? Come, deal justly with me. Come, come; nay, speak.
Guildenstern	What should we say, my lord?
Hamlet	Why, anything. But to the purpose. You were sent for; and there is a kind of confession in your looks, which your modesties have not craft enough to colour. I know the good King and Queen have sent for you.
Rosencrantz	To what end, my lord?
Hamlet	That you must teach me. But let me conjure you, by the rights of our fellowship, by the consonancy of our youth, by the obligation of our ever-preserved love, and by what more dear a better proposer could charge you withal, be even and direct with me, whether you were sent for or no.
Rosencrantz	*[To Guildenstern.]* What say you?
Hamlet	*[Aside.]* Nay, then I have an eye of you. If you love me, hold not off.
Guildenstern	My lord, we were sent for.
Hamlet	I will tell you why; so shall my anticipation prevent your discovery, and your secrecy to the King and Queen moult no feather. I have of late, but wherefore I know not, lost all my mirth, forgone all custom of exercises; and indeed, it goes so heavily with my disposition that this goodly frame the earth, seems to me a sterile promontory; this most excellent canopy the air, look you, this brave o'erhanging firmament, this majestical roof fretted with golden fire, why, it appears no other thing to me than a foul and pestilent congregation of vapours. What a piece of work is man, how noble in reason, how infinite in faculties, in form and moving, how express and admirable; in action how like an angel, in apprehension, how like a god: the beauty of the world, the paragon of animals. And yet, to me,

Hamlet Nesse caso, aproxima-se o Dia do Juízo. Mas, para ficarmos no caminho trilhado da amizade, que vos trouxe a Elsinor?

Rosencrantz Fazer-te uma visita, príncipe; nada mais.

Hamlet Sou um mendigo que sofre de penúria até de agradecimentos. Contudo, agradeço-vos; com a certeza, meus caros, de que esses agradecimentos já serão caros demais por um real. Não fostes chamados? Viestes por vontade própria? Trata-se de visita espontânea? Vamos, vamos! Sede sinceros comigo; dizei-me a verdade.

Guildenstern Que poderemos dizer, senhor?

Hamlet Qualquer coisa, contanto que sirva ao caso. Fostes chamados; leio em vosso olhar uma espécie de confissão, que a modéstia que vos é própria não consegue mascarar. Sei perfeitamente que o bom rei e a rainha mandaram chamar-vos.

Rosencrantz Com que fim, senhor?

Hamlet É o que ireis dizer-me. Mas conjuro-vos pelos direitos de nossa camaradagem, pela consonância da idade, pelas obrigações de nossa sempre comprovada afeição e por tudo de mais caro que pudesse ser invocado por um orador mais convincente do que eu; sede sinceros comigo: fostes ou não fostes chamados?

Rosencrantz *(À parte para Guildenstern)* Que dizeis a isso?

Hamlet *(À parte)* Não vos perco de vista. Se me tendes amizade, nada de evasivas.

Guildenstern De fato, príncipe, fomos chamados.

Hamlet Vou dizer-vos o motivo; desse modo, antecipando-se minhas presunções a vossas declarações, não oscilará no mínimo a discrição que deveis ao rei e à rainha. De tempos a esta parte – por motivos que me escapam –, perdi toda a alegria e descuidei-me dos meus exercícios habituais. Tão grave é o meu estado, que esta magnífica estrutura, a terra, se me afigura um promontório estéril; este maravilhoso dossel – ora vede –, o ar, este excelente firmamento que nos cobre, este majestoso teto, incrustado de áureos fogos, tudo isto, para mim, não passa de um amontoado de vapores pestilentos. Que obra-prima, o homem! Quão nobre pela razão! Quão infinito pelas faculdades! Como é significativo e admirável na forma e nos movimentos! Nos atos quão semelhante aos anjos! Na apreensão, como se aproxima dos deuses, adorno do

	what is this quintessence of dust? Man delights not me; no, nor woman neither, though by your smiling you seem to say so.
Rosencrantz	My lord, there was no such stuff in my thoughts.
Hamlet	Why did you laugh then, when I said 'Man delights not me'?
Rosencrantz	To think, my lord, if you delight not in man, what Lenten entertainment the players shall receive from you. We coted them on the way, and hither are they coming to offer you service.
Hamlet	He that plays the king shall be welcome,—his Majesty shall have tribute of me; the adventurous knight shall use his foil and target; the lover shall not sigh gratis, the humorous man shall end his part in peace; the clown shall make those laugh whose lungs are tickle o' th' sere; and the lady shall say her mind freely, or the blank verse shall halt for't. What players are they?
Rosencrantz	Even those you were wont to take such delight in—the tragedians of the city.
Hamlet	How chances it they travel? Their residence, both in reputation and profit, was better both ways.
Rosencrantz	I think their inhibition comes by the means of the late innovation.
Hamlet	Do they hold the same estimation they did when I was in the city? Are they so followed?
Rosencrantz	No, indeed, they are not.
Hamlet	How comes it? Do they grow rusty?
Rosencrantz	Nay, their endeavour keeps in the wonted pace; but there is, sir, an aerie of children, little eyases, that cry out on the top of question, and are most tyrannically clapped for't. These are now the fashion, and so berattle the common stages—so they call them—that many wearing rapiers are afraid of goose-quills and dare scarce come thither.
Hamlet	What, are they children? Who maintains 'em? How are they escoted? Will they pursue the quality no longer than they can sing? Will they not say afterwards, if they should grow themselves to common players—as it is most like, if their means are no better—their writers do them wrong to make them exclaim against their own succession?

	mundo, modelo das criaturas! No entanto, que é para mim essa quintessência de pó? Os homens não me proporcionam prazer; sim, nem as mulheres, apesar de vosso sorriso querer insinuar o contrário.
Rosencrantz	Não pensei em semelhante coisa, príncipe.
Hamlet	Então por que sorristes quando eu disse que os homens não me proporcionam prazer?
Rosencrantz	Por pensar que, se isso acontece, os atores vão ter uma recepção de Quaresma. Apanhamo-los em caminho; vêm para oferecer-vos os seus serviços.
Hamlet	Será bem-vindo o que representa o rei; Sua Majestade receberá as minhas homenagens; o cavalheiro andante fará uso do florete e do escudo; o amante não suspirará de graça; o caprichoso irá em paz até o fim do seu papel, o bobo fará rir aos que tiverem pulmões que disparem ao menor toque, as damas exporão livremente o seu pensar, para que o verso branco não fique estropiado. Que espécie de atores são eles?
Rosencrantz	Os mesmos de que tanto gostáveis: os atores da cidade.
Hamlet	E por que estão viajando? Se ficassem fixos, só poderiam ganhar tanto na reputação como em vantagens materiais.
Rosencrantz	Penso ser isso resultado da última sedição.
Hamlet	Ainda gozam de conceito igual ao do tempo em que eu estava na cidade?
Rosencrantz	Não tanto, meu senhor.
Hamlet	E qual a causa? Ficaram enferrujados?
Rosencrantz	Não; esforçam-se, como de costume, mas apareceu por aí uma ninhada de crianças, uns frangotes que trazem a público todas as particularidades da questão, pelo que são barbaramente aplaudidos. Estão agora em moda, cacarejando de tal maneira nos teatros comuns – como eles lhes chamam –, que muita gente de espada receia ir lá, com medo das penas de pato.
Hamlet	Como assim? São crianças? E quem os mantém? Quem lhes paga ordenados? Só exercerão a arte enquanto puderem cantar? Não dirão mais tarde, se se tornarem atores comuns – o que é de presumir, uma vez que lhes faltam maiores cabedais –, que os escritores abusaram deles, fazendo-os declamar contra seu próprio futuro?

Rosencrantz	Faith, there has been much to do on both sides; and the nation holds it no sin to tarre them to controversy. There was for a while, no money bid for argument unless the poet and the player went to cuffs in the question.
Hamlet	Is't possible?
Guildenstern	O, there has been much throwing about of brains.
Hamlet	Do the boys carry it away?
Rosencrantz	Ay, that they do, my lord. Hercules and his load too.
Hamlet	It is not very strange; for my uncle is King of Denmark, and those that would make mouths at him while my father lived, give twenty, forty, fifty, a hundred ducats apiece for his picture in little. 'Sblood, there is something in this more than natural, if philosophy could find it out.

[Flourish of trumpets within.]

Guildenstern	There are the players.
Hamlet	Gentlemen, you are welcome to Elsinore. Your hands, come. The appurtenance of welcome is fashion and ceremony. Let me comply with you in this garb, lest my extent to the players, which I tell you must show fairly outward, should more appear like entertainment than yours. You are welcome. But my uncle-father and aunt-mother are deceived.
Guildenstern	In what, my dear lord?
Hamlet	I am but mad north-north-west. When the wind is southerly, I know a hawk from a handsaw.

Enter Polonius.

Polonius	Well be with you, gentlemen.
Hamlet	Hark you, Guildenstern, and you too, at each ear a hearer. That great baby you see there is not yet out of his swaddling clouts.
Rosencrantz	Happily he's the second time come to them; for they say an old man is twice a child.
Hamlet	I will prophesy he comes to tell me of the players. Mark it.—You say right, sir: for a Monday morning 'twas so indeed.

Rosencrantz	Em verdade, de parte a parte não tem faltado matéria para brigas sem que o povo revele escrúpulos em espicaçá-los. Época houve em que a peça nada rendia, se o poeta e o ator não fossem às vias de fato com seus adversários.
Hamlet	É possível?
Guildenstern	Ah! Tem havido grande desperdício de inteligência.
Hamlet	E os meninos, carregaram os louros da vitória?
Rosencrantz	Foi, realmente, o que se deu, milorde; carregaram Hércules e mais o seu fardo.
Hamlet	Não admira; meu tio é rei da Dinamarca, e aqueles que lhe faziam caretas em vida de meu pai dão agora vinte, quarenta, cinquenta e até cem ducados por seu retrato em miniatura. Por minha vida! Há algo de sobrenatural em tudo isso. Assim pudesse a filosofia descobri-lo.

(Ouve-se toque de clarins)

Guildenstern	São os atores que chegam.
Hamlet	Senhores, sois bem-vindos a Elsinor. Apertemo-nos as mãos; os cumprimentos e as cortesias são as pertenças das boas-vindas. Consenti que vos saúde deste modo, para que minha atitude em relação aos atores – e posso assegurar-vos de que vai ser de brilhante aparência – não pareça acolhimento mais afetuoso do que o que vos dispenso. Sois bem-vindos; mas meu tio-pai e minha tia-mãe se enganaram.
Guildenstern	Em quê, senhor?
Hamlet	Eu só fico louco quando o vento sopra de nor-noroeste; com vento sul, distingo perfeitamente um falcão de uma garça.

(Entra Polônio)

Polônio	Meus cumprimentos, senhores.
Hamlet	Escuta, Guildenstern; e tu também; para cada ouvido um ouvinte: esse bebê grande que estais vendo ainda não saiu dos cueiros.
Rosencrantz	Nesse caso, voltou a usá-los, porque dizem que a velhice é uma segunda infância.
Hamlet	Sou capaz de adivinhar que vem falar-me dos atores. Tendes razão, senhor; foi justamente na manhã de segunda-feira.

Polonius	My lord, I have news to tell you.
Hamlet	My lord, I have news to tell you. When Roscius was an actor in Rome—
Polonius	The actors are come hither, my lord.
Hamlet	Buzz, buzz.
Polonius	Upon my honour.
Hamlet	Then came each actor on his ass—
Polonius	The best actors in the world, either for tragedy, comedy, history, pastoral, pastoral-comical, historical-pastoral, tragical-historical, tragical-comical-historical-pastoral, scene individable, or poem unlimited. Seneca cannot be too heavy, nor Plautus too light, for the law of writ and the liberty. These are the only men.
Hamlet	O Jephthah, judge of Israel, what a treasure hadst thou!
Polonius	What treasure had he, my lord?
Hamlet	Why— 'One fair daughter, and no more, The which he loved passing well.'
Polonius	*[Aside.]* Still on my daughter.
Hamlet	Am I not i' th' right, old Jephthah?
Polonius	If you call me Jephthah, my lord, I have a daughter that I love passing well.
Hamlet	Nay, that follows not.
Polonius	What follows then, my lord?
Hamlet	Why, As by lot, God wot, and then, you know, It came to pass, as most like it was. The first row of the pious chanson will show you more. For look where my abridgement comes.

Enter four or five Players.

You are welcome, masters, welcome all. I am glad to see thee well. Welcome, good friends. O, my old friend! Thy face is valanc'd since I saw thee last. Com'st thou to beard me in Denmark? What, my young lady and mistress! By'r lady, your ladyship is nearer to heaven than when I saw you last, by the altitude of a chopine. Pray God your voice, like a piece of uncurrent gold, be not cracked within the ring. Masters, you are all welcome. We'll e'en to't like French falconers, fly at anything we see. We'll have a speech straight. Come, give us a taste of your quality.

Polônio	Meu senhor, tenho uma notícia a dar-vos.
Hamlet	Meu senhor, tenho uma notícia a dar-vos: quando Roscius era ator em Roma…
Polônio	Os atores acabam de chegar, príncipe.
Hamlet	Lará, lará…
Polônio	Palavra de honra.
Hamlet	Então, cada um veio montado na sua besta.
Polônio	São os melhores do mundo para tragédia, comédia, história, pastoral, comédia pastoral, pastoral histórica, pastoral trágico-histórica, trágico cômico-histórica, cenas sem divisão ou poesia sem limite. Para eles, Sêneca não é muito pesado nem Plauto leve demais. São únicos, tanto para ler como no improviso.
Hamlet	Ó, Jefté, juiz de Israel, que tesouro possuías!
Polônio	Que tesouro era, príncipe?
Hamlet	Ora… tinha uma filha, nada mais, que ele adorava sobretudo.
Polônio	*(À parte)* Sempre com minha filha na ideia.
Hamlet	Não tenho razão, velho Jefté?
Polônio	Se me chamais de Jefté, senhor, tenho uma filha a quem adoro sobre todas as coisas.
Hamlet	Não é essa a consequência.
Polônio	Qual será, príncipe?
Hamlet	Ora, a sorte só pôs o que Deus dispôs. O resto, sabeis muito bem: daí ter-se dado o que era esperado. A primeira parte dessa canção de Natal vos informará melhor; mas aí vem vindo o resumo do meu discurso.

(Entram quatro ou cinco atores)

Bem-vindos, senhores; sois todos bem-vindos. Alegro-me ver-vos com saúde. Bem-vindos, bons amigos. Olá, meu velho amigo! Da última vez que te vi, não tinhas essas franjas no rosto. Vieste à Dinamarca para pegar-me pela barba? Ó! A minha menina e senhora! Por Nossa Senhora, Vossa Senhoria está mais perto do céu do que da última vez que a vi, a diferença de um chapim. Queira Deus que não tenha acontecido com a voz como com as moedas que são retiradas de circulação por ficarem rachadas junto à orla. Senhores, sede todos bem-vindos. Façamos, porém, como os falcoeiros franceses, que solam contra tudo o que vêm. Linguagem direta: dai-me uma amostra de vossa

	Come, a passionate speech.
First Player	What speech, my lord?
Hamlet	I heard thee speak me a speech once, but it was never acted, or if it was, not above once, for the play, I remember, pleased not the million, 'twas caviare to the general. But it was—as I received it, and others, whose judgements in such matters cried in the top of mine—an excellent play, well digested in the scenes, set down with as much modesty as cunning. I remember one said there were no sallets in the lines to make the matter savoury, nor no matter in the phrase that might indite the author of affectation, but called it an honest method, as wholesome as sweet, and by very much more handsome than fine. One speech in it, I chiefly loved. 'Twas Aeneas' tale to Dido, and thereabout of it especially where he speaks of Priam's slaughter. If it live in your memory, begin at this line, let me see, let me see: *The rugged Pyrrhus, like th' Hyrcanian beast,—* It is not so: it begins with Pyrrhus— *The rugged Pyrrhus, he whose sable arms, Black as his purpose, did the night resemble When he lay couched in the ominous horse, Hath now this dread and black complexion smear'd With heraldry more dismal. Head to foot Now is he total gules, horridly trick'd With blood of fathers, mothers, daughters, sons, Bak'd and impasted with the parching streets, That lend a tyrannous and a damned light To their vile murders. Roasted in wrath and fire, And thus o'ersized with coagulate gore, With eyes like carbuncles, the hellish Pyrrhus Old grandsire Priam seeks.* So, proceed you.
Polonius	'Fore God, my lord, well spoken, with good accent and good discretion.
First Player	*Anon he finds him, Striking too short at Greeks. His antique sword, Rebellious to his arm, lies where it falls, Repugnant to command. Unequal match'd, Pyrrhus at Priam drives, in rage strikes wide; But with the whiff and wind of his fell sword Th'unnerved father falls. Then senseless Ilium, Seeming to feel this blow, with flaming top Stoops to his base, and with a hideous crash Takes prisoner Pyrrhus' ear. For lo, his sword, Which was declining on the milky head Of reverend Priam, seem'd i' th'air to stick. So, as a*

	arte, um discurso bem patético.
Primeiro Ator	Qual será, príncipe?
Hamlet	De uma feita ouvi-te declamar um trecho que nunca foi levado à cena, ou, quando muito, uma única vez. Lembra-me perfeitamente; a peça não agradou aos milhões; era caviar jogado ao povo. Mas, segundo o meu modo de ver e o de pessoas, cuja opinião no assunto é mais autorizada do que a minha, era uma peça excelente, com boa disposição de cenas e escrita tanto com sobriedade quanto argúcia. Recorda-me ter ouvido a alguém que os versos não continham nada de picante para torná-los aceitáveis, e que nenhuma expressão traía afetação por parte do autor; o estilo foi qualificado de honesto, tão sadio quanto agradável, e aprazível sem rebuscamentos. Apreciava muitíssimo certa passagem, e fala de Eneias a Dido, especialmente quando ele trata do assassínio de Príamo. Se a tens de memória… começa pela frase… espera um pouco… deixa ver… Como tigre da Hircânia, o feroz Pirro… Não, não é isso. Começa com Pirro: esse Pirro feroz, que armas trazia da cor do próprio intenso, igual à noite que o envolvia no ventre do cavalo sinistro e malfadado, a negra forma com brasões mais sinistros ora cobre: da cabeça até aos pés é todo rubro; enfeita-o horrendamente o triste sangue dos pais, das mães, das filhas, dos filhinhos, ressecado nas ruas abrasadas, que emprestam uma luz maldita e bárbara a seus crimes nefandos. A arder de ira, empastado de sangue coagulado, os olhos a brilharem quais carbúnculos, Pirro, o maldito, busca o venerando Príamo. Agora prossegue.
Polônio	Por Deus, príncipe; muito bem declamado; boa cadência e discrição.
Primeiro Ator	*Conseguiu por fim achá-lo, a lutar sem vantagem contra os gregos. Sua antiquada espada, ao braço infensa, fica onde cai, rebelde a seus comandos. Em duelo desigual, Pirro o acomete; mas, ao simples sibilo de seu gládio, tomba o velho enervado. Exânime, Ílio pareceu ressentir-se desse golpe: dobra até a base o pico de suas chamas e, com medonho estrondo, prende o ouvido de Pirro. Vede! A espada que já vinha baixando sobre a cândida cabeça do venerando Príamo, parece que o próprio ar a detém: desta arte,*

	painted tyrant, Pyrrhus stood, And like a neutral to his will and matter, Did nothing. But as we often see against some storm, A silence in the heavens, the rack stand still, The bold winds speechless, and the orb below As hush as death, anon the dreadful thunder Doth rend the region; so after Pyrrhus' pause, Aroused vengeance sets him new a-work, And never did the Cyclops' hammers fall On Mars's armour, forg'd for proof eterne, With less remorse than Pyrrhus' bleeding sword Now falls on Priam. Out, out, thou strumpet Fortune! All you gods, In general synod, take away her power; Break all the spokes and fellies from her wheel, And bowl the round nave down the hill of heaven, As low as to the fiends.
Polonius	This is too long.
Hamlet	It shall to the barber's, with your beard.—Prithee say on. He's for a jig or a tale of bawdry, or he sleeps. Say on; come to Hecuba.
First Player	*But who, O who, had seen the mobled queen,—*
Hamlet	'The mobled queen'?
Polonius	That's good! 'Mobled queen' is good.
First Player	*Run barefoot up and down, threat'ning the flames With bisson rheum. A clout upon that head Where late the diadem stood, and for a robe, About her lank and all o'erteemed loins, A blanket, in th'alarm of fear caught up— Who this had seen, with tongue in venom steep'd, 'Gainst Fortune's state would treason have pronounc'd. But if the gods themselves did see her then, When she saw Pyrrhus make malicious sport In mincing with his sword her husband's limbs, The instant burst of clamour that she made,— Unless things mortal move them not at all,— Would have made milch the burning eyes of heaven, And passion in the gods.*
Polonius	Look, where he has not turn'd his colour, and has tears in's eyes. Pray you, no more.
Hamlet	'Tis well. I'll have thee speak out the rest of this soon.—Good my lord, will you see the players well bestowed? Do you hear, let them be well used; for they are the abstracts and brief chronicles of the time. After your death you were better have a bad epitaph than their ill report while you live.
Polonius	My lord, I will use them according to their desert.

Pirro, qual tirano em pintura, fica imóvel, como que neutro entre a vontade e o braço, sem fazer nada. Mas, tal como pouco antes das tormentas silêncio em todo o céu, calmas as nuvens, os ventos sem falar e a terra abaixo, tão quieta quanto a morte – quando o raio de súbito fuzila: assim, depois da parada de Pirro, a despertada vingança o compeliu para outros feitos. Os malhos dos ciclopes nunca as armas de Marte percutiram, fabricadas para ampararem sempre, com tão pouco remorso, como bate a espada rubra de Pirro sobre Príamo. Fortuna! Fora, meretriz! Ó, deuses do conselho geral, tirai-lhe a força! Quebrai pinas e raios de seu carro, e fazei do alto céu rolar o cubo para o centro do inferno!

Polônio Acho muito comprido.

Hamlet Enviai-a, então, ao barbeiro, para que a corte juntamente com vossa barba. Continua, peço-te eu; a não ser em farsas ou histórias obscenas, ele adormece logo. Prossegue; cheguemos logo a Hécuba.

Primeiro Ator *Ah! Quem visse a rainha encapuzada!*

Hamlet A rainha encapuzada?

Polônio Não fica mal; rainha encapuzada vai muito bem.

Primeiro Ator *Descalça corre, ameaçando as chamas; as lágrimas a cegam; por diadema cinge apenas um trapo e, como vestes, sobre os lombos delgados e sofridos, um cobertor, às pressas apanhado. Quem visse tal, com língua envenenada, acusara a fortuna de traidora. Mas se os deuses, nessa hora, a contemplassem, quando ela a Pirro deparou no esporte maligno de cortar do esposo os membros: o clamor subitâneo de sua mágoa – se os mortais não lhe são de todo estranhos – faria enlanguescer os olhos quentes do céu e os próprios deuses se apiedarem.*

Polônio Vede como ele muda de cor e tem os olhos marejados de lágrimas. Não prossigas, peço-te.

Hamlet Está bem; depois me dirás o resto. Caro senhor, quereis incumbir-vos da hospedagem destes atores? Mas tomai nota: que sejam bem tratados, porque são o espelho e a crônica resumida da época. Ser-vos-ia preferível um ruim epitáfio depois de morto, a andardes em vida difamados por eles.

Polônio Pois não, príncipe; hei de tratá-los de acordo com seu merecimento.

Hamlet God's bodikin, man, much better. Use every man after his desert, and who should 'scape whipping? Use them after your own honour and dignity. The less they deserve, the more merit is in your bounty. Take them in.

Polonius Come, sirs.

Hamlet Follow him, friends. We'll hear a play tomorrow.

[Exeunt Polonius with all the Players but the First.]

Dost thou hear me, old friend? Can you play *The Murder of Gonzago*?

First Player Ay, my lord.

Hamlet We'll ha't tomorrow night. You could for a need study a speech of some dozen or sixteen lines, which I would set down and insert in't, could you not?

First Player Ay, my lord.

Hamlet Very well. Follow that lord, and look you mock him not.

[Exit First Player.]

[To Rosencrantz and Guildenstern] My good friends, I'll leave you till night. You are welcome to Elsinore.

Rosencrantz Good my lord.

[Exeunt Rosencrantz and Guildenstern.]

Hamlet Ay, so, God b' wi' ye. Now I am alone. O what a rogue and peasant slave am I! Is it not monstrous that this player here, But in a fiction, in a dream of passion, Could force his soul so to his own conceit That from her working all his visage wan'd; Tears in his eyes, distraction in's aspect, A broken voice, and his whole function suiting With forms to his conceit? And all for nothing! For Hecuba? What's Hecuba to him, or he to Hecuba, That he should weep for her? What would he do, Had he the motive and the cue for passion That I have? He would drown the stage with tears And cleave the general ear with horrid speech; Make

Hamlet Com a breca, homem! Muito melhor! Se fôsseis tratar todas as pessoas de acordo com o merecimento de cada uma, quem escaparia da chibata? Tratai deles de acordo com vossa honra e dignidade. Quanto menor o seu merecimento, maior valor terá a vossa generosidade. Levai-os.

Polônio Vamos, senhores.

Hamlet Amigos, acompanhai-o. Amanhã teremos representação.

(Sai Polônio com os atores, com exceção do primeiro ator)

Ouviste, velho amigo, podes representar a peça *O assassinato de Gonzaga*?

Primeiro Ator Perfeitamente, senhor.

Hamlet Então será amanhã à noite. E ser-te-á possível, em caso de necessidade, decorar um discurso de doze ou dezesseis linhas, que vou escrever, para insertar na peça? É possível?

Primeiro Ator Perfeitamente, meu senhor.

Hamlet Muito bem; acompanha aquele senhor; mas peço-te que não zombes dele.

(Sai o primeiro ator)

[A Rosencrantz e Guildenstern] Meus bons amigos, vou deixá-los até à noite. Sois bem-vindos a Elsinor.

Rosencrantz Meu bom senhor!

(Saem Rosencrantz e Guildenstern)

Hamlet Que Deus os acompanhe. Enfim, sozinho! Que velhaco sou eu, que vil escravo! Pois não será monstruoso? Este ator pôde, numa simples ficção, num sonho apenas de paixão, forçar a alma aos seus preceitos a ponto de fugir-lhe a cor do rosto, marejarem-lhe os olhos, o conspecto confundir-se-lhe, a voz tornar-se trêmula e toda a compostura conformar-se às suas influições. Tudo por nada, por Hécuba! Que é ele de Hécuba, Hécuba que é dele, para chorar por ela? Que faria se tivesse, como eu, deixas violentas? Inundara de lágrimas o palco, rasgara o ouvido de todos com seus gritos; assombrados deixara os inocentes,

mad the guilty, and appal the free, Confound the ignorant, and amaze indeed, The very faculties of eyes and ears. Yet I, A dull and muddy-mettled rascal, peak Like John-a-dreams, unpregnant of my cause, And can say nothing. No, not for a king Upon whose property and most dear life A damn'd defeat was made. Am I a coward? Who calls me villain, breaks my pate across? Plucks off my beard and blows it in my face? Tweaks me by the nose, gives me the lie i' th' throat As deep as to the lungs? Who does me this? Ha! 'Swounds, I should take it: for it cannot be But I am pigeon-liver'd, and lack gall To make oppression bitter, or ere this I should have fatted all the region kites With this slave's offal. Bloody, bawdy villain! Remorseless, treacherous, lecherous, kindless villain! Oh vengeance! Why, what an ass am I! This is most brave, That I, the son of a dear father murder'd, Prompted to my revenge by heaven and hell, Must, like a whore, unpack my heart with words And fall a-cursing like a very drab, A scullion! Fie upon't! Foh! About, my brain! I have heard That guilty creatures sitting at a play, Have by the very cunning of the scene, Been struck so to the soul that presently They have proclaim'd their malefactions. For murder, though it have no tongue, will speak With most miraculous organ. I'll have these players Play something like the murder of my father Before mine uncle. I'll observe his looks; I'll tent him to the quick. If he but blench, I know my course. The spirit that I have seen May be the devil, and the devil hath power T'assume a pleasing shape, yea, and perhaps Out of my weakness and my melancholy, As he is very potent with such spirits, Abuses me to damn me. I'll have grounds More relative than this. The play's the thing Wherein I'll catch the conscience of the King.

[Exit.]

insanos os culpados, confundidos os ignorantes; sim, deixara atônitos os sentidos usuais da vista e do ouvido. Ao passo que eu, um parvo feito só de lama, um néscio, como um joão-ninguém sonhador, sem nenhum plano de vingança, me calo, quando a vida preciosa e o trono um rei a perder veio por maneira tão bárbara e maldita. Serei covarde? Quem me lança o apodo de vilão? A cabeça me abre em duas? A barba arranca-me e atira-ma no rosto? Puxa-me do nariz? De mentiroso me acoima até os pulmões? Quem me faz isso? Ah! Fora bem-feito. E a causa não é outra: tenho sangue de pombo, o fel me falta que a opressão torna amarga ou já teria dado as entranhas desse escravo a todos os abutres do céu. Vilão nojento, sanguinário, traidor, devasso, estéril! Ó, vingança! Ó! Que grande asno eu sou! Como é ser bravo! Filho de um pai querido, assassinado, a quem o inferno e o céu mandam vingar-se, e aliviar-me a falar como uma simples meretriz, a insultar como uma criada! Que vergonha! Vamos, cabeça, a postos! Tenho ouvido dizer que os criminosos, quando assistem a representações, de tal maneira se comovem com a cena, que confessam na mesma hora em voz alta seus delitos, pois, embora sem língua, o crime fala por modo milagroso. Esses atores representarão para meu tio a morte de meu pai. Hei de observar-lhe os olhos e sondar-lhe a alma até o fundo. Se se assustar, conheço meu caminho. Talvez que o espírito que eu vi não passe do demônio, que pode assumir formas atraentes. Sim, talvez mesmo tencione perder-me, aproveitando-se de minha melancolia e pouca resistência, como sói proceder com tais espíritos. Preciso de razões mais convincentes do que isso tudo. E a peça é a coisa, eu sei, com que a consciência hei de apanhar o rei.

(Sai)

ATO III
ACT III

CENA I
SCENE I

SCENE I

A ROOM IN THE CASTLE.

Enter King, Queen, Polonius, Ophelia, Rosencrantz and Guildenstern.

King — And can you by no drift of circumstance Get from him why he puts on this confusion, Grating so harshly all his days of quiet With turbulent and dangerous lunacy?

Rosencrantz — He does confess he feels himself distracted, But from what cause he will by no means speak.

Guildenstern — Nor do we find him forward to be sounded, But with a crafty madness keeps aloof When we would bring him on to some confession Of his true state.

Queen — Did he receive you well?

Rosencrantz — Most like a gentleman.

Guildenstern — But with much forcing of his disposition.

Rosencrantz — Niggard of question, but of our demands, Most free in his reply.

Queen — Did you assay him to any pastime?

Rosencrantz — Madam, it so fell out that certain players We o'er-raught on the way. Of these we told him, And there did seem in him a kind of joy To hear of it. They are about the court, And, as I think, they have already order This night to play before him.

Polonius — 'Tis most true; And he beseech'd me to entreat your Majesties To hear and see the matter.

King — With all my heart; and it doth much content me To hear him so inclin'd. Good gentlemen, give him a further edge, And drive his purpose on to these delights.

Rosencrantz — We shall, my lord.

[*Exeunt* Rosencrantz *and* Guildenstern.]

King — Sweet Gertrude, leave us too, For we have closely sent for Hamlet hither, That he, as 'twere by accident, may here Affront Ophelia. Her father and myself, lawful espials, Will so bestow ourselves that, seeing unseen, We may of their encounter frankly judge, And gather by him, as he is behav'd, If't be th'affliction of his love or no That thus he suffers for.

CENA I

UM QUARTO NO CASTELO.

(Entram o Rei, a Rainha, Polônio, Ofélia, Rosencrantz e Guildenstern)

Rei	Não tivestes ensejo, na conversa, de saber o que o pôs nessa desordem que seus dias de calma tanto abala com demência inquieta e perigosa?
Rosencrantz	Confessa que se sente perturbado; mas a causa, insiste em não a dizer.
Guildenstern	Não o achamos disposto a ser sondado; com a astúcia da loucura, esquivava-se sempre que pretendíamos levá-lo a falar de si mesmo.
Rainha	Como vos recebeu?
Rosencrantz	Como perfeito cavalheiro.
Guildenstern	Conquanto algo forçado.
Rosencrantz	Avaro em perguntar, mas respondendo com liberalidade.
Rainha	Convidaste-o para algum passatempo?
Rosencrantz	Aconteceu, senhora, que encontramos em caminho uns atores. A notícia, recebeu-a com mostras de alegria. Já se acham no palácio. Penso, mesmo, que vão representar para ele, à noite.
Polônio	É verdade; pediu-me que falasse com Vossas Majestades, concitando-vos a ver e ouvir a peça.
Rei	De todo o coração; muito me alegra sabê-lo assim disposto. Continuai, cavalheiros, a animá-lo, despertando-lhe o gosto para as festas.
Rosencrantz	Pois não, senhor!

(Saem Rosencrantz e Guildenstern)

Rei	Doce Gertrudes, deixa-nos; mandamos vir secretamente a Hamlet para que ele se encontre com Ofélia, como por acidente. Eu e seu pai, legítimos espias, vendo sem sermos vistos, poderemos avaliar do encontro imparcialmente e concluir, do seu procedimento, se é amor, em verdade, ou se outra é a causa que o faz sofrer assim.

Queen	I shall obey you. And for your part, Ophelia, I do wish That your good beauties be the happy cause Of Hamlet's wildness: so shall I hope your virtues Will bring him to his wonted way again, To both your honours.
Ophelia	Madam, I wish it may.

[Exit Queen.*]*

Polonius	Ophelia, walk you here.—Gracious, so please you, We will bestow ourselves.— Read on this book, That show of such an exercise may colour Your loneliness.—We are oft to blame in this, 'Tis too much prov'd, that with devotion's visage And pious action we do sugar o'er The devil himself.
King	*[Aside.]* O 'tis too true! How smart a lash that speech doth give my conscience! The harlot's cheek, beautied with plastering art, Is not more ugly to the thing that helps it Than is my deed to my most painted word. O heavy burden!
Polonius	I hear him coming. Let's withdraw, my lord.

[Exeunt King *and* Polonius.*]*

Enter Hamlet.

Hamlet	To be, or not to be, that is the question: Whether 'tis nobler in the mind to suffer The slings and arrows of outrageous fortune, Or to take arms against a sea of troubles, And by opposing end them? To die—to sleep, No more; and by a sleep to say we end The heart-ache, and the thousand natural shocks That flesh is heir to: 'tis a consummation Devoutly to be wish'd. To die, to sleep. To sleep, perchance to dream—ay, there's the rub, For in that sleep of death what dreams may come, When we have shuffled off this mortal coil, Must give us pause. There's the respect That makes calamity of so long life. For who would bear the whips and scorns of time, The oppressor's wrong, the proud man's contumely, The pangs of dispriz'd love, the law's delay, The insolence of office, and the spurns That patient merit of the unworthy takes, When he himself might his quietus make With a bare bodkin? Who would

Rainha — Já me retiro. No que te toca, Ofélia, só desejo que seja a tua beleza a feliz causa da loucura de Hamlet, pois espero que tua virtude o leve à trilha antiga, para honra de ambos.

Ofélia — Eu, de mim, o espero também, minha senhora.

(Sai a Rainha)

Polônio — Chega, Ofélia, para aqui… Majestade, ora busquemos nosso lugar. E tu, lê neste livro; a leitura pretexto será para tua solidão. Frequentes vezes somos passíveis de censura, pois abundam provas sobre isso, de que com bondade simulada e ações pias conseguimos tornar açucarado o próprio diabo.

Rei — *(À parte)* Quão verdadeiro! Como essas palavras me chicoteiam fundo a consciência! O rosto rebocado das rameiras não é mais feio, sob a artificial beleza, do que a minha ação debaixo do verniz com que a enfeitam meus discursos. Ah, fardo horrível!

Polônio — Ei-lo que chega, meu senhor; saiamos.

(O Rei e Polônio saem)
(Entra Hamlet)

Hamlet — Ser ou não ser… eis a questão. Que é mais nobre para a alma: suportar os dardos e arremessos do fado sempre adverso ou armar-se contra um mar de desventuras e dar-lhes fim tentando resistir-lhes? Morrer… dormir… mais nada… imaginar que um sono põe remate aos sofrimentos do coração e aos golpes infinitos que constituem a natural herança da carne é solução para almejar-se. Morrer… dormir… dormir… talvez sonhar… é aí que bate o ponto. O não sabermos que sonhos poderá trazer o sono da morte, quando alfim desenrolarmos toda a meada mortal, nos põe suspensos. É essa ideia que torna verdadeira calamidade a vida assim tão longa! Pois quem suportaria o escárnio e os golpes do mundo, as injustiças dos mais fortes, os maus-tratos dos tolos, a agonia do amor não retribuído, as leis amorosas, a implicância dos chefes e o desprezo da inépcia contra o mérito paciente, se estivesse em suas mãos obter sossego com um punhal? Que

these fardels bear, To grunt and sweat under a weary life, But that the dread of something after death, The undiscover'd country, from whose bourn No traveller returns, puzzles the will, And makes us rather bear those ills we have Than fly to others that we know not of? Thus conscience does make cowards of us all, And thus the native hue of resolution Is sicklied o'er with the pale cast of thought, And enterprises of great pith and moment, With this regard their currents turn awry And lose the name of action. Soft you now, The fair Ophelia! Nymph, in thy orisons Be all my sins remember'd.

Ophelia Good my lord, How does your honour for this many a day?

Hamlet I humbly thank you; well, well, well.

Ophelia My lord, I have remembrances of yours That I have longed long to re-deliver. I pray you, now receive them.

Hamlet No, not I. I never gave you aught.

Ophelia My honour'd lord, you know right well you did, And with them words of so sweet breath compos'd As made the things more rich; their perfume lost, Take these again; for to the noble mind Rich gifts wax poor when givers prove unkind. There, my lord.

Hamlet Ha, ha! Are you honest?

Ophelia My lord?

Hamlet Are you fair?

Ophelia What means your lordship?

Hamlet That if you be honest and fair, your honesty should admit no discourse to your beauty.

Ophelia Could beauty, my lord, have better commerce than with honesty?

Hamlet Ay, truly; for the power of beauty will sooner transform honesty from what it is to a bawd than the force of honesty can translate beauty into his likeness. This was sometime a paradox, but now the time gives it proof. I did love you once.

Ophelia Indeed, my lord, you made me believe so.

Hamlet You should not have believed me; for virtue cannot so inoculate our old stock but we shall relish of it. I loved you not.

Ophelia I was the more deceived.

fardos levaria nesta vida cansada, a suar, gemendo, se não por temer algo após a morte – terra desconhecida de cujo âmbito jamais ninguém voltou – que nos inibe a vontade, fazendo que aceitemos os males conhecidos, sem buscarmos refúgio noutros males ignorados? De todos faz covardes a consciência. Desta arte o natural frescor de nossa resolução definha sob a máscara do pensamento, e empresas momentosas se desviam da meta diante dessas reflexões, e até o nome de ação perdem. Mas silêncio! Aí vem vindo a bela Ofélia. Em tuas orações, ninfa, recorda-te de meus pecados.

Ofélia Como tem passado, príncipe, no correr de tantos dias?

Hamlet Muitíssimo obrigado; bem, bem, bem.

Ofélia Tenho algumas lembranças suas, príncipe, que há muito devolver eu desejara; receba-as, por favor.

Hamlet Não, eu não. Eu nunca te dei nada.

Ofélia O príncipe bem sabe que é verdade, e com palavras de tão doce anélito, que o valor dos presentes aumentava. Mas, evolado o aroma, agora os trago. Os brindes se empobrecem, para uma alma bem-nascida, de par com os sentimentos de quem os dá. Ei-los aqui, meu príncipe.

Hamlet Ah! Ah! És honesta?

Ofélia Como assim, príncipe?

Hamlet És bela?

Ofélia Que quer dizer Vossa Alteza com isso?

Hamlet É que, se fores, há um tempo, honesta e bela, não deves admitir intimidade entre a tua honestidade e a tua beleza.

Ofélia Mas, príncipe, poderá haver melhor companhia para a beleza do que a honestidade?

Hamlet Realmente, que a beleza, com o seu poder, levaria menos tempo para transformar a honestidade em alcoviteira do que esta em modificar a beleza à sua imagem. Já houve época em que isso era paradoxo; mas agora o tempo o confirma. Cheguei a amar-te.

Ofélia Em verdade, o príncipe me fez acreditar nisso.

Hamlet Não deverias ter-me dado crédito, porque a virtude não pode enxertar-se em nosso velho tronco sem que deste não remanesça algum travo. Nunca te amei.

Ofélia Tanto maior é a minha decepção.

Hamlet	Get thee to a nunnery. Why wouldst thou be a breeder of sinners? I am myself indifferent honest; but yet I could accuse me of such things that it were better my mother had not borne me. I am very proud, revengeful, ambitious, with more offences at my beck than I have thoughts to put them in, imagination to give them shape, or time to act them in. What should such fellows as I do crawling between earth and heaven? We are arrant knaves all, believe none of us. Go thy ways to a nunnery. Where's your father?
Ophelia	At home, my lord.
Hamlet	Let the doors be shut upon him, that he may play the fool nowhere but in's own house. Farewell.
Ophelia	O help him, you sweet heavens!
Hamlet	If thou dost marry, I'll give thee this plague for thy dowry. Be thou as chaste as ice, as pure as snow, thou shalt not escape calumny. Get thee to a nunnery, go: farewell. Or if thou wilt needs marry, marry a fool; for wise men know well enough what monsters you make of them. To a nunnery, go; and quickly too. Farewell.
Ophelia	O heavenly powers, restore him!
Hamlet	I have heard of your paintings too, well enough. God hath given you one face, and you make yourselves another. You jig, you amble, and you lisp, and nickname God's creatures, and make your wantonness your ignorance. Go to, I'll no more on't, it hath made me mad. I say, we will have no more marriages. Those that are married already, all but one, shall live; the rest shall keep as they are. To a nunnery, go.

[Exit.]

Ophelia	O, what a noble mind is here o'erthrown! The courtier's, soldier's, scholar's, eye, tongue, sword, Th'expectancy and rose of the fair state, The glass of fashion and the mould of form, Th'observ'd of all observers, quite, quite down! And I, of ladies most deject and wretched, That suck'd the honey of his music vows, Now see that noble and most

Hamlet — Entra para um convento. Por que hás de gerar pecadores? Eu, de mim, considero-me mais ou menos honesto, mas poderia acusar-me de tais coisas, que teria sido melhor que minha mãe não me houvesse dado à luz. Sou orgulhoso, vingativo, cheio de ambição, e disponho de maior número de delitos do que de pensamentos para vesti-los, imaginação para dar-lhes forma, ou tempo para realizá-los. Para que rastejarem entre o céu e a terra tipos como eu? Todos somos consumados velhacos; não deves confiar em ninguém. Toma o caminho do convento. Onde se encontra teu pai?

Ofélia — Em casa, alteza.

Hamlet — Que lhe fechem as portas, a fim de impedirem que faça papel de tolo, a não ser em sua própria casa. Adeus.

Ofélia — Ajuda-o, céu de bondade.

Hamlet — Se tiveres de casar, dou-te por dote a seguinte maldição: ainda que sejas casta como o gelo e pura como a neve, não escaparás à calúnia. Vai; entra para o convento; adeus. Ou então, se tiveres mesmo de casar, escolhe um néscio para marido, porque os assisados sabem perfeitamente em que monstros as mulheres os transformam. Para o convento, vai; e isso depressa. Adeus.

Ofélia — Poderes celestiais, restitui-lhe a razão!

Hamlet — Conheço muito bem vossas pinturas; Deus vos deu um rosto e arrumais outro; andais aos pulinhos e com requebros, falais cheias desses e dais nomes indecentes às criaturas de Deus, fazendo vossa leviandade passar por inocência. Vai; não insisto, porque foi isso que me deixou louco. O que digo é que não teremos casamentos; os que já são casados, com exceção de um, hão de continuar vivos; os demais prosseguirão como estão. Para o convento; vai!

(Sai)

Ofélia — Que nobre inteligência assim perdida! O olho do cortesão, a língua e o braço do sábio e do guerreiro, a mais florida esperança do Estado, o próprio exemplo da educação, o espelho da elegância, o alvo dos descontentes, tudo em nada! E eu, a mais desgraçada das mulheres, que saboreei o mel de

sovereign reason, Like sweet bells jangled out of tune and harsh, That unmatch'd form and feature of blown youth Blasted with ecstasy. O woe is me, T'have seen what I have seen, see what I see.

Enter King *and* Polonius.

King	Love? His affections do not that way tend, Nor what he spake, though it lack'd form a little, Was not like madness. There's something in his soul O'er which his melancholy sits on brood, And I do doubt the hatch and the disclose Will be some danger, which for to prevent, I have in quick determination Thus set it down: he shall with speed to England For the demand of our neglected tribute: Haply the seas and countries different, With variable objects, shall expel This something settled matter in his heart, Whereon his brains still beating puts him thus From fashion of himself. What think you on't?
Polonius	It shall do well. But yet do I believe The origin and commencement of his grief Sprung from neglected love. How now, Ophelia? You need not tell us what Lord Hamlet said, We heard it all. My lord, do as you please, But if you hold it fit, after the play, Let his queen mother all alone entreat him To show his grief, let her be round with him, And I'll be plac'd, so please you, in the ear Of all their conference. If she find him not, To England send him; or confine him where Your wisdom best shall think.
King	It shall be so. Madness in great ones must not unwatch'd go.

[Exeunt.]

suas juras musicais, ter de ver essa admirável razão perder o som, qual sino velho, essa forma sem par, a flor da idade, fanada pela insânia! Ó, dor sem fim! Ter já visto o que vi, e vê-lo assim!

(Entram o Rei e Polônio)

Rei Qual amor? Sua doença não vem disso. Depois, o que ele disse, ainda que estranho, não parece loucura. Na alma dele algo a melancolia está chocando; e não duvido de que o produto possa causar algum perigo, de que seja preciso prevenir. Daí eu ter nisto assentado depressa: mandá-lo-ei sem mais delongas à Inglaterra, a cobrar velhos tributos. É possível que o mar, o novo clima e a diferença dos objetos venham a libertá-lo dessa qualquer coisa com que o cérebro dele se preocupa, alheando-o de si mesmo. Que pensais?

Polônio Há de ganhar com isso; porém creio que a origem e o começo da tristeza vêm de amor desprezado. Então, Ofélia? Não precisas falar de lorde Hamlet; ouvimos tudo. Procedei, senhor, como entenderdes; mas, se achardes útil, fazei que ele se encontre com a rainha depois da peça, para, a sós, falar-lhe sobre o que o traz assim. E que ela seja franca. Eu, de mim, se o consentis, me ponho a ouvi-los escondido. Se ela nada conseguir, enviá-lo-ei sem mais demora para a Inglaterra, ou então mandareis para onde quer que a prudência vos indique.

Rei Far-se-á dessa maneira. É sempre ousada a loucura dos grandes não vigiada.

(Sai)

CENA II
SCENE II

SCENE II

A HALL IN THE CASTLE.

Enter Hamlet *and certain* Players.

Hamlet Speak the speech, I pray you, as I pronounced it to you, trippingly on the tongue. But if you mouth it, as many of your players do, I had as lief the town-crier spoke my lines. Nor do not saw the air too much with your hand, thus, but use all gently; for in the very torrent, tempest, and, as I may say, whirlwind of passion, you must acquire and beget a temperance that may give it smoothness. O, it offends me to the soul to hear a robustious periwig-pated fellow tear a passion to tatters, to very rags, to split the ears of the groundlings, who, for the most part, are capable of nothing but inexplicable dumb shows and noise. I would have such a fellow whipped for o'erdoing Termagant. It out-Herods Herod. Pray you avoid it.

First Player I warrant your honour.

Hamlet Be not too tame neither; but let your own discretion be your tutor. Suit the action to the word, the word to the action, with this special observance, that you o'erstep not the modesty of nature; for anything so overdone is from the purpose of playing, whose end, both at the first and now, was and is, to hold as 'twere the mirror up to nature; to show virtue her own feature, scorn her own image, and the very age and body of the time his form and pressure. Now, this overdone, or come tardy off, though it make the unskilful laugh, cannot but make the judicious grieve; the censure of the which one must in your allowance o'erweigh a whole theatre of others. O, there be players that I have seen play—and heard others praise, and that highly—not to speak it profanely, that, neither having the accent of Christians, nor the gait of Christian, pagan, nor man, have so strutted and bellowed that I have

CENA II

UM HALL NO CASTELO.

(Entram Hamlet e alguns atores)

Hamlet — Tem a bondade de dizer aquele trecho do jeito que eu ensinei, com naturalidade. Se encheres a boca, como costumam fazer muitos dos nossos atores, preferira ouvir os meus versos recitados pelo pregoeiro público. Não te ponhas a serrar o ar com as mãos, desta maneira; sê temperado nos gestos, porque até mesmo na torrente e na tempestade, direi melhor, no turbilhão das paixões, é de mister moderação para torná-las maleáveis. Ó! Dói-me até ao fundo da alma ver um latagão de cabeleira reduzir a frangalhos uma paixão, a verdadeiros trapos, trovejar no ouvido dos assistentes, que, em sua maioria, só apreciam barulho e pantomima sem significado. Dá gana de açoitar o indivíduo que se põe a exagerar no papel de termagante e que pretende ser mais Herodes do que ele próprio. Por favor, evita isso.

Primeiro Ator — Vossa Alteza pode ficar tranquilo.

Hamlet — Também não é preciso ser mole demais; que a discrição te sirva de guia; acomoda o gesto à palavra e a palavra ao gesto, tendo sempre em mira não ultrapassar a modéstia da natureza, porque o exagero é contrário aos propósitos da representação, cuja finalidade sempre foi, e continuará sendo, como que apresentar o espelho à natureza, mostrar à virtude suas próprias feições, à ignomínia sua imagem e ao corpo e idade do tempo a impressão de sua forma. O exagero ou o descuido, no ato de representar, podem provocar riso aos ignorantes, mas causam enfado às pessoas judiciosas, cuja censura deve pesar mais em tua apreciação do que os aplausos de quantos enchem o teatro. Ah! Já vi serem calorosamente elogiados atores que, para falar com certa irreverência, nem na voz nem no porte mostravam nada de cristãos, ou de pagãos, ou de homens sequer, e que de tal forma rugiam e se pavoneavam, que eu

	thought some of Nature's journeymen had made men, and not made them well, they imitated humanity so abominably.
First Player	I hope we have reform'd that indifferently with us, sir.
Hamlet	O reform it altogether. And let those that play your clowns speak no more than is set down for them. For there be of them that will themselves laugh, to set on some quantity of barren spectators to laugh too, though in the meantime some necessary question of the play be then to be considered. That's villainous, and shows a most pitiful ambition in the fool that uses it. Go make you ready.

[Exeunt Players.]

Enter Polonius, Rosencrantz *and* Guildenstern.

	How now, my lord? Will the King hear this piece of work?
Polonius	And the Queen too, and that presently.
Hamlet	Bid the players make haste.

[Exit Polonius.]

	Will you two help to hasten them?
Rosencrantz and Guildenstern	We will, my lord.

[Exeunt Rosencrantz and Guildenstern.]

Enter Horatio.

Hamlet	What ho, Horatio!
Horatio	Here, sweet lord, at your service.
Hamlet	Horatio, thou art e'en as just a man As e'er my conversation cop'd withal.
Horatio	O my dear lord.
Hamlet	Nay, do not think I flatter; For what advancement may I hope from thee, That no revenue hast, but thy good spirits To feed and clothe thee? Why should the poor be flatter'd? No, let the candied tongue lick absurd pomp, And crook the pregnant hinges of the knee Where thrift may follow fawning. Dost thou hear? Since my dear soul was mistress of her choice, And could of men distinguish, her election

	ficava a imaginar terem sido eles criados por algum aprendiz da natureza, e pessimamente criados, tão abominável era a maneira como imitavam a humanidade.
Primeiro Ator	Quero crer que entre nós tudo isso está bem modificado.
Hamlet	Faze uma reforma radical! Que os truões não digam mais do que o que lhes compete, pois há deles que vão a ponto de rir, somente para provocarem riso aos parvos, até mesmo em passagens com algo merecedor de atenção. É vergonhoso, sobre revelar ambição estúpida por parte de quem se vale de semelhante recurso. Vai aprontar-te.

(Saem atores)
(Entram Polônio, Rosencrantz e Guildenstern)

	Então, senhor, o rei ouvirá nossa peça?
Polônio	E a rainha também, sem nenhum atraso.
Hamlet	Nesse caso, apressai os atores.

(Sai Polônio)

	Não poderíeis ajudá-lo nessa tarefa?
Rosencrantz e Guildenstern	Com todo o gosto, meu príncipe.

(Saem *Rosencrantz e Guildenstern)*
(Entra Horácio)

Hamlet	Olá, Horácio!
Horácio	Aqui me tendes, senhor, às vossas ordens.
Hamlet	Horácio, és a pessoa mais talhada para meu companheiro e confidente.
Horácio	Meu príncipe...
Hamlet	Não penses que é lisonja. Que fora de esperar que me emprestasses, se só tens como renda a tua alma grande, que te veste e alimenta? Por que a um pobre lisonjear? Não; a língua açucarada lambe as pompas estúpidas; os gonzos moles dos joelhos dobram-se onde lucros advêm do rastejar. Estás me ouvindo? Desde que minha alma cara foi senhora de julgar as pessoas,

Hath seal'd thee for herself. For thou hast been As one, in suffering all, that suffers nothing, A man that Fortune's buffets and rewards Hast ta'en with equal thanks. And blessed are those Whose blood and judgement are so well co-mingled That they are not a pipe for Fortune's finger To sound what stop she please. Give me that man That is not passion's slave, and I will wear him In my heart's core, ay, in my heart of heart, As I do thee. Something too much of this. There is a play tonight before the King. One scene of it comes near the circumstance Which I have told thee, of my father's death. I prithee, when thou see'st that act a-foot, Even with the very comment of thy soul Observe mine uncle. If his occulted guilt Do not itself unkennel in one speech, It is a damned ghost that we have seen; And my imaginations are as foul As Vulcan's stithy. Give him heedful note; For I mine eyes will rivet to his face; And after we will both our judgements join In censure of his seeming.

Horatio Well, my lord. If he steal aught the whilst this play is playing, And 'scape detecting, I will pay the theft.

Hamlet They are coming to the play. I must be idle. Get you a place.

Danish march. A flourish. Enter King, Queen, Polonius, Ophelia, Rosencrantz, Guildenstern *and others.*

King How fares our cousin Hamlet?

Hamlet Excellent, i' faith; of the chameleon's dish: I eat the air, promise-crammed: you cannot feed capons so.

King I have nothing with this answer, Hamlet; these words are not mine.

Hamlet No, nor mine now. *[To Polonius.]* My lord, you play'd once i' th'university, you say?

Polonius That did I, my lord, and was accounted a good actor.

Hamlet What did you enact?

Polonius I did enact Julius Caesar. I was kill'd i' th' Capitol. Brutus killed me.

Hamlet It was a brute part of him to kill so capital a calf there. Be the players ready?

Rosencrantz Ay, my lord; they stay upon your patience.

escolheu-te para si própria, pois tens sido um homem que mostra não sofrer, sofrendo muito, que aceita indiferente bens e males do destino. Abençoado quem revela tal mistura de sangue e julgamento, e por isso jamais pode ser pífaro com que a fortuna se divirta. Mostra-me o homem liberto das paixões; pô-lo-ei no coração, no próprio coração do coração, tal como o fiz contigo. Mas basta. Hoje há espetáculo ante o rei, com uma cena igual às circunstâncias da morte de meu pai, como eu te disse. Quando chegar essa passagem, peço-te que com todas as forças de tua alma observes meu tio. Se seu crime não se manifestar ante um discurso, é que era alma penada o que nós vimos e mais negras as minhas fantasias que a forja de Vulcano. Observa-o bem. Hei de os olhos cravar-lhe no semblante; juntaremos depois nossos juízos para julgar-lhe o aspecto.

Horácio Bem, meu príncipe; se algo ele surrupiar durante a cena e conseguir fugir, pago o prejuízo.

Hamlet Já vêm chegando; é urgente disfarçarmos; vai para o teu lugar.

(Marcha dinamarquesa; clarins. Entram o Rei, a Rainha, Polônio, Ofélia, Rosencrantz, Guildenstern e outras pessoas)

Rei Como vive o nosso primo Hamlet?

Hamlet Otimamente, na verdade; da comida dos camaleões; alimento-me de ar e entupo-me com promessas. Desse jeito não podereis engordar capões.

Rei Nada tenho de ver com semelhante resposta, Hamlet; essas palavras não me dizem respeito.

Hamlet E já agora, nem a mim, também. *(A Polônio)* Já representaste uma vez na universidade, não me disseste?

Polônio É certo, príncipe; e fui considerado bom ator.

Hamlet E que representaste?

Polônio Júlio César; era assassinado no Capitólio; Brutus me matava.

Hamlet Bem bruto era ele, para matar um bezerro capital desse porte. Os atores estão prontos?

Rosencrantz Estão, príncipe; aguardam apenas vossas ordens.

Queen	Come hither, my dear Hamlet, sit by me.
Hamlet	No, good mother, here's metal more attractive.
Polonius	[*To the King.*] O ho! do you mark that?
Hamlet	Lady, shall I lie in your lap?

[Lying down at Ophelia's *feet.]*

Ophelia	No, my lord.
Hamlet	I mean, my head upon your lap?
Ophelia	Ay, my lord.
Hamlet	Do you think I meant country matters?
Ophelia	I think nothing, my lord.
Hamlet	That's a fair thought to lie between maids' legs.
Ophelia	What is, my lord?
Hamlet	Nothing.
Ophelia	You are merry, my lord.
Hamlet	Who, I?
Ophelia	Ay, my lord.
Hamlet	O God, your only jig-maker! What should a man do but be merry? For look you how cheerfully my mother looks, and my father died within's two hours.
Ophelia	Nay, 'tis twice two months, my lord.
Hamlet	So long? Nay then, let the devil wear black, for I'll have a suit of sables. O heavens! die two months ago, and not forgotten yet? Then there's hope a great man's memory may outlive his life half a year. But by'r lady, he must build churches then; or else shall he suffer not thinking on, with the hobby-horse, whose epitaph is 'For, O, for O, the hobby-horse is forgot!'

Trumpets sound. The dumb show enters. Enter a King and a Queen very lovingly; the Queen embracing him and he her. She kneels, and makes show of protestation unto him. He takes her up, and declines his head upon her neck. Lays him down upon a bank of flowers. She, seeing him asleep, leaves him. Anon comes in a fellow, takes off his crown, kisses it, pours poison in the King's ears, and exits. The Queen returns, finds the King dead, and makes passionate action. The Poisoner with some three or four Mutes, comes in again, seeming to lament with her. The dead body is carried away. The Poisoner woos the Queen with gifts. She seems loth and unwilling awhile, but in the end accepts his love. Exeunt.

Rainha	Vem para o meu lado, querido Hamlet; senta-te perto de mim.
Hamlet	Não, minha mãe; o ímã deste metal tem mais poder.
Polônio	(*Ao rei*) Ah! Ah! Observastes bem?
Hamlet	Senhorita, poderei sentar-me no vosso regaço?

(Senta-se ao pé de Ofélia)

Ofélia	Não, príncipe.
Hamlet	Quero dizer, recostar a cabeça em vosso regaço?
Ofélia	Sim, príncipe.
Hamlet	Pensastes que eu estivesse usando linguagem do campo?
Ofélia	Não pensei nada, príncipe.
Hamlet	Bonita ideia, deitar-se a gente entre as pernas de uma donzela.
Ofélia	Que ideia, príncipe?
Hamlet	Nada.
Ofélia	O príncipe está hoje muito alegre.
Hamlet	Quem, eu?
Ofélia	O príncipe, pois não?
Hamlet	Sou apenas vosso bobo. Que pode uma pessoa fazer de melhor, a não ser ficar alegre? Vede minha mãe, como apresenta semblante prazenteiro; no entanto, meu pai morreu apenas há duas horas.
Ofélia	Não, príncipe; dois meses.
Hamlet	Há tanto tempo assim? Então que o diabo se cubra de luto, que eu vou vestir-me de zibelina. Ó, céus! Morto há dois meses e ainda não esquecido? Nesse caso, há esperança de que a memória de um grande homem lhe sobreviva meio ano. Por Nossa Senhora, que trate de fundar igrejas, ou ninguém pensará nele, como se deu com o cavalo de pau, cujo epitáfio rezava: "Pois ó! Pois ó! O cavalo de pau ficou esquecido!".

(Clarins. Entra a pantomima: um rei e uma rainha, com mostras de muito afeto; a rainha abraça o rei e este a ela. A rainha se ajoelha diante do rei e, por meio de gestos, lhe assegura submissão. Ele a faz erguer-se e inclina a cabeça sobre seu ombro; depois, senta-se sobre um banco de flores. Ao vê-lo adormecido, ela o deixa. Logo depois, entra um indivíduo que lhe tira a coroa, beija-a, despeja veneno no ouvido do rei e sai. Volta a rainha e, ao verificar que o rei morrera, dá mostras de grande mágoa. O envenenador volta com duas ou três pessoas, parecendo lamentar-se com a rainha. O corpo é removido. O envenenador requesta a rainha com presentes; a princípio, a rainha parece relutar, mas acaba aceitando o seu amor. Saem*)*

Ophelia What means this, my lord?

Hamlet Marry, this is miching mallecho; it means mischief.

Ophelia Belike this show imports the argument of the play.

Enter Prologue.

Hamlet We shall know by this fellow: the players cannot keep counsel; they'll tell all.

Ophelia Will they tell us what this show meant?

Hamlet Ay, or any show that you'll show him. Be not you ashamed to show, he'll not shame to tell you what it means.

Ophelia You are naught, you are naught: I'll mark the play.

Prologue *For us, and for our tragedy, Here stooping to your clemency, We beg your hearing patiently.*

Hamlet Is this a prologue, or the posy of a ring?

Ophelia 'Tis brief, my lord.

Hamlet As woman's love.

Enter a King and a Queen.

Player King Full thirty times hath Phoebus' cart gone round Neptune's salt wash and Tellus' orbed ground, And thirty dozen moons with borrow'd sheen About the world have times twelve thirties been, Since love our hearts, and Hymen did our hands Unite commutual in most sacred bands.

Player Queen So many journeys may the sun and moon Make us again count o'er ere love be done. But, woe is me, you are so sick of late, So far from cheer and from your former state, That I distrust you. Yet, though I distrust, Discomfort you, my lord, it nothing must: For women's fear and love holds quantity, In neither aught, or in extremity. Now what my love is, proof hath made you know, And as my love is siz'd, my fear is so. Where love is great, the littlest doubts are fear; Where little fears grow great, great love grows there.

Player King Faith, I must leave thee, love, and shortly too: My operant powers their functions leave to do: And thou shalt live in this fair world behind, Honour'd, belov'd, and haply one as kind For husband shalt thou—

Player Queen O confound the rest. Such love must needs be treason in my breast. In second husband let me be accurst! None wed the second but who kill'd the first.

Ofélia Que significa isso, príncipe?

Hamlet Maroteira disfarçada; significa infortúnio.

Ofélia Sem dúvida a pantomima serve de argumento à peça.

(Entra o prólogo)

Hamlet É o que vamos ver por este freguês. Os atores não guardam segredo. Vereis como vão revelar tudo.

Ofélia Irá dizer-nos o que significam aqueles gestos?

Hamlet Não só aqueles, mas quantos quiserdes representar-lhe. Se não ficardes acanhada, ele também não o ficará, para explicar-lhes o sentido.

Ofélia O príncipe é mau; o príncipe é mau; vou prestar atenção à peça.

Prólogo *Para nós toda a indulgência, para a tragédia e demência de vossa alta paciência.*

Hamlet Isso é prólogo ou emblema de anel?

Ofélia Foi curto.

Hamlet Tal como o amor das mulheres.

(Entra um Rei e uma Rainha)

Rei da peça Trinta vezes já o Sol há feito o giro por Telo e Netuno, e com perfeito cômputo trinta vezes doze a Lua assinalou ao mundo os meses, desde que amor juntara nossas almas, um himeneu de laços mútuos.

Rainha da peça Que a luz e o Sol nos deem iguais jornadas sem que as rosas do amor fiquem fanadas. Mas tão cansado te acho e tão mudado da alegria primeira, certo, o estado normal em ti, que o susto ora se apossa de mim, sem que isso, aliás, turvar-te possa, pois o amor, na mulher, se casa ao medo: ou grandes até o fim, ou morrem cedo. Já dei provas de ser, no amor, constante, mas, se o amor é tranquilo, o medo é instante; um grande amor nos sustos se confirma; crescendo o medo, o amor também se afirma.

Rei da peça Muito cedo deixar-te me é forçoso, que me oprime a fraqueza. No formoso mundo tens de viver, sempre acatada, porventura escolhida e muito amada por um segundo…

Rainha da peça Basta! Basta! Um feito de tal negror me condenara o peito. Só se alegra com outro companheiro quem foi causa da morte do primeiro.

Hamlet	*[Aside.]* Wormwood, wormwood.
Player Queen	The instances that second marriage move Are base respects of thrift, but none of love. A second time I kill my husband dead, When second husband kisses me in bed.
Player King	I do believe you think what now you speak; But what we do determine, oft we break. Purpose is but the slave to memory, Of violent birth, but poor validity: Which now, like fruit unripe, sticks on the tree, But fall unshaken when they mellow be. Most necessary 'tis that we forget To pay ourselves what to ourselves is debt. What to ourselves in passion we propose, The passion ending, doth the purpose lose. The violence of either grief or joy Their own enactures with themselves destroy. Where joy most revels, grief doth most lament; Grief joys, joy grieves, on slender accident. This world is not for aye; nor 'tis not strange That even our loves should with our fortunes change, For 'tis a question left us yet to prove, Whether love lead fortune, or else fortune love. The great man down, you mark his favourite flies, The poor advanc'd makes friends of enemies; And hitherto doth love on fortune tend: For who not needs shall never lack a friend, And who in want a hollow friend doth try, Directly seasons him his enemy. But orderly to end where I begun, Our wills and fates do so contrary run That our devices still are overthrown. Our thoughts are ours, their ends none of our own. So think thou wilt no second husband wed, But die thy thoughts when thy first lord is dead.
Player Queen	Nor earth to me give food, nor heaven light, Sport and repose lock from me day and night, To desperation turn my trust and hope, An anchor's cheer in prison be my scope, Each opposite that blanks the face of joy, Meet what I would have well, and it destroy! Both here and hence pursue me lasting strife, If, once a widow, ever I be wife.
Hamlet	*[To Ophelia.]* If she should break it now.
Player King	'Tis deeply sworn. Sweet, leave me here awhile. My spirits grow dull, and fain I would beguile The tedious day with sleep. *[Sleeps.]*
Player Queen	Sleep rock thy brain, And never come mischance between us twain.

Hamlet	*(À parte)* Isso é absinto.
Rainha da peça	O interesse mesquinho, nunca o amor, do segundo consórcio é o causador. Fora o esposo matar do mesmo jeito a cada beijo do outro no seu leito.
Rei da peça	Sei que és sincera; mas é bem frequente não cumprirmos a jura mais ardente. Da memória a intenção é simples serva; forte ao nascer, o tempo não a conserva; fruto que está no galho por ser duro, para cair por si quando maduro. Parece necessário que no olvido se atire o que a nós próprios é devido. O que a paixão concebe de perfeito, suprimida a paixão fica desfeito. A violência da dor ou da alegria com sua própria atuação não dura um dia. Onde o prazer se exalta a dor se encolhe; um nada a dor extingue e o riso tolhe. O mundo passa; é natural, portanto, que com a fortuna o amor se altere tanto; pois é problema que ainda está sem norte, se a sorte guia o amor, ou o amor a sorte. Cai um dos grandes, somem-se os amigos; sobe um pequeno, adulam-no inimigos. Daí ligar-se o amor sempre à fortuna; tem amigos quem nunca a outro importuna; pois, quem ao falso amigo pede, vê-se de um inimigo aumentado, sem que o cresse. Mas, para terminar pelo começo, entre a vontade e a sorte há sempre empeço. Nossos planos são frutos só do acaso; a ideia é nossa; os fins, de cada caso. Não digas que de novo não te casas; morto o esposo, o propósito bate asas.
Rainha da peça	Que a luz o céu me negue; a terra, o pão; a noite, a calma; o dia, a distração; que a esperança se mude em desespero; penitência no cárcere é o que eu espero. Que quanto enturva o rosto da alegria se me antolhe a afligir-me noite e dia. Repudiada seja eu por todo o povo, se, chegando a enviuvar, casar, de novo.
Hamlet	*(A Ofélia)* E se ela quebrar o juramento?
Rei da peça	Palavras bem solenes; mas, querida, deixa-me; sinto a fronte dolorida; quero dormir. *(Adormece)*
Rainha da peça	Repousa sossegado; que nenhuma aflição nos dê cuidado.

[Exit.]

Hamlet	Madam, how like you this play?
Queen	The lady protests too much, methinks.
Hamlet	O, but she'll keep her word.
King	Have you heard the argument? Is there no offence in't?
Hamlet	No, no, they do but jest, poison in jest; no offence i' th' world.
King	What do you call the play?
Hamlet	*The Mousetrap.* Marry, how? Tropically. This play is the image of a murder done in Vienna. Gonzago is the Duke's name, his wife Baptista: you shall see anon; 'tis a knavish piece of work: but what o' that? Your majesty, and we that have free souls, it touches us not. Let the gall'd jade wince; our withers are unwrung.

Enter Lucianus.

	This is one Lucianus, nephew to the King.
Ophelia	You are a good chorus, my lord.
Hamlet	I could interpret between you and your love, if I could see the puppets dallying.
Ophelia	You are keen, my lord, you are keen.
Hamlet	It would cost you a groaning to take off my edge.
Ophelia	Still better, and worse.
Hamlet	So you mistake your husbands.—Begin, murderer. Pox, leave thy damnable faces, and begin. Come, the croaking raven doth bellow for revenge.
Lucianus	Thoughts black, hands apt, drugs fit, and time agreeing, Confederate season, else no creature seeing; Thou mixture rank, of midnight weeds collected, With Hecate's ban thrice blasted, thrice infected, Thy natural magic and dire property On wholesome life usurp immediately.

[Pours the poison into the sleeper's ears.]

Hamlet	He poisons him i' th'garden for's estate. His name's Gonzago. The story is extant, and written in very choice Italian. You shall see anon how the murderer gets the love of Gonzago's wife.

(Sai)

Hamlet	Que tal acha a peça, minha senhora?
Rainha	Parece-me que a dama faz protestos demasiados.
Hamlet	Ah! Mas ela é de palavra.
Rei	Ouviste o argumento? Não contém nenhuma ofensa?
Hamlet	Não, não; é tudo por brincadeira; envenenam por brincadeira; é o que não existe no mundo. Tudo inofensivo.
Rei	Como se intitula a peça?
Hamlet	*A ratoeira*; mas, já se vê, simples metáfora. A peça se baseia na história de um crime ocorrido em Viena; Gonzaga é o nome do duque; Batista, o da mulher. Ides ver dentro de pouco: pura velhacaria. Mas que importa? Nem Vossa Majestade nem eu, que temos a consciência limpa, somos atingidos. Os sendeiros que esperneiem; não estamos com o lombo pisado.

(Entra um ator, no papel de Luciano)

	Esse é um tal Luciano, sobrinho do rei.
Ofélia	O príncipe serve muito bom de coro.
Hamlet	Poderia servir de ponto numa vossa conversa com o namorado, se visse os movimentos dos títeres.
Ofélia	O príncipe está muito afiado hoje, muito afiado.
Hamlet	Havia de custar-vos gemidos embotar-me o fio.
Ofélia	De bem para melhor; de mal para pior.
Hamlet	Os maridos são desse jeito. Vamos, assassino, começa logo! Deixa tua cara amaldiçoada, peste, e principia de uma vez! Vamos. O corvo, em seu grasnar, chama a vingança!
Luciano	Pensamentos escuros, droga a jeito, tempo oportuno, mãos para esse feito, ninguém perto… Bebida desprezível, três vezes à meia-noite com a terrível maldição de Hécate mexida: neste corpo despeja os males que escondeste!

(Despeja veneno no ouvido do rei adormecido)

Hamlet	Envenena-o no jardim, por causa do reino; chama-se Gonzaga. A história existe; foi escrita em italiano primoroso. Vereis dentro de pouco como o assassino obtém o amor da mulher de Gonzaga.

Ophelia	The King rises.
Hamlet	What, frighted with false fire?
Queen	How fares my lord?
Polonius	Give o'er the play.
King	Give me some light. Away.

[Exeunt all but Hamlet *and* Horatio.*]*

Hamlet	Why, let the strucken deer go weep, The hart ungalled play; For some must watch, while some must sleep, So runs the world away. Would not this, sir, and a forest of feathers, if the rest of my fortunes turn Turk with me; with two Provincial roses on my razed shoes, get me a fellowship in a cry of players, sir?
Horatio	Half a share.
Hamlet	A whole one, I. For thou dost know, O Damon dear, This realm dismantled was Of Jove himself, and now reigns here A very, very—pajock.
Horatio	You might have rhymed.
Hamlet	O good Horatio, I'll take the ghost's word for a thousand pound. Didst perceive?
Horatio	Very well, my lord.
Hamlet	Upon the talk of the poisoning?
Horatio	I did very well note him.
Hamlet	Ah, ha! Come, some music. Come, the recorders. For if the king like not the comedy, Why then, belike he likes it not, perdie. Come, some music.

Enter Rosencrantz *and* Guildenstern.

Guildenstern	Good my lord, vouchsafe me a word with you.
Hamlet	Sir, a whole history.
Guildenstern	The King, sir—
Hamlet	Ay, sir, what of him?
Guildenstern	Is in his retirement, marvellous distempered.
Hamlet	With drink, sir?
Guildenstern	No, my lord; rather with choler.
Hamlet	Your wisdom should show itself more richer to signify this to the doctor, for me to put him to his purgation would perhaps plunge him into far more choler.
Guildenstern	Good my lord, put your discourse into some frame, and start not so wildly from my affair.

Ofélia O rei se levantou.
Hamlet Que é isso? Medo de um falso alarme de fogo?
Rainha Como se passa o meu senhor?
Polônio Suspendam a representação!
Rei Tragam-me luzes! Vamo-nos embora!

(Saem todos, com exceção de Hamlet e Horácio)

Hamlet Que sangre o veado e ponha-se a fugir, enquanto descansa; uns precisam velar, outros dormir; desta arte o mundo avança. Uma cena como essa e mais uma floresta de penas – se algum dia a Fortuna se me tornar madrasta – e um par de rosetas nos sapatos rasos, não me assegurariam um lugar em qualquer matilha de comediantes?
Horácio Com metade dos lucros, como não?
Hamlet Nada disso, todo o lucro, pois bem sabes, Damon, que o próprio reino se desfez; agora está no trono um verdadeiro… direi tudo?… Um pavão.
Horácio Poderíeis ter rimado.
Hamlet Meu bom Horácio! Aposto mil contra um na palavra do fantasma. Percebestes?
Horácio Perfeitamente, príncipe.
Hamlet Na hora do veneno?
Horácio Com a máxima atenção.
Hamlet Ah! Ah! Venha música! Tragam os flajolés! Porque, se a peça ao rei em nada agrada, não vale coisa alguma, está julgada. Vamos! Tragam música!

(Entram Rosencrantz e Guildenstern)

Guildenstern Meu bom senhor, concedei-me uma palavra.
Hamlet Até uma história inteira.
Guildenstern O rei, senhor…
Hamlet Como vai ele passando?
Guildenstern … recolheu-se indisposto para seus aposentos.
Hamlet De bebida?
Guildenstern Não, senhor; de cólera.
Hamlet Vossa sabedoria se revelaria mais opulenta, se contásseis isso ao seu médico; porque, se eu lhe aplicar uma purga, talvez lhe faça aumentar ainda mais a cólera.
Guildenstern Ponde ordem, meu bom senhor, em vossas palavras, sem vos desviardes tanto do propósito.

Hamlet	I am tame, sir, pronounce.
Guildenstern	The Queen your mother, in most great affliction of spirit, hath sent me to you.
Hamlet	You are welcome.
Guildenstern	Nay, good my lord, this courtesy is not of the right breed. If it shall please you to make me a wholesome answer, I will do your mother's commandment; if not, your pardon and my return shall be the end of my business.
Hamlet	Sir, I cannot.
Guildenstern	What, my lord?
Hamlet	Make you a wholesome answer. My wit's diseased. But, sir, such answer as I can make, you shall command; or rather, as you say, my mother. Therefore no more, but to the matter. My mother, you say,—
Rosencrantz	Then thus she says: your behaviour hath struck her into amazement and admiration.
Hamlet	O wonderful son, that can so stonish a mother! But is there no sequel at the heels of this mother's admiration?
Rosencrantz	She desires to speak with you in her closet ere you go to bed.
Hamlet	We shall obey, were she ten times our mother. Have you any further trade with us?
Rosencrantz	My lord, you once did love me.
Hamlet	And so I do still, by these pickers and stealers.
Rosencrantz	Good my lord, what is your cause of distemper? You do surely bar the door upon your own liberty if you deny your griefs to your friend.
Hamlet	Sir, I lack advancement.
Rosencrantz	How can that be, when you have the voice of the King himself for your succession in Denmark?
Hamlet	Ay, sir, but while the grass grows—the proverb is something musty.

Re-enter the Players *with recorders.*

O, the recorders. Let me see one.—To withdraw with you, why do you go about to recover the wind of me, as if you would drive me into a toil?

Hamlet	Já amansei; podeis falar.
Guildenstern	A rainha vossa mãe, que se acha muito consternada, mandou que vos procurasse.
Hamlet	Pois sede bem-vindo.
Guildenstern	Essa cortesia não vem a propósito, príncipe. Se for de vosso agrado dar-me uma resposta sadia, desincumbir-me-ei do recado de vossa mãe; em caso contrário, com vosso perdão e minha retirada, darei por finda a missão a que vim.
Hamlet	Não me é possível, senhor.
Guildenstern	Que é que vos é impossível, príncipe?
Hamlet	Dar-vos uma resposta sadia. Meu espírito está doente. Mas ponho a vossas ordens a resposta que me for possível, ou, como o dissestes, às ordens de minha mãe. Por isso, entremos logo no assunto. Minha mãe, íeis dizendo…
Rosencrantz	Manda dizer-vos que vossa conduta lhe causou assombro e admiração.
Hamlet	Ó, filho estupendo, que chega a causar assombro à própria mãe! Mas no calcanhar da admiração da mãe não segue nenhuma consequência? Vamos lá.
Rosencrantz	Deseja falar-vos em seus aposentos, antes de vos recolherdes.
Hamlet	Obedeceria, ainda que ela fosse dez vezes minha mãe. Não tendes nenhum outro assunto a tratar comigo?
Rosencrantz	Houve tempo, príncipe, que me tínheis amizade.
Hamlet	Até hoje sou o mesmo; juro-o por estes gadanhos de ladrão.
Rosencrantz	Meu bom senhor, qual é o motivo de vossa alteração? Pondes trancas em vossa liberdade, negando-vos a revelar a um amigo o motivo de vossa tristeza.
Hamlet	Falta-me ser promovido.
Rosencrantz	Como é isso possível, se contais com a palavra do próprio rei de que o sucedereis no trono da Dinamarca?
Hamlet	É certo, mas, "enquanto se espera, a grama cresce…"; este provérbio já está enferrujado.

(Entram alguns atores com flajolés)

Ó, flajolés! Deixa-me ver um. Falando-vos em particular, por que motivo me rodeais desse jeito, a tomar o meu faro, como se quisésseis levar-me para alguma cilada?

Guildenstern	O my lord, if my duty be too bold, my love is too unmannerly.
Hamlet	I do not well understand that. Will you play upon this pipe?
Guildenstern	My lord, I cannot.
Hamlet	I pray you.
Guildenstern	Believe me, I cannot.
Hamlet	I do beseech you.
Guildenstern	I know no touch of it, my lord.
Hamlet	'Tis as easy as lying: govern these ventages with your finger and thumb, give it breath with your mouth, and it will discourse most eloquent music. Look you, these are the stops.
Guildenstern	But these cannot I command to any utterance of harmony. I have not the skill.
Hamlet	Why, look you now, how unworthy a thing you make of me! You would play upon me; you would seem to know my stops; you would pluck out the heart of my mystery; you would sound me from my lowest note to the top of my compass; and there is much music, excellent voice, in this little organ, yet cannot you make it speak. 'Sblood, do you think I am easier to be played on than a pipe? Call me what instrument you will, though you can fret me, you cannot play upon me.

Enter Polonius.

	God bless you, sir.
Polonius	My lord, the Queen would speak with you, and presently.
Hamlet	Do you see yonder cloud that's almost in shape of a camel?
Polonius	By the mass, and 'tis like a camel indeed.
Hamlet	Methinks it is like a weasel.
Polonius	It is backed like a weasel.
Hamlet	Or like a whale.
Polonius	Very like a whale.
Hamlet	Then will I come to my mother by and by.—They fool me to the top of my bent.—I will come by and by.

Guildenstern Ah, príncipe! Se o meu dever é ousado, minha amizade é incivil.

Hamlet Não atino bem com o sentido. Mas não quereis tocar nesta flauta?

Guildenstern Não posso, príncipe.

Hamlet Por obséquio.

Guildenstern Acreditai-me, príncipe, não posso.

Hamlet Fazei-me esse favor.

Guildenstern Não conheço uma só posição, príncipe.

Hamlet É tão fácil quanto mentir. Com os quatro dedos e o polegar regulais estes orifícios; depois, bastará soprar, para que saia música muito agradável. Vede: aqui estão as chaves.

Guildenstern Mas não está em mim tirar a menor harmonia, príncipe; não possuo essa habilidade.

Hamlet Ora, vede que coisa desprezível fazeis de mim! Pretendíeis que eu fosse um instrumento em que poderíeis tocar à vontade, por presumirdes que conhecíeis minhas chaves. Tínheis a intenção de penetrar no coração do meu segredo, para experimentar toda a escala dos meus sentimentos, da nota mais grave à mais aguda. No entanto, apesar de conter este instrumento bastante música e de ser dotado de excelente voz, não conseguis fazê-lo falar. Com a breca! Imaginais, então, que eu sou mais fácil de tocar do que esta flauta? Dai-me o nome do instrumento que quiserdes, conquanto voz seja fácil escalavrar-me, jamais me fareis produzir som.

(Entra Polônio)

Deus vos guarde, senhor.

Polônio Senhor, a rainha deseja falar-vos o quanto antes.

Hamlet Estais vendo aquela nuvem em forma de camelo?

Polônio Pela Santa Missa! Parece, de fato, um camelo!

Hamlet Creio que se parece mais com uma doninha.

Polônio É certo; o dorso é de doninha.

Hamlet Ou uma baleia?

Polônio Uma baleia, realmente; muito semelhante.

Hamlet Bem; se assim é, irei ter com minha mãe neste momento. Esta gente brinca de doido comigo a ponto de arrebentar-me a paciência. Irei neste momento.

Polonius I will say so.

[Exit.]

Hamlet By and by is easily said. Leave me, friends.

[Exeunt all but Hamlet.*]*

'Tis now the very witching time of night, When churchyards yawn, and hell itself breathes out Contagion to this world. Now could I drink hot blood, And do such bitter business as the day Would quake to look on. Soft now, to my mother. O heart, lose not thy nature; let not ever The soul of Nero enter this firm bosom: Let me be cruel, not unnatural. I will speak daggers to her, but use none; My tongue and soul in this be hypocrites. How in my words somever she be shent, To give them seals never, my soul, consent.

[Exit.]

Polônio Dir-lhe-ei isso mesmo.

(Sai)

Hamlet Neste momento, é fácil dizer. Deixai-me, amigos.

(Saem todos, menos Hamlet)

Estamos na hora tétrica da noite em que se abrem os túmulos, e o inferno lança no mundo a peste. Poderia beber, neste momento, sangue quente e realizar tais coisas que fariam tremer o próprio dia. Mas silêncio! Procuremos agora por minha mãe. Coração, não te esqueças de quem és. Que neste peito firme jamais entre a alma de Nero; ríspido, mas nunca desnaturado; espadas só na língua, sem que delas me valha: que se irmanem na hipocrisia a língua e o coração. Se a palavra sair demais pesada, minha alma, não lhe dês atenção.

(Sai)

CENA III
SCENE III

SCENE III

A ROOM IN THE CASTLE.

Enter King, Rosencrantz *and* Guildenstern.

King	I like him not, nor stands it safe with us To let his madness range. Therefore prepare you, I your commission will forthwith dispatch, And he to England shall along with you. The terms of our estate may not endure Hazard so near us as doth hourly grow Out of his lunacies.
Guildenstern	We will ourselves provide. Most holy and religious fear it is To keep those many many bodies safe That live and feed upon your Majesty.
Rosencrantz	The single and peculiar life is bound With all the strength and armour of the mind, To keep itself from 'noyance; but much more That spirit upon whose weal depend and rest The lives of many. The cease of majesty Dies not alone; but like a gulf doth draw What's near it with it. It is a massy wheel Fix'd on the summit of the highest mount, To whose huge spokes ten thousand lesser things Are mortis'd and adjoin'd; which when it falls, Each small annexment, petty consequence, Attends the boist'rous ruin. Never alone Did the King sigh, but with a general groan.
King	Arm you, I pray you, to this speedy voyage; For we will fetters put upon this fear, Which now goes too free-footed.
Rosencrantz and *Guildenstern*	We will haste us.

[*Exeunt* Rosencrantz *and* Guildenstern. *Enter* Polonius.

Polonius	My lord, he's going to his mother's closet. Behind the arras I'll convey myself To hear the process. I'll warrant she'll tax him home, And as you said, and wisely was it said, 'Tis meet that some more audience than a mother, Since nature makes them partial, should o'erhear The speech of vantage. Fare you well, my liege, I'll call upon you ere you go to bed, And tell you what I know.

CENA III

UM QUARTO NO CASTELO.

(Entram o Rei, Rosencrantz e Guildenstern)

Rei	Não me agrada. Além disso, constitui perigo para nós deixar sem peias sua loucura. Assim, ide aprontar-vos, que vossas instruções mandarei logo, e ele para a Inglaterra irá convosco. Nossa real dignidade não comporta os riscos que a toda hora seus caprichos fazem nascer.
Guildenstern	Iremos aprontar-nos. O medo religioso e santo cuida da salvação de tantas existências que se nutrem de Vossa Majestade.
Rosencrantz	A própria vida singular precisa, com toda a força e as armas do intelecto, defender-se de danos. Que dizer da alma de que depende sempre a vida de tanta gente? Nunca a majestade morre sozinha; qual voragem, atrai o que está perto; é roda gigantesca que nos raios contém dez mil coisinhas encaixadas, e cuja queda implica a ruína fragorosa das menores peças que se lhe prendem. O gemido do rei sempre é geral, sempre é alarido.
Rei	Peço que vos apresseis para a viagem; queremos pôr grilhetas nesse medo que passeia tão livre.
Rosencrantz e *Guildenstern*	Já nos vamos.

(Saem Rosencrantz e Guildenstern. Entra Polônio)

Polônio	Ele já foi, senhor, para o aposento da rainha. Por trás do reposteiro vou pôr-me a ouvi-los. É certeza, ela há de repreendê-lo; e, conforme sabiamente dissestes, é preciso que outro ouvido que não o materno, pois a natureza fê-lo parcial, escute o que falarem. Passai bem, meu senhor; chamar-vos-ei antes de vos deitardes, para dar-vos conta do que souber.

King Thanks, dear my lord.

[Exit Polonius.]

O, my offence is rank, it smells to heaven; It hath the primal eldest curse upon't,— A brother's murder! Pray can I not, Though inclination be as sharp as will: My stronger guilt defeats my strong intent, And, like a man to double business bound, I stand in pause where I shall first begin, And both neglect. What if this cursed hand Were thicker than itself with brother's blood, Is there not rain enough in the sweet heavens To wash it white as snow? Whereto serves mercy But to confront the visage of offence? And what's in prayer but this twofold force, To be forestalled ere we come to fall, Or pardon'd being down? Then I'll look up. My fault is past. But O, what form of prayer Can serve my turn? Forgive me my foul murder! That cannot be; since I am still possess'd Of those effects for which I did the murder,— My crown, mine own ambition, and my queen. May one be pardon'd and retain th'offence? In the corrupted currents of this world Offence's gilded hand may shove by justice, And oft 'tis seen the wicked prize itself Buys out the law. But 'tis not so above; There is no shuffling, there the action lies In his true nature, and we ourselves compell'd Even to the teeth and forehead of our faults, To give in evidence. What then? What rests? Try what repentance can. What can it not? Yet what can it, when one cannot repent? O wretched state! O bosom black as death! O limed soul, that struggling to be free, Art more engag'd! Help, angels! Make assay: Bow, stubborn knees; and heart with strings of steel, Be soft as sinews of the new-born babe. All may be well.

[Retires and kneels.]
Enter Hamlet.

Hamlet Now might I do it pat, now he is praying. And now I'll do't. And so he goes to heaven; And so am I reveng'd. That would be scann'd: A villain kills my father, and for that I, his sole son, do this

Rei Muito obrigado.

(Sai Polônio)

Está podre o meu crime; o céu já o sente. A maldição primeira pôs-lhe o estigma: fratricida. Rezar não me é possível, muito embora o pendor siga à vontade; a culpa imana vence o belo intento. Tal como alguém que empreende dois negócios ao mesmo tempo, mostro-me indeciso sobre qual inicie, acontecendo vir ambos a perder. Se esta maldita mão de sangue fraterno se cobrisse, não haveria chuva suficiente no céu para deixá-la como a neve? Para que serve a graça, se não serve para enfrentar o rosto do pecado? E a oração, não contem dupla virtude, de prevenir a queda e obter completo perdão para os que caem? Alço os olhos. Meu crime já passou; mas que modelo de oração servirá para o meu caso? "Perdoai-me o crime monstruoso e horrendo?" Não pode ser que me acho, ainda, de posse de quanto me levou a praticá-lo: o trono, meus anelos e a rainha. Perdão alcança quem retém o furto? Nos processos corruptos deste mundo pode a justiça ser desviada pela mão dourada do crime, e muitas vezes o prêmio compra a lei; mas não lá em cima, onde não valem manhas; o processo não padece de artifícios, e até mesmo nos dentes e na fronte do delito teremos de depor. Que ainda me resta? Tentar o que o arrependimento pode. Ah! Como é poderoso! Mas que pode fazer com quem não sabe arrepender-se? Terrível situação! Ó, peito mais escuro do que a morte! Ó, alma viscosa! Quanto mais te esforças, mais te sentes enleada! Anjos, socorro! Dobra-te, joelho altivo! Coração de aço, fica tão brando quanto os músculos de um recém-nato. Tudo talvez volte a ser como era.

(Afasta-se e ajoelha)
(Entra Hamlet)

Hamlet É propícia a ocasião; acha-se orando. Vou fazê-lo. Desta arte, alcança o céu… E assim me vingaria? Em outros termos: mata um biltre a meu pai; e eu, seu filho único, despacho esse mesmíssimo

same villain send To heaven. O, this is hire and salary, not revenge. He took my father grossly, full of bread, With all his crimes broad blown, as flush as May; And how his audit stands, who knows save heaven? But in our circumstance and course of thought, 'Tis heavy with him. And am I then reveng'd, To take him in the purging of his soul, When he is fit and season'd for his passage? No. Up, sword, and know thou a more horrid hent: When he is drunk asleep; or in his rage, Or in th'incestuous pleasure of his bed, At gaming, swearing; or about some act That has no relish of salvation in't, Then trip him, that his heels may kick at heaven, And that his soul may be as damn'd and black As hell, whereto it goes. My mother stays. This physic but prolongs thy sickly days.

[Exit.]

The King rises and advances.

King

My words fly up, my thoughts remain below.
Words without thoughts never to heaven go.

[Exit.]

velhaco para o céu. É soldo e recompensa, não vingança. Assassinou meu pai quando este estava pesado de alimentos, com seus crimes floridos como maio. O céu somente saberá qual o estado de suas contas; mas, de acordo com nossas presunções, não será bom. Direi que estou vingado, se o matar quando tem a alma expungida e apta para fazer a grande viagem? Não. Aguarda, espada, um golpe mais terrível, no sono da embriaguez, ou em plena cólera, nos prazeres do tálamo incestuoso, no jogo, ao blasfemar, ou em qualquer ato que o arraste à perdição. Nessa hora, ataca-o; que para o céu vire ele os calcanhares, quando a alma estiver negra como o inferno, que é o seu destino. Espera-me a rainha; prolonga-te a doença esta mezinha.

(Sai)

(O Rei se levanta e se adianta)

Rei — O som se evola; o pensamento cansa; um sem o outro jamais o céu alcança.

(Sai)

CENA IV
SCENE IV

1834

SCENE IV

ANOTHER ROOM IN THE CASTLE.

Enter Queen *and* Polonius.

Polonius He will come straight. Look you lay home to him, Tell him his pranks have been too broad to bear with, And that your Grace hath screen'd and stood between Much heat and him. I'll silence me e'en here. Pray you be round with him.

Hamlet *[Within.]* Mother, mother, mother.

Queen I'll warrant you, Fear me not. Withdraw, I hear him coming.

*[*Polonius *goes behind the arras.]*
Enter Hamlet.

Hamlet Now, mother, what's the matter?

Queen Hamlet, thou hast thy father much offended.

Hamlet Mother, you have my father much offended.

Queen Come, come, you answer with an idle tongue.

Hamlet Go, go, you question with a wicked tongue.

Queen Why, how now, Hamlet?

Hamlet What's the matter now?

Queen Have you forgot me?

Hamlet No, by the rood, not so. You are the Queen, your husband's brother's wife, And, would it were not so. You are my mother.

Queen Nay, then I'll set those to you that can speak.

Hamlet Come, come, and sit you down, you shall not budge. You go not till I set you up a glass Where you may see the inmost part of you.

Queen What wilt thou do? Thou wilt not murder me? Help, help, ho!

Polonius *[Behind.]* What, ho! help, help, help!

Hamlet *[Draws.]* How now? A rat? *[Makes a pass through the arras.]* Dead for a ducat, dead!

Polonius *[Behind.]* O, I am slain! *[Falls and dies.]*

Queen O me, what hast thou done?

Hamlet Nay, I know not. Is it the King?

CENA IV

APOSENTO DA RAINHA.

(Entram a Rainha e Polônio)

Polônio	Ele aí vem; repreendei-o asperamente; mostrai que se excedeu nas brincadeiras, e como se interpôs Vossa Grandeza entre ele e a grande cólera. Mais nada; somente vos reitero: sede ríspida.
Hamlet	*(Dentro)* Mãe! Mãe!
Rainha	Podeis ficar tranquilo; retirai-vos; está ele chegando.

(Polônio se esconde atrás do reposteiro)
(Entra Hamlet)

Hamlet	Então, mãe, que há de novo?
Rainha	Grande ofensa a teu pai fizeste, Hamlet.
Hamlet	Grande ofensa a meu pai fizeste, mãe.
Rainha	Devagar; respondeis com língua ociosa.
Hamlet	Vamos, que me falais com língua ociosa.
Rainha	Que é isso, Hamlet?
Hamlet	Que há de novo agora?
Rainha	Esquecestes quem sou?
Hamlet	Não, pela cruz! Não me esqueci. Sei bem que sois a rainha, casada com o irmão de vosso esposo e – prouvera o contrário – minha mãe.
Rainha	Vou chamar quem convosco falar possa.
Hamlet	Vamos, sentai-vos; não saireis enquanto não vos apresentar eu um espelho que o recôndito da alma vos reflita.
Rainha	Que pretendes fazer? Não vais matar-me? Socorro! Socorro!
Polônio	*(Atrás)* Que é que há? Socorro! Socorro!
Hamlet	*(Desembainhando a espada)* Que é isso? Um rato? (*Dando uma estocada no reposteiro*) Aposto que o matei.
Polônio	*(Atrás)* Estou morto! *[Cai e morre]*
Rainha	Santo Deus! Que fizeste?
Hamlet	Ignoro-o. Não era o rei?

[Draws forth Polonius.*]*

Queen	O what a rash and bloody deed is this!
Hamlet	A bloody deed. Almost as bad, good mother, As kill a king and marry with his brother.
Queen	As kill a king?
Hamlet	Ay, lady, 'twas my word.— *[To Polonius.]* Thou wretched, rash, intruding fool, farewell! I took thee for thy better. Take thy fortune, Thou find'st to be too busy is some danger.— Leave wringing of your hands. Peace, sit you down, And let me wring your heart, for so I shall, If it be made of penetrable stuff; If damned custom have not braz'd it so, That it is proof and bulwark against sense.
Queen	What have I done, that thou dar'st wag thy tongue In noise so rude against me?
Hamlet	Such an act That blurs the grace and blush of modesty, Calls virtue hypocrite, takes off the rose From the fair forehead of an innocent love, And sets a blister there. Makes marriage vows As false as dicers' oaths. O such a deed As from the body of contraction plucks The very soul, and sweet religion makes A rhapsody of words. Heaven's face doth glow, Yea this solidity and compound mass, With tristful visage, as against the doom, Is thought-sick at the act.
Queen	Ay me, what act, That roars so loud, and thunders in the index?
Hamlet	Look here upon this picture, and on this, The counterfeit presentment of two brothers. See what a grace was seated on this brow, Hyperion's curls, the front of Jove himself, An eye like Mars, to threaten and command, A station like the herald Mercury New lighted on a heaven-kissing hill: A combination and a form indeed, Where every god did seem to set his seal, To give the world assurance of a man. This was your husband. Look you now what follows. Here is your husband, like a mildew'd ear Blasting his wholesome brother. Have you eyes? Could you on this fair mountain leave to feed, And batten on this moor? Ha! have you eyes? You cannot call it love; for at your age The hey-day in the blood is tame, it's humble, And waits upon the judgement: and what judgement Would step from this to this? Sense sure you have, Else could you not have motion; but

(Levanta o reposteiro e descobre o corpo de Polônio)

Rainha Que ação precipitada e sanguinária!

Hamlet Ação precipitada e sanguinária? Tão ruim, boa mãe, quanto matar um rei e desposar o irmão do morto.

Rainha Matar um rei?

Hamlet Um rei; foi o que eu disse. *[A* Polônio] Adeus, bobo apressado e intrometido. Julguei que era o teu chefe; é o teu destino. Vês que o ser serviçal traz seus perigos. Não torçais tanto as mãos; sentai-vos; quero lutar com vosso coração; no caso de ser ele amolgável, se o maldito costume não o deixou duro como o aço, tornando-o resistente à persuasão.

Rainha Que fiz eu para usares de linguagem tão grosseira?

Hamlet Uma ação que mancha a graça e o rubor da modéstia, que a virtude transforma em falsidade, muda as rosas da fronte prazenteira do amor puro em chaga repugnante, e os juramentos dos cônjuges em pragas de viciados. Uma ação que do corpo dos contratos tira a própria alma e muda em palavrório a doce religião; a própria face do céu cora de pejo; sim, o mundo compacto nas feições mostra a tristeza do juízo final, diante desse ato.

Rainha Ai! Que ação tão monstruosa, que troveja estrondeando, com o simples enunciado?

Hamlet Mirai este retrato e mais este outro, que dois irmãos fielmente representam; vede a graça sobre esta cabeça, os cachos de Apolo, a fronte alta de Júpiter, o olhar de Marte, ao mando e à ameaça afeito, o porte de Mercúrio, o mensageiro, quando pousa nos cumes altanados; uma forma, em resumo, perfeitíssima, em que os deuses seus selos imprimiram para que o mundo visse o que era um homem: esse foi vosso esposo. Agora o resto: eis vosso esposo, espiga definhada que o irmão sadio empesta. Tendes olhos? Deixastes a pastagem deste belo monte por um pau? Ah! Tendes olhos? Não chameis a isso de amor, que em vossa idade o sangue se arrefece, fica humilde e obedece à razão. E que razão passa deste para este? Sois sensível, pois vos moveis; mas tendes os sentidos paralisados. A loucura acerta; nunca

sure that sense Is apoplex'd, for madness would not err Nor sense to ecstacy was ne'er so thrall'd But it reserv'd some quantity of choice To serve in such a difference. What devil was't That thus hath cozen'd you at hoodman-blind? Eyes without feeling, feeling without sight, Ears without hands or eyes, smelling sans all, Or but a sickly part of one true sense Could not so mope. O shame! where is thy blush? Rebellious hell, If thou canst mutine in a matron's bones, To flaming youth let virtue be as wax, And melt in her own fire. Proclaim no shame When the compulsive ardour gives the charge, Since frost itself as actively doth burn, And reason panders will.

Queen O Hamlet, speak no more. Thou turn'st mine eyes into my very soul, And there I see such black and grained spots As will not leave their tinct.

Hamlet Nay, but to live In the rank sweat of an enseamed bed, Stew'd in corruption, honeying and making love Over the nasty sty.

Queen O speak to me no more; These words like daggers enter in mine ears; No more, sweet Hamlet.

Hamlet A murderer and a villain; A slave that is not twentieth part the tithe Of your precedent lord. A vice of kings, A cutpurse of the empire and the rule, That from a shelf the precious diadem stole And put it in his pocket!

Queen No more.

Hamlet A king of shreds and patches!—

Enter Ghost.

Save me and hover o'er me with your wings, You heavenly guards! What would your gracious figure?

Queen Alas, he's mad.

Hamlet Do you not come your tardy son to chide, That, laps'd in time and passion, lets go by The important acting of your dread command? O say!

Ghost Do not forget. This visitation Is but to whet thy almost blunted purpose. But look, amazement on thy mother sits. O step between her and her fighting soul. Conceit in weakest bodies strongest works. Speak to her, Hamlet.

Hamlet How is it with you, lady?

os sentidos ficam subjugados pela paixão, a ponto de falharem totalmente na escolha. Que demônio vos logrou de uma vez na cabra-cega? O olho sem tato, o tato sem visão, o ouvido só por si, o olfato apenas, a menor parte, em suma, de um sentido verdadeiro, jamais se estontearia desse feitio. Pudor, por que não coras? Se nos ossos de uma matrona, inferno, te rebelas, que a continência fique, para os moços ardentes, como a cera, que amolece no próprio fogo; nem de mancha fales, quando no ataque se atirar o instinto, uma vez que é tão quente a própria geada e a razão é alcoveta da vontade.

Rainha Não fales mais, Hamlet; a olhar me forças no mais íntimo da alma, onde acho manchas profundas e tão negras, que não perdem jamais a cor.

Hamlet E tudo isso para viver no suor fétido de um leito imundo, onde fervilha a podridão, juntando-se em carícias num chiqueiro asqueroso!

Rainha Ah! Não prossigas! Apunhalam-me o ouvido essas palavras. Basta, querido Hamlet!

Hamlet Um assassino, um vil escravo, que não é um vigésimo do outro marido, um rei bufão, um simples gatuno do governo desta terra, que a Coroa empalmou da prateleira e a pôs no bolso.

Rainha Basta!

Hamlet Um rei palhaço em trajes de mendigo…

(Entra o Fantasma)

Estendei sobre mim, legiões celestes, as asas protetoras! Que deseja vossa imagem graciosa?

Rainha Ai de mim! Está louco!

Hamlet Não viestes censurar o filho tardo, que deixa a ira assentar, e tão remisso se mostra no cumprir vossos preceitos? Ó, dizei!

Fantasma Não te esqueças: minha vinda só visa a estimular-te o intento rombo. Mas vê que em tua mãe se assenta o espanto. Corre a interpor-te entre ela e a sua alma em luta, que nas pessoas fracas é terrível o estrago da ilusão. Fala-lhe, Hamlet.

Hamlet Senhora, que sentis?

Queen Alas, how is't with you, That you do bend your eye on vacancy, And with the incorporal air do hold discourse? Forth at your eyes your spirits wildly peep, And, as the sleeping soldiers in the alarm, Your bedded hairs, like life in excrements, Start up and stand an end. O gentle son, Upon the heat and flame of thy distemper Sprinkle cool patience. Whereon do you look?

Hamlet On him, on him! Look you how pale he glares, His form and cause conjoin'd, preaching to stones, Would make them capable.—Do not look upon me, Lest with this piteous action you convert My stern effects. Then what I have to do Will want true colour; tears perchance for blood.

Queen To whom do you speak this?

Hamlet Do you see nothing there?

Queen Nothing at all; yet all that is I see.

Hamlet Nor did you nothing hear?

Queen No, nothing but ourselves.

Hamlet Why, look you there! look how it steals away! My father, in his habit as he liv'd! Look where he goes even now out at the portal.

[Exit Ghost.]

Queen This is the very coinage of your brain. This bodiless creation ecstasy Is very cunning in.

Hamlet Ecstasy! My pulse as yours doth temperately keep time, And makes as healthful music. It is not madness That I have utter'd. Bring me to the test, And I the matter will re-word; which madness Would gambol from. Mother, for love of grace, Lay not that flattering unction to your soul That not your trespass, but my madness speaks. It will but skin and film the ulcerous place, Whilst rank corruption, mining all within, Infects unseen. Confess yourself to heaven, Repent what's past, avoid what is to come; And do not spread the compost on the weeds, To make them ranker. Forgive me this my virtue; For in the fatness of these pursy times Virtue itself of vice must pardon beg, Yea, curb and woo for leave to do him good.

Rainha	Que se passa contigo, que os olhos assim pousas no vazio e com o ar incorpóreo deblateras? Como se te ilumina a alma nos olhos! E tais como soldados, quando o alarme vem tirá-los do sono, teus cabelos, parecendo com vida, se desmancham, se ouriçam na tua fronte. Ó, meu bom filho! Lança a fria paciência sobre as chamas e o fogo do teu mal. Mas para onde olhas?
Hamlet	Para ele, sim; quão pálido nos fixa! Seu destino e sua forma, se se influíssem nas pedras, racionais as tornariam. Tirai de mim os olhos para que esse gesto piedoso não transmude minhas ásperas intenções, pois o que tenho para fazer exige cores vivas. Necessito de sangue em vez de lágrimas.
Rainha	Para quem falas isso?
Hamlet	Ninguém vedes?
Rainha	Ninguém; no entanto, vejo o que nos cerca.
Hamlet	E nada ouviste?
Rainha	Nada; a nós somente.
Hamlet	Vede ali! Vede! Já se afasta… meu pai, tal como em vida se vestia. Acaba – vede-o! – de transpor a porta.

(Sai o Fantasma)

Rainha	Isso é fruto, somente, de teu cérebro. É sempre muito fértil o delírio no inventar essas coisas.
Hamlet	Delírio? Meu pulso, como o vosso, é compassado; toca música sã. Não foi loucura o que falei; ponde-me à prova: posso dizer tudo de novo. Um desvairado divagaria. Mãe, por vossa graça, não lisonjeeis vossa alma, acreditando que ouvis um louco, e não vosso delito. A úlcera externa, assim, se fecharia, enquanto a corrupção minara tudo por dentro, sem ser vista. Ao céu volvei-vos; mostrai-vos do passado arrependida; evitai o futuro sem que o joio adubeis e lhe deis, assim, mais viço. Perdoai-me esta virtude, que nesta época bem cevada e de fôlego cortado necessita a virtude rebaixar-se ao próprio vício e apresentar-lhe escusas por tudo o que de bem possa fazer-lhe.

Queen	O Hamlet, thou hast cleft my heart in twain.
Hamlet	O throw away the worser part of it, And live the purer with the other half. Good night. But go not to mine uncle's bed. Assume a virtue, if you have it not. That monster custom, who all sense doth eat, Of habits evil, is angel yet in this, That to the use of actions fair and good He likewise gives a frock or livery That aptly is put on. Refrain tonight, And that shall lend a kind of easiness To the next abstinence. The next more easy; For use almost can change the stamp of nature, And either curb the devil, or throw him out With wondrous potency. Once more, good night, And when you are desirous to be bles'd, I'll blessing beg of you. For this same lord [*Pointing to Polonius.*] I do repent; but heaven hath pleas'd it so, To punish me with this, and this with me, That I must be their scourge and minister. I will bestow him, and will answer well The death I gave him. So again, good night. I must be cruel, only to be kind: Thus bad begins, and worse remains behind. One word more, good lady.
Queen	What shall I do?
Hamlet	Not this, by no means, that I bid you do: Let the bloat King tempt you again to bed, Pinch wanton on your cheek, call you his mouse, And let him, for a pair of reechy kisses, Or paddling in your neck with his damn'd fingers, Make you to ravel all this matter out, That I essentially am not in madness, But mad in craft. 'Twere good you let him know, For who that's but a queen, fair, sober, wise, Would from a paddock, from a bat, a gib, Such dear concernings hide? Who would do so? No, in despite of sense and secrecy, Unpeg the basket on the house's top, Let the birds fly, and like the famous ape, To try conclusions, in the basket creep And break your own neck down.
Queen	Be thou assur'd, if words be made of breath, And breath of life, I have no life to breathe What thou hast said to me.
Hamlet	I must to England, you know that?
Queen	Alack, I had forgot. 'Tis so concluded on.

Rainha Hamlet, o coração em dois me partes.

Hamlet Jogai fora a metade que não presta, para com a outra parte serdes pura. Boa noite. Mas evitai a cama do meu tio; fazei-vos de virtuosa, se o não fordes. O hábito, esse demônio que devora todos os sentimentos, nisso é um anjo, pois para o uso de ações boas e belas empresta vestimenta ou capa externa que lhes vão bem. Abstende-vos por hoje, que isso há de conferir facilidade à próxima abstinência; a outra, mais fácil vos há de parecer, que o uso consegue quase modificar a natureza, dominar o demônio e até expeli-lo com poder prodigioso. Uma vez mais, boa noite. Hei de pedir a vossa bênção quando dela também necessitardes. E, quanto a este homem, faz-me pena; quis esta arte o céu: punir a mim por ele, e a ele por mim. Fui servo, por um tempo, e o açoitei. Vou cuidar dele; fico responsável por esta morte. E ainda uma vez: boa noite. Preciso ser cruel para ser bom; o ruim começa, o pior já se acha feito. Uma palavra mais, senhora.

Rainha Que é preciso que eu faça?

Hamlet Nada do que vos disse neste instante. Que outra vez para o leito o rei balofo vos conduza e no rosto vos belisque, vos chame de "ratinha" e que dois beijos impuros e carícias com as mãos grossas em vossas costas vos induzam a revelar-lhe que estou bom do juízo, mas que finjo loucura. Dizei-lhe isso. Que rainha sensata, bela e honesta esconderia coisas tão preciosas de um sapo, de um morcego? É concebível? Apesar do bom senso, abri a gaiola no telhado e deixai fugir o pássaro; depois, como o macaco conhecido, entrai nela e fazei logo a experiência para em baixo partirdes o pescoço.

Rainha Fique tranquilo; se o falar consiste em respirar, e o fôlego for vida, não terei vida alguma que respire quanto me revelaste.

Hamlet Parto para a Inglaterra; já o sabíeis?

Rainha Ai! Que o esquecera… Assim ficou assentado.

Hamlet There's letters seal'd: and my two schoolfellows, Whom I will trust as I will adders fang'd,— They bear the mandate, they must sweep my way And marshal me to knavery. Let it work; For 'tis the sport to have the enginer Hoist with his own petard, and 't shall go hard But I will delve one yard below their mines And blow them at the moon. O, 'tis most sweet, When in one line two crafts directly meet. This man shall set me packing. I'll lug the guts into the neighbour room. Mother, good night. Indeed, this counsellor Is now most still, most secret, and most grave, Who was in life a foolish prating knave. Come, sir, to draw toward an end with you. Good night, mother.

[*Exit* Hamlet *dragging out* Polonius.]

Hamlet Selaram cartas; meus dois companheiros de escola, em quem me fio como em dentes de víbora, se encontram com a incumbência de aplanar-me o caminho e conduzir-me direto ao cativeiro. Pois trabalhem! Há de ser engraçado ver a bomba fazer saltar o autor. Por mais difícil que seja, hei de cavar mais fundo ainda, para jogá-los no alto. Como é belo ver a astúcia vencer a própria astúcia! Este homem me ajudou a fazer as malas; vou pôr no quarto anexo esta barriga. Boa noite, mãe. Realmente, o conselheiro que era tão falador está sisudo: quietinho, bem discreto, grave e mudo. Vamos, senhor, dar fim a este negócio. Boa noite, mãe.

(Saem por lados diferentes, arrastando Hamlet o corpo de Polônio)

ATO IV
ACT IV

CENA I
SCENE I

SCENE I

A ROOM IN THE CASTLE.

Enter King, Queen, Rosencrantz *and* Guildenstern.

King There's matter in these sighs. These profound heaves You must translate; 'tis fit we understand them. Where is your son?

Queen *[To Rosencrantz and Guildenstern]* Bestow this place on us a little while.

[Exeunt Rosencrantz *and* Guildenstern

Ah, my good lord, what have I seen tonight!

King What, Gertrude? How does Hamlet?

Queen Mad as the sea and wind, when both contend Which is the mightier. In his lawless fit Behind the arras hearing something stir, Whips out his rapier, cries 'A rat, a rat!' And in this brainish apprehension kills The unseen good old man.

King O heavy deed! It had been so with us, had we been there. His liberty is full of threats to all; To you yourself, to us, to everyone. Alas, how shall this bloody deed be answer'd? It will be laid to us, whose providence Should have kept short, restrain'd, and out of haunt This mad young man. But so much was our love We would not understand what was most fit, But like the owner of a foul disease, To keep it from divulging, let it feed Even on the pith of life. Where is he gone?

Queen To draw apart the body he hath kill'd, O'er whom his very madness, like some ore Among a mineral of metals base, Shows itself pure. He weeps for what is done.

King O Gertrude, come away! The sun no sooner shall the mountains touch But we will ship him hence, and this vile deed We must with all our majesty and skill Both countenance and excuse.—Ho, Guildenstern!

CENA I

UM QUARTO NO CASTELO.

(Entram o Rei, a Rainha, Rosencrantz e Guildenstern)

Rei — Devem ter uma causa esses suspiros. Conta-ma; desejamos conhecê-la. Onde se acha teu filho?

Rainha — *(A Rosencrantz e Guildenstern)* Deixai-nos ficar sós por um momento.

(Saem Rosencrantz e Guildenstern)

Caro esposo, que coisa eu vi esta noite!

Rei — Que foi, Gertrudes? Como achaste Hamlet?

Rainha — Tão louco quanto o mar e o vento, quando lutam pelo primado. Em seu desvairo, vendo atrás da cortina algo mexer-se, saca da espada e grita "Um rato! Um rato!", antes de matar no auge de seu delírio o bom velho que estava ali escondido.

Rei — Que triste coisa! O mesmo nos tocara, se estivéssemos lá. Sua liberdade implica para todos grande ameaça, para ti, para nós, para qualquer um. Como explicar esse ato sanguinário? Hão de culpar-nos por não termos tido a ideia de prender o desvairado moço para evitar possíveis males. Mas nosso amor não permitiu sabermos o que quisesse ocultar um mal imundo, só fizemos deixar que nos corroesse a medula vital. Aonde foi ele?

Rainha — Foi sepultar o corpo de Polônio, de quem tirou a vida. E nisso a insânia, como grão de ouro em meio à ganga impura, se manifesta estreme: chora a morte que ele mesmo causou.

Rei — Ó, Gertrudes! Saiamos! O Sol não beijará de novo os montes sem que encontremos Hamlet. No que toca a esta ação vil, teremos de aceitá-la, justificando-a à custa de artifícios e de nossa grandeza. Ó, Guildenstern!

Re-enter Rosencrantz *and* Guildenstern.

King Friends both, go join you with some further aid: Hamlet in madness hath Polonius slain, And from his mother's closet hath he dragg'd him. Go seek him out, speak fair, and bring the body Into the chapel. I pray you haste in this.

[*Exeunt* Rosencrantz *and* Guildenstern.]

Come, Gertrude, we'll call up our wisest friends, And let them know both what we mean to do And what's untimely done, so haply slander, Whose whisper o'er the world's diameter, As level as the cannon to his blank, Transports his poison'd shot, may miss our name, And hit the woundless air. O, come away! My soul is full of discord and dismay.

[*Exeunt.*]

(Voltam Rosencrantz e Guildenstern)

Rei Amigos, procurai quem vos ajude. Hamlet a delirar matou Polônio, tendo o corpo tirado do aposento da rainha. Falai-lhe com bom jeito e ponde na capela o pobre morto. Muita pressa, vos peço, nisso tudo.

(Saem Rosencrantz e Guildenstern)

Convoquemos, Gertrudes, os amigos, para participar-lhes nosso intento e o ato precipitado. É bem possível que desta arte a calúnia, que sussurra tão certeira de um polo até outro, assim como a bala, que no alvo o canhão joga, nos poupe o nome e açoite apenas o ar, sem mais prejuízo. Vamo-nos; minha alma, em discórdia e terror não se acha calma.

(Saem)

CENA II
SCENE II

SCENE II

ANOTHER ROOM IN THE CASTLE.

Enter Hamlet.

Hamlet	Safely stowed.
Rosencrantz and Guildenstern	*[Within.]* Hamlet! Lord Hamlet!
Hamlet	What noise? Who calls on Hamlet? O, here they come.

Enter Rosencrantz and Guildenstern.

Rosencrantz	What have you done, my lord, with the dead body?
Hamlet	Compounded it with dust, whereto 'tis kin.
Rosencrantz	Tell us where 'tis, that we may take it thence, And bear it to the chapel.
Hamlet	Do not believe it.
Rosencrantz	Believe what?
Hamlet	That I can keep your counsel, and not mine own. Besides, to be demanded of a sponge—what replication should be made by the son of a king?
Rosencrantz	Take you me for a sponge, my lord?
Hamlet	Ay, sir; that soaks up the King's countenance, his rewards, his authorities. But such officers do the King best service in the end: he keeps them, like an ape, in the corner of his jaw; first mouthed, to be last swallowed: when he needs what you have gleaned, it is but squeezing you, and, sponge, you shall be dry again.
Rosencrantz	I understand you not, my lord.
Hamlet	I am glad of it. A knavish speech sleeps in a foolish ear.
Rosencrantz	My lord, you must tell us where the body is and go with us to the King.
Hamlet	The body is with the King, but the King is not with the body. The King is a thing—
Guildenstern	A thing, my lord!
Hamlet	Of nothing. Bring me to him. Hide fox, and all after.

[Exeunt.]

CENA II

OUTRO QUARTO NO CASTELO.

(Entra Hamlet)

Hamlet	Em lugar seguro.
Rosencrantz e Guildenstern	*[Atrás]* Hamlet! Lorde Hamlet!
Hamlet	Que barulho é esse? Quem chama por Hamlet? Ah! Ei-los que chegam.

(Entram Rosencrantz e Guildenstern)

Rosencrantz	Onde o corpo pusestes, lorde Hamlet?
Hamlet	Associei-o ao pó, de que é parente.
Rosencrantz	Dizei-nos onde está, para que possamos depô-lo na capela.
Hamlet	Não deis crédito a semelhante coisa.
Rosencrantz	A quê, meu príncipe?
Hamlet	Que eu possa guardar o vosso segredo, e não o meu. Além do mais, ser interrogado por uma esponja! Que poderá responder-lhe um filho de rei?
Rosencrantz	Tomais-me por uma esponja, príncipe?
Hamlet	Sim, senhor, que absorve os favores, as recompensas e a autoridade reais. Aliás, semelhantes cortesãos prestam ótimo serviço ao rei, que procede com eles como o macaco, conservando-os por algum tempo no canto da boca, antes de engoli-los. Quando tem necessidade do que acumulastes, basta espremer-vos, para que, esponjas, fiqueis novamente enxutos.
Rosencrantz	Não compreendo o que dizeis, senhor.
Hamlet	O que muito me alegra. As sutilezas dormem no ouvido dos parvos.
Rosencrantz	Príncipe, dizei-nos onde está o corpo e acompanhai-nos à presença do rei.
Hamlet	O corpo está com o rei, mas o rei não está com o corpo. O rei é uma coisa…
Guildenstern	Uma coisa, príncipe?
Hamlet	… de nada. Leva-me à presença dele. Esconde-te, raposa! Um atrás do outro!

(Saem)

CENA III
SCENE III

SCENE III

ANOTHER ROOM IN THE CASTLE.

Enter King, *attended.*

King	I have sent to seek him and to find the body. How dangerous is it that this man goes loose! Yet must not we put the strong law on him: He's lov'd of the distracted multitude, Who like not in their judgement, but their eyes; And where 'tis so, th'offender's scourge is weigh'd, But never the offence. To bear all smooth and even, This sudden sending him away must seem Deliberate pause. Diseases desperate grown By desperate appliance are reliev'd, Or not at all.

Enter Rosencrantz.

	How now? What hath befall'n?
Rosencrantz	Where the dead body is bestow'd, my lord, We cannot get from him.
King	But where is he?
Rosencrantz	Without, my lord, guarded, to know your pleasure.
King	Bring him before us.
Rosencrantz	Ho, Guildenstern! Bring in my lord.

Enter Hamlet *and* Guildenstern.

King	Now, Hamlet, where's Polonius?
Hamlet	At supper.
King	At supper? Where?
Hamlet	Not where he eats, but where he is eaten. A certain convocation of politic worms are e'en at him. Your worm is your only emperor for diet. We fat all creatures else to fat us, and we fat ourselves for maggots. Your fat king and your lean beggar is but variable service,—two dishes, but to one table. That's the end.
King	Alas, alas!

CENA III

OUTRO QUARTO NO CASTELO.

(Entram o Rei e alguns criados)

Rei — Mandei chamá-lo e procurar o corpo. Que perigo deixar esse homem solto! Contudo, é-me impossível ser severo, porque ele é amado pela turba néscia que escolhe tão somente pela vista. Importa, nessas condições, apenas pensar na repressão, jamais na culpa. Para evitar desgostos, é preciso que esta viagem pareça ser produto de reflexão madura. Para males desesperados, só remédio enérgico, ou nenhum.

(Entra Rosencrantz)

Como, então, aconteceu?

Rosencrantz — Não conseguimos que ele nos dissesse o lugar onde o corpo está enterrado.

Rei — E ele, onde se acha?

Rosencrantz — Aí fora, majestade, bem guardado, esperando vossas ordens.

Rei — Pois trazei-o à nossa presença.

Rosencrantz — Ó, Guildenstern! Traz lorde Hamlet!

(Entram Hamlet e Guildenstern)

Rei — Então, Hamlet, onde está Polônio?

Hamlet — Está ceando.

Rei — Ceando! Onde?

Hamlet — Não onde ele come, mas onde é comido. Certa assembleia de vermes políticos se ocupa justamente dele. Um verme desse gênero é o verdadeiro imperador da dieta. Engordamos as criaturas para que nos engordem, e engordamo-nos para dar de comer aos gusanos. Um rei gordo e um mendigo magro são iguanas diferentes; dois pratos, mas para a mesma mesa: eis tudo.

Rei — Ó, Deus!

Hamlet	A man may fish with the worm that hath eat of a king, and eat of the fish that hath fed of that worm.
King	What dost thou mean by this?
Hamlet	Nothing but to show you how a king may go a progress through the guts of a beggar.
King	Where is Polonius?
Hamlet	In heaven. Send thither to see. If your messenger find him not there, seek him i' th'other place yourself. But indeed, if you find him not within this month, you shall nose him as you go up the stairs into the lobby.
King	*[To some Attendants.]* Go seek him there.
Hamlet	He will stay till you come.

[Exeunt Attendants.*]*

King	Hamlet, this deed, for thine especial safety,— Which we do tender, as we dearly grieve For that which thou hast done,—must send thee hence With fiery quickness. Therefore prepare thyself; The bark is ready, and the wind at help, Th'associates tend, and everything is bent For England.
Hamlet	For England?
King	Ay, Hamlet.
Hamlet	Good.
King	So is it, if thou knew'st our purposes.
Hamlet	I see a cherub that sees them. But, come; for England! Farewell, dear mother.
King	Thy loving father, Hamlet.
Hamlet	My mother. Father and mother is man and wife; man and wife is one flesh; and so, my mother. Come, for England.

[Exit.]

King	Follow him at foot. Tempt him with speed aboard; Delay it not; I'll have him hence tonight. Away, for everything is seal'd and done That else leans on th'affair. Pray you make haste.

[Exeunt Rosencrantz *and* Guildenstern.*]*

Hamlet	Pode-se pescar com um verme que haja comido de um rei, e comer o peixe que se alimentou desse verme.
Rei	Que queres dizer com isso?
Hamlet	Nada; apenas mostrar-vos como um rei pode fazer um passeio pelos intestinos de um mendigo.
Rei	Onde está Polônio?
Hamlet	No céu; mandai procurá-lo lá e, se o mensageiro não o encontrar, procurai vós mesmo em outra parte. Mas, se dentro de um mês ainda não o tiverdes achado, havereis de descobri-lo pelo olfato, quando subirdes a escada da galeria.
Rei	*(A alguns criados)* Procurem-no nesse lugar.
Hamlet	Ele espera até que chegueis.

(Saem os criados)

Rei	Hamlet, para tua segurança, que nos é cara da mesma forma que é doloroso o ato que praticaste, é necessário que te ausentes daqui. Vai preparar-te. O navio está pronto, o vento a jeito, à espera os companheiros... tudo para a Inglaterra.
Hamlet	Inglaterra?
Rei	Sim, Hamlet.
Hamlet	Bem.
Rei	Bem, de fato, dirias, se soubesses dos nossos planos todos.
Hamlet	Vejo um querubim que os vê... Partamos, pois! Para a Inglaterra! Adeus, querida mãe.
Rei	E teu pai afetuoso, Hamlet?
Hamlet	Minha mãe. Pai e mãe são marido e mulher; marido e mulher, uma e a mesma carne. Logo, minha mãe. Vamos, para a Inglaterra!

(Sai)

Rei	Levai-o para bordo sem detença. É mister que esta noite esteja longe. Ide; respeite este negócio que já está selado e pronto. Ide depressa.

(Saem Rosencrantz e Guildenstern)

King

And England, if my love thou hold'st at aught,—
As my great power thereof may give thee sense,
Since yet thy cicatrice looks raw and red After
the Danish sword, and thy free awe Pays homage
to us,—thou mayst not coldly set Our sovereign
process, which imports at full, By letters conjuring
to that effect, The present death of Hamlet. Do it,
England; For like the hectic in my blood he rages,
And thou must cure me. Till I know 'tis done,
Howe'er my haps, my joys were ne'er begun.

[Exit.]

Rei

Se prezas, Inglaterra, nossa aliança – visto teres sentido minha força, que as cicatrizes ainda se acham frescas dos golpes infligidos pela espada dinamarquesa e preito voluntário nos renderes –, não deves demorar-te no cumprir nossas ordens soberanas exaradas nas cartas e que exigem que Hamlet morra. Isso, Inglaterra, faze, que ele o sangue me queima tal qual a hética. Urge livrar-me deste mal. Realmente, com ele vivo, não posso estar contente.

(Sai)

CENA IV
SCENE IV

SCENE IV

A PLAIN IN DENMARK.

Enter Fortinbras *and* Forces *marching.*

Fortinbras	Go, Captain, from me greet the Danish king. Tell him that by his license, Fortinbras Craves the conveyance of a promis'd march Over his kingdom. You know the rendezvous. If that his Majesty would aught with us, We shall express our duty in his eye; And let him know so.
Captain	I will do't, my lord.
Fortinbras	Go softly on.

[Exeunt all but the Captain.*]*

Enter Hamlet, Rosencrantz, Guildenstern *&c.*

Hamlet	Good sir, whose powers are these?
Captain	They are of Norway, sir.
Hamlet	How purpos'd, sir, I pray you?
Captain	Against some part of Poland.
Hamlet	Who commands them, sir?
Captain	The nephew to old Norway, Fortinbras.
Hamlet	Goes it against the main of Poland, sir, Or for some frontier?
Captain	Truly to speak, and with no addition, We go to gain a little patch of ground That hath in it no profit but the name. To pay five ducats, five, I would not farm it; Nor will it yield to Norway or the Pole A ranker rate, should it be sold in fee.
Hamlet	Why, then the Polack never will defend it.
Captain	Yes, it is already garrison'd.
Hamlet	Two thousand souls and twenty thousand ducats Will not debate the question of this straw! This is th'imposthume of much wealth and peace, That inward breaks, and shows no cause without Why the man dies. I humbly thank you, sir.
Captain	God b' wi' you, sir.

[Exit.]

CENA IV

UMA PLANÍCIE NA DINAMARCA.

(Entram Fortimbrás, o capitão e soldados, em marcha)

Fortimbrás	Saudai de minha parte a Dinamarca, acrescentando que com sua licença Fortimbrás pede franco e livre trânsito por seu reino. Sabeis onde devemos encontrar-nos. Se Sua Majestade quiser falar-nos algo, em sua presença estaremos a postos. Dai-lhe esse recado.
Capitão	Assim farei, senhor.
Fortimbrás	Em frente, devagar.

(Fortimbrás e os soldados saem)
(Entram Hamlet, Rosencrantz, Guildenstern e outros)

Hamlet	Amigo, de quem são esses soldados?
Capitão	Da Noruega, senhor.
Hamlet	Por obséquio, qual é o seu destino?
Capitão	Combater uma parte da Polônia.
Hamlet	Quem é o comandante?
Capitão	Fortimbrás, o sobrinho de Noruega.
Hamlet	Visam toda a Polônia, ou porventura um ponto da fronteira?
Capitão	Para falar verdade, sem acréscimo, vamos lutar por uma nesgazinha que outro lucro não deixa além da glória. Cinco ducados, cinco, eu não daria para arrendá-la, nem mais obteriam a Noruega e a Polônia, se a vendessem.
Hamlet	Nesse caso, o polaco não a defende.
Capitão	Como não? Já se encontra guarnecida.
Hamlet	Duas mil almas, vinte ducados não perfazem o preço dessa palha; é o apostema da paz e da riqueza, que rompe para dentro, sem que nada por fora a morte inculque. Muito grato.
Capitão	Que Deus vos acompanhe.

(Sai)

Rosencrantz Will't please you go, my lord?

Hamlet I'll be with you straight. Go a little before.

[Exeunt all but Hamlet.*]*

How all occasions do inform against me, And spur my dull revenge. What is a man If his chief good and market of his time Be but to sleep and feed? A beast, no more. Sure he that made us with such large discourse, Looking before and after, gave us not That capability and godlike reason To fust in us unus'd. Now whether it be Bestial oblivion, or some craven scruple Of thinking too precisely on th'event,— A thought which, quarter'd, hath but one part wisdom And ever three parts coward,—I do not know Why yet I live to say this thing's to do, Sith I have cause, and will, and strength, and means To do't. Examples gross as earth exhort me, Witness this army of such mass and charge, Led by a delicate and tender prince, Whose spirit, with divine ambition puff'd, Makes mouths at the invisible event, Exposing what is mortal and unsure To all that fortune, death, and danger dare, Even for an eggshell. Rightly to be great Is not to stir without great argument, But greatly to find quarrel in a straw When honour's at the stake. How stand I then, That have a father kill'd, a mother stain'd, Excitements of my reason and my blood, And let all sleep, while to my shame I see The imminent death of twenty thousand men That, for a fantasy and trick of fame, Go to their graves like beds, fight for a plot Whereon the numbers cannot try the cause, Which is not tomb enough and continent To hide the slain? O, from this time forth, My thoughts be bloody or be nothing worth.

[Exit.]

Rosencrantz Continuamos o caminho?
Hamlet Segui, já vos alcanço.

(Saem todos, com exceção de Hamlet)

Como tudo me acusa, espicaçando-me à vingança! Que é o homem, se sua máxima ocupação e o bem maior não passam de comer e dormir? Um simples bruto. Decerto, quem nos criou com a faculdade que ao passado e ao futuro nos transporta não nos deu a razão divina, para que fique inútil. Seja esquecimento bestial, seja mesmo escrúpulo covarde que me leva a pensar demais nas coisas – pensamento com um quarto de bom senso e três de covardia –, ignoro a causa de ficar a dizer "Devo fazê-lo", se para tal me sobram meios, força, causa e disposição. Exemplos grandes como a terra me exortam: este exército de tal poder e número, chefiado por um príncipe moço e delicado, cuja coragem a ambição divina faz exaltar, levando-o a defrontar-se com os fatos invisíveis e a sua parte mortal e pouco firme a pôr em risco contra o que ousa a fortuna, o acaso e a morte, por uma casca de ovo. O ser grande, de fato, não é empenhar-se em grandes causas; grande é quem luta até por uma palha, quando a honra está em jogo. E eu, deste modo, com o pai assassinado, a mãe poluída – razões de estimular o sangue e o brio –, nada me desperta? Vejo, envergonhado, vinte mil homens próximos da morte, que por simples capricho da vaidade caminham para o túmulo tal como se fossem para o leito, e lutam pela conquista de um terreno em que não cabem, e que como sepulcro ainda é pequeno para esconder sequer os que aí tombarem. Doravante terei só pensamentos de sangue ou sem valor, soltos aos ventos.

(Sai)

CENA V
SCENE V

SCENE V

ELSINORE. A ROOM IN THE CASTLE.

Enter Queen, Horatio *and a* Gentleman.

Queen I will not speak with her.

Gentleman She is importunate, indeed distract. Her mood will needs be pitied.

Queen What would she have?

Gentleman She speaks much of her father; says she hears There's tricks i' th' world, and hems, and beats her heart, Spurns enviously at straws, speaks things in doubt, That carry but half sense. Her speech is nothing, Yet the unshaped use of it doth move The hearers to collection; they aim at it, And botch the words up fit to their own thoughts, Which, as her winks, and nods, and gestures yield them, Indeed would make one think there might be thought, Though nothing sure, yet much unhappily. 'Twere good she were spoken with, for she may strew Dangerous conjectures in ill-breeding minds.

Queen Let her come in.

[Exit Gentleman.*]*

To my sick soul, as sin's true nature is, Each toy seems prologue to some great amiss. So full of artless jealousy is guilt, It spills itself in fearing to be spilt.

Enter Ophelia.

Ophelia Where is the beauteous Majesty of Denmark?

Queen How now, Ophelia?

Ophelia *[Sings.]* How should I your true love know From another one? By his cockle hat and staff And his sandal shoon.

Queen Alas, sweet lady, what imports this song?

Ophelia Say you? Nay, pray you mark. *[Sings.]* He is dead and gone, lady, He is dead and gone, At his head a grass green turf, At his heels a stone.

Queen Nay, but Ophelia—

CENA V

ELSINOR. UM QUARTO NO CASTELO.

(Entram a Rainha, Horácio e um nobre)

Rainha	Não quero falar com ela.
Nobre	De fato, ela é importuna no desvario. Compungem os seus modos.
Rainha	Que a preocupa?
Nobre	Fala muito no pai; diz ter sabido que o mundo é mau, bate no peito, e geme, zangando-se por nada. Diz palavras dúbias e sem sentido: nada, em suma, conquanto esse seu modo leve o ouvinte a tirar conclusões, interpretando-lhe as palavras ao jeito do que pensam, concluindo de seus gestos, da maneira de piscar, dos meneios da cabeça, que algo querem dizer. Ainda que sejam suposições, tudo desgraça inculca.
Rainha	Seria bom falar-lhe, que ela pode suscitar conjecturas dos maldosos. Fazei-a entrar.

(Sai o nobre)

Para a alma criminosa e perjura, tudo anuncia alguma desventura. Tanto se agita o crime, em tal enredo, que a si mesmo se trai, de puro medo.

(Volta o nobre, com Ofélia)

Ofélia	Onde se encontra a bela majestade da Dinamarca?
Rainha	Que há de novo, Ofélia?
Ofélia	*(Canta)* Como reconhecer em meio à turba o jovem meu amado? Pelo chapéu de conchas, as sandálias, e mais pelo cajado.
Rainha	Minha doce menina, a que vem isso?
Ofélia	Que dizeis? Escutais, vos peço, agora: *(Canta)* Senhora, ele se foi; não mais existe; morreu; nada mais ousa. À cabeça lhe nasce um tufo de erva; sobre o corpo uma lousa. Ah! Ah!
Rainha	Querida Ofélia, escuta…

Ophelia — Pray you mark. *[Sings.]* White his shroud as the mountain snow.

Enter King.

Larded all with sweet flowers; Which bewept to the grave did not go With true-love showers.

King — How do you, pretty lady?

Ophelia — Well, God dild you! They say the owl was a baker's daughter. Lord, we know what we are, but know not what we may be. God be at your table!

King — Conceit upon her father.

Ophelia — Pray you, let's have no words of this; but when they ask you what it means, say you this: *[Sings.]* Tomorrow is Saint Valentine's day, All in the morning betime, And I a maid at your window, To be your Valentine. Then up he rose and donn'd his clothes, And dupp'd the chamber door, Let in the maid, that out a maid Never departed more.

King — Pretty Ophelia!

Ophelia — Indeed la, without an oath, I'll make an end on't. *[Sings.]* By Gis and by Saint Charity, Alack, and fie for shame! Young men will do't if they come to't; By Cock, they are to blame. Quoth she, before you tumbled me, You promis'd me to wed. So would I ha' done, by yonder sun, An thou hadst not come to my bed.

King — How long hath she been thus?

Ophelia — I hope all will be well. We must be patient. But I cannot choose but weep, to think they would lay him i' th' cold ground. My brother shall know of it. And so I thank you for your good counsel. Come, my coach! Good night, ladies; good night, sweet ladies; good night, good night.

[Exit.]

King — Follow her close; give her good watch, I pray you.

[Exit Horatio.]

O, this is the poison of deep grief; it springs All from her father's death. O Gertrude, Gertrude, When sorrows come, they come not single

Ofélia Por favor, escutai *(Canta)*: como um monte de neve era a mortalha

(Entra o rei)

enfeitada de flor; orvalhada baixou para o sepulcro, pelo pranto do amor.

Rei Como vai passando, gentil menina?

Ofélia Bem, graças a Deus. Dizem que a coruja era filha de um padeiro. Sabemos, senhor, o que somos, mas não o que viremos a ser. Deus assista na vossa mesa.

Rei Alusão ao pai.

Ofélia Por favor, não falemos mais disso; mas, se vos perguntarem o que significa, dizei-lhes: *(Canta)* Raiou o Dia de São Valentim; de pé todos estão. Para ser vossa Valentina, irei pôr-me à janela, então. Ela se alça depressa, a roupa veste e a porta lhe franqueou, fazendo entrar a virgem, que, assim, virgem, não mais ali passou.

Rei Meiga Ofélia…

Ofélia Realmente, vou concluir sem nenhum juramento: *(Canta)* Pela Virgem e a Santa Caridade, que vergonha, meu Deus! Os moços o farão, se aí se encontrarem… Vergonha para os seus. Antes de ao chão tu me jogares, tinhas prometido casar. Fá-lo-ia, respondeu, caso ao meu leito não quisesses entrar.

Rei Há quanto tempo está ela assim?

Ofélia Espero que tudo corra bem. Precisamos de paciência, conquanto eu não possa deixar de chorar com o pensamento de que vão depô-lo no chão frio. Meu irmão há de ficar sabendo disso. Muito obrigada pelo conselho amigo. Que venha o meu carro. Boa noite, senhoras! Boa noite, encantadoras senhoras! Boa noite! Boa noite!

(Sai)

Rei Ide-lhe em pós; vigiai-a com cuidado.

(Sai Horácio)

Dor profunda a envenena; provém tudo do traspasso do pai. Cara Gertrudes, as tristezas não andam feito espiões, mas estão sempre em

spies, But in battalions. First, her father slain; Next, your son gone; and he most violent author Of his own just remove; the people muddied, Thick, and unwholesome in their thoughts and whispers For good Polonius' death; and we have done but greenly In hugger-mugger to inter him. Poor Ophelia Divided from herself and her fair judgement, Without the which we are pictures or mere beasts. Last, and as much containing as all these, Her brother is in secret come from France, Feeds on his wonder, keeps himself in clouds, And wants not buzzers to infect his ear With pestilent speeches of his father's death, Wherein necessity, of matter beggar'd, Will nothing stick our person to arraign In ear and ear. O my dear Gertrude, this, Like to a murdering piece, in many places Gives me superfluous death.

[A noise within.]

Queen — Alack, what noise is this?

King — Where are my Switzers? Let them guard the door.

Enter a Gentleman.

What is the matter?

Gentleman — Save yourself, my lord. The ocean, overpeering of his list, Eats not the flats with more impetuous haste Than young Laertes, in a riotous head, O'erbears your offices. The rabble call him lord, And, as the world were now but to begin, Antiquity forgot, custom not known, The ratifiers and props of every word, They cry 'Choose we! Laertes shall be king!' Caps, hands, and tongues applaud it to the clouds, 'Laertes shall be king, Laertes king.'

Queen — How cheerfully on the false trail they cry. O, this is counter, you false Danish dogs.

[A noise within.]

King — The doors are broke.

Enter Laertes, *armed; Danes following.*

batalhões. Primeiro, a morte do pai; depois, a ausência de teu filho, causador de seu próprio banimento; o povo alvoroçado, crasso e impuro, conjectura em cochichos sobre a morte do bom Polônio; foi inexperiência sepultá-lo às ocultas; ora, Ofélia, solitária de si e do próprio juízo, sem o qual somos brutos ou pinturas... Por último, o que vale mais que tudo, seu irmão que voltou secretamente, anda cheio de pasmo, vai às nuvens sem que os murmuradores lhe faleçam com ditos pestilentos sobre a causa da morte do pai dele, sem falarmos que a própria confusão, não conhecendo como as coisas realmente se passaram, não deixará de envenenar-me o nome de ouvido para ouvido. Ó, minha cara Gertrudes, isso tudo, como peça mortífera disposta em várias partes, morte sobeja ora vai dar-me.

(Ouve-se um barulho)

Rainha Que houve?

Rei Onde estão meus suíços? Que defendam as portas.

(Entra um nobre)

Que há de novo?

Nobre Majestade, fugi! O oceano, quando rompe os diques, não devora a planície com mais ímpeto do que Laertes, à testa dos rebeldes, vence a tropa legal. O populacho lhe chama lorde, e tal como se o mundo fosse recomeçar, sem que mais lembrem tradições, esquecidos os costumes – sustentáculos firmes das palavras – grita: elejamos rei! Seja Laertes! As línguas e os chapéus, as mãos o aplaudem até as nuvens: Laertes, nosso rei!

Rainha Como ladram joviais na pista falsa! Errastes, falsos cães dinamarqueses!

(Ouve-se barulho)

Rei Arrombaram as portas.

(Entra Laertes, armado, seguido de dinamarqueses)

Laertes	Where is this king?—Sirs, stand you all without.
Danes	No, let's come in.
Laertes	I pray you, give me leave.
Danes	We will, we will.

[They retire without the door.]

Laertes	I thank you. Keep the door. O thou vile king, Give me my father.
Queen	Calmly, good Laertes.
Laertes	That drop of blood that's calm proclaims me bastard; Cries cuckold to my father, brands the harlot Even here between the chaste unsmirched brow Of my true mother.
King	What is the cause, Laertes, That thy rebellion looks so giant-like?— Let him go, Gertrude. Do not fear our person. There's such divinity doth hedge a king, That treason can but peep to what it would, Acts little of his will.—Tell me, Laertes, Why thou art thus incens'd.—Let him go, Gertrude:— Speak, man.
Laertes	Where is my father?
King	Dead.
Queen	But not by him.
King	Let him demand his fill.
Laertes	How came he dead? I'll not be juggled with. To hell, allegiance! Vows, to the blackest devil! Conscience and grace, to the profoundest pit! I dare damnation. To this point I stand, That both the worlds, I give to negligence, Let come what comes; only I'll be reveng'd Most throughly for my father.
King	Who shall stay you?
Laertes	My will, not all the world. And for my means, I'll husband them so well, They shall go far with little.
King	Good Laertes, If you desire to know the certainty Of your dear father's death, is't writ in your revenge That, sweepstake, you will draw both friend and foe, Winner and loser?
Laertes	None but his enemies.
King	Will you know them then?
Laertes	To his good friends thus wide I'll ope my arms; And, like the kind life-rendering pelican, Repast them with my blood.

Laertes — Onde está o rei? Senhores, ficai fora!
Dinamarqueses — Não; entremos.
Laertes — Suplico-vos, deixai-nos!
Dinamarqueses — Pois não! Pois não!

(Afastam-se para trás da porta)

Laertes — Obrigado; guardai todas as portas. Rei desprezível, dai-me o meu bom pai.
Rei — Calma, meu bom Laertes.
Laertes — A gota de meu sangue que ficasse calma me insultaria de bastardo, mancharia meu pai, lançando a pecha de meretriz na fronte imaculada de minha santa mãe.
Rei — Qual é o motivo, Laertes, de assumir ares gigantes essa rebelião? Deixa-o, Gertrudes; nada temas por nós. De tal maneira o caráter divino ao rei protege, que a traição mal espreita o que almejara sem nada conseguir... Dizei, Laertes, o que vos pôs assim. Gertrudes, deixa-o. Falai, jovem.
Laertes — Meu pai, que é dele?
Rei — Morto.
Rainha — Mas não por ele.
Rei — Deixa que me fale.
Laertes — Como morreu? Não quero ludibriar ninguém. Para o inferno os juramentos! Fidelidade, os diabos a carreguem! Consciência e graça, o abismo as sorva logo! Venha a condenação! Chego ao ponto de arriscar esta vida e a porvindoura, sem medir consequências, tão somente para meu pai vingar.
Rei — Que vos detém?
Laertes — Afora o meu querer, nem todo o mundo. Quanto aos recursos, hei de encontrar jeito de obter muito com pouco.
Rei — Ouvi, Laertes; se desejais, de fato, saber como vosso pai faleceu, acha-se escrito nos vossos planos, que deveis em um lance, sem distinção de amigos e inimigos, arrastar os culpados e inocentes?
Laertes — Não, só seus inimigos.
Rei — Desejais conhecê-los?
Laertes — A quantos se mostrarem seus amigos, os braços tenho abertos e, como o pelicano, com meu sangue lhes darei vida e alento.

King Why, now you speak Like a good child and a true gentleman. That I am guiltless of your father's death, And am most sensibly in grief for it, It shall as level to your judgement 'pear As day does to your eye.

Danes [*Within.*] Let her come in.

Laertes How now! What noise is that?

Re-enter Ophelia, *fantastically dressed with straws and flowers.*

O heat, dry up my brains. Tears seven times salt, Burn out the sense and virtue of mine eye. By heaven, thy madness shall be paid by weight, Till our scale turn the beam. O rose of May! Dear maid, kind sister, sweet Ophelia! O heavens, is't possible a young maid's wits Should be as mortal as an old man's life? Nature is fine in love, and where 'tis fine, It sends some precious instance of itself After the thing it loves.

Ophelia *[Sings.]* They bore him barefac'd on the bier, Hey non nonny, nonny, hey nonny And on his grave rain'd many a tear.— Fare you well, my dove!

Laertes Hadst thou thy wits, and didst persuade revenge, It could not move thus.

Ophelia You must sing 'Down a-down, and you call him a-down-a.' O, how the wheel becomes it! It is the false steward that stole his master's daughter.

Laertes This nothing's more than matter.

Ophelia There's rosemary, that's for remembrance; pray love, remember. And there is pansies, that's for thoughts.

Laertes A document in madness, thoughts and remembrance fitted.

Ophelia There's fennel for you, and columbines. There's rue for you; and here's some for me. We may call it herb of grace o' Sundays. O you must wear your rue with a difference. There's a daisy. I would give you some violets, but they wither'd all when my father died. They say he made a good end. *[Sings.]* For bonny sweet Robin is all my joy.

Laertes Thought and affliction, passion, hell itself She turns to favour and to prettiness.

Rei	Essas palavras são de bom filho, de bravo e gentil homem. Minha inocência relativa à morte de vosso pai e a mágoa de perdê-lo hão de ao juízo tão claro aparecer-vos como aos olhos a luz.
Dinamarqueses	(*Dentro*) Deixai-a entrar.
Laertes	Que significa esse barulho?

(Entra Ofélia)

	Febre seca-me o cérebro! Corroei-me, lágrimas sete vezes salgadas, a virtude dos olhos! Pelo céu! Tua loucura será pesada até que desça o prato da balança. Rosa de maio, irmã, doce menina, querida Ofélia! Ó, céu! É então possível que a razão de uma jovem seja frágil como o alento de um velho? A natureza se depura no amor e, florescendo, empresta à coisa amada algo da essência preciosa de si mesma.
Ofélia	*(Canta)* Levaram-no a enterrar sem cobertura… Tra-lá, la-rá! Quanto choro lhe rega a sepultura! Adeus, pombinho!
Laertes	Se com toda a razão me concitasses a vingar-te, nem tanto me abalaras.
Ofélia	Deveríeis cantar: "Abaixo! Abaixo! Chamai-o para baixo!". Ah! Como a roda lhe vai bem! É da canção do intendente falso que raptou a filha do amo.
Laertes	Este nada vale mais do que tudo.
Ofélia	Aqui está rosmaninho, para lembrança. Não te esqueças de mim, querido. Estes amores-perfeitos são para o pensamento.
Laertes	Uma sentença na loucura: a lembrança e o pensamento harmonizados!
Ofélia	Para vós, funcho e aquileia; arruda para vós, e um pouco para mim, também. Poderemos chamar-lhe erva da graça dos domingos, mas a vossa deverá ser usada de outro jeito. Eis aqui uma margarida. Quisera dar-vos algumas violetas, mas murcharam todas, quando meu pai morreu. Dizem que ele teve um fim muito bonito. *(Canta)* Para o doce pintarroxo é toda a minha alegria!
Laertes	À tristeza, à paixão, ao próprio inferno, a tudo ela dá graça e empresta encanto.

Ophelia	*[Sings.]* And will he not come again? And will he not come again? No, no, he is dead, Go to thy death-bed, He never will come again. His beard was as white as snow, All flaxen was his poll. He is gone, he is gone, And we cast away moan. God ha' mercy on his soul.And of all Christian souls, I pray God. God b' wi' ye.

[Exit.]

Laertes	Do you see this, O God?
King	Laertes, I must commune with your grief, Or you deny me right. Go but apart, Make choice of whom your wisest friends you will, And they shall hear and judge 'twixt you and me. If by direct or by collateral hand They find us touch'd, we will our kingdom give, Our crown, our life, and all that we call ours To you in satisfaction; but if not, Be you content to lend your patience to us, And we shall jointly labour with your soul To give it due content.
Laertes	Let this be so; His means of death, his obscure burial,— No trophy, sword, nor hatchment o'er his bones, No noble rite, nor formal ostentation,— Cry to be heard, as 'twere from heaven to earth, That I must call't in question.
King	So you shall. And where th'offence is let the great axe fall. I pray you go with me.

[Exeunt.]

Ofélia *(Canta)* Nunca mais o veremos? Não mais retornará? Sumiu deste mundo; baixai para o fundo, que ele não voltará. Barba branca de neve, de linho a cabeleira. Já foi, sem parar; é inútil chorar; que no céu Deus o queira e a todas as almas cristãs, é o que eu rogo a Deus. Deus seja convosco!

(Sai)

Laertes Vedes isto, ó Deus?

Rei De vossa mágoa, Laertes, compartilho; é meu direito. Agora vos retirai por uns momentos e os mais ajuizados amigos escolhei, porque nos ouçam, para entre mim e vós serem juízes. Se achardes culpa em nós, mediata embora, será vossa a coroa, nosso reino, a própria vida e tudo quanto é nosso, como satisfação. No caso oposto, contentai-vos de ouvir-nos com paciência, que, a vossa alma associados, cuidaremos de ressarcir-lhe a dor.

Laertes Seja. A maneira por que morreu, o enterro misterioso, sem brasão, nem espada sobre o túmulo, a ausência do ritual e pompas fúnebres, clamam, como atroando o céu e a terra, pedindo explicações.

Rei Ser-vos-ão dadas. E, onde houver culpa, que caia a machadinha. Vinde comigo, peço-vos.

(Saem)

CENA VI
SCENE VI

SCENE VI

ANOTHER ROOM IN THE CASTLE.

Enter Horatio *and a* Servant.

Horatio	What are they that would speak with me?
Servant	Sailors, sir. They say they have letters for you.
Horatio	Let them come in. *[Exit Servant.]* I do not know from what part of the world I should be greeted, if not from Lord Hamlet.

Enter Sailors.

First Sailor	God bless you, sir.
Horatio	Let him bless thee too.
First Sailor	He shall, sir, and't please him. There's a letter for you, sir. It comes from th'ambassador that was bound for England; if your name be Horatio, as I am let to know it is.
Horatio	*[Reads.]* 'Horatio, when thou shalt have overlooked this, give these fellows some means to the King. They have letters for him. Ere we were two days old at sea, a pirate of very warlike appointment gave us chase. Finding ourselves too slow of sail, we put on a compelled valour, and in the grapple I boarded them. On the instant they got clear of our ship, so I alone became their prisoner. They have dealt with me like thieves of mercy. But they knew what they did; I am to do a good turn for them. Let the King have the letters I have sent, and repair thou to me with as much haste as thou wouldst fly death. I have words to speak in thine ear will make thee dumb; yet are they much too light for the bore of the matter. These good fellows will bring thee where I am. Rosencrantz and Guildenstern hold their course for England: of them I have much to tell thee. Farewell. He that thou knowest thine, *Hamlet* 'Come, I will give you way for these your letters, And do't the speedier, that you may direct me To him from whom you brought them.

[Exeunt.]

CENA VI

OUTRO QUARTO NO CASTELO.

(Entram Horácio e um criado)

Horácio Quem quer falar comigo?

Criado Marinheiros, senhor; são portadores de umas cartas.

Horácio Que entrem, pois. *(Sai o criado)* Tirando lorde Hamlet, em todo o mundo não sei quem poderia enviar-me cartas.

(Entra um marinheiro)

Marinheiro Deus vos abençoe, senhor.

Horácio E a ti também.

Marinheiro Assim o fará, senhor, se for de sua vontade. Esta carta, senhor, é para vós; vem da parte do embaixador que deveria ir para a Inglaterra, se vos chamardes Horácio, como me afirmaram.

Horácio *(Lê)* "Horácio, quando passares os olhos por esta, proporciona a esses homens meios de chegarem até o rei; são portadores de cartas para ele, também. Não havia ainda dois dias que nos encontrávamos no mar, quando nos deu caça um corsário de grande aparelhagem bélica. A morosidade das velas nos tornou valentes à força, havendo eu saltado para a tolda do inimigo logo que o abordamos. No mesmo instante conseguiram desvencilhar-se de nosso navio, ficando eu como único prisioneiro. Procedem comigo como ladrões misericordiosos; mas eles sabem o que fazem, pois esperam tirar de mim grande proveito. Faze chegar ao rei as cartas que lhe envio e vem ter comigo com a pressa que empregarias em fugir da morte. Tenho a dizer-te ao ouvido palavras que te deixarão mudo, muito embora ainda sejam leves demais para o calibre do assunto. Essa boa gente há de informar-te onde me encontro. Rosencrantz e Guildenstern continuam a caminho da Inglaterra. Tenho muito que contar-te a respeito deles. Aquele que conheces como te pertencendo, Hamlet." Vinde comigo: vou facilitar-vos a entrega dessas cartas, porque logo me leveis à pessoa que as enviou.

(Saem)

CENA VII
SCENE VII

SCENE VII

ANOTHER ROOM IN THE CASTLE.

Enter King and Laertes.

King Now must your conscience my acquittance seal, And you must put me in your heart for friend, Sith you have heard, and with a knowing ear, That he which hath your noble father slain Pursu'd my life.

Laertes It well appears. But tell me Why you proceeded not against these feats, So crimeful and so capital in nature, As by your safety, wisdom, all things else, You mainly were stirr'd up.

King O, for two special reasons, Which may to you, perhaps, seem much unsinew'd, But yet to me they are strong. The Queen his mother Lives almost by his looks; and for myself,— My virtue or my plague, be it either which,— She's so conjunctive to my life and soul, That, as the star moves not but in his sphere, I could not but by her. The other motive, Why to a public count I might not go, Is the great love the general gender bear him, Who, dipping all his faults in their affection, Would like the spring that turneth wood to stone, Convert his gyves to graces; so that my arrows, Too slightly timber'd for so loud a wind, Would have reverted to my bow again, And not where I had aim'd them.

Laertes And so have I a noble father lost, A sister driven into desperate terms, Whose worth, if praises may go back again, Stood challenger on mount of all the age For her perfections. But my revenge will come.

King Break not your sleeps for that. You must not think That we are made of stuff so flat and dull That we can let our beard be shook with danger, And think it pastime. You shortly shall hear more. I lov'd your father, and we love ourself, And that, I hope, will teach you to imagine—

Enter a Messenger.

How now? What news?

CENA VII

OUTRO QUARTO NO CASTELO.

(Entram o Rei e Laertes)

Rei Vossa consciência, agora, me confirma quitação mais que plena. Podeis mesmo ao peito aconchegar-me como amigo, pois já sabeis, de ouvir de ciência certa, que quem matou a vosso nobre pai também me quis matar.

Laertes É o que parece. Mas por que não punistes esses atos, de si tão criminosos, como a vossa dignidade o obrigava, a segurança, tudo, em suma?

Rei Ah! São duas as razões que talvez vos pareçam despiciendas, mas que pesam. Sua mãe vive somente de seus olhares. Quanto ao que me toca – virtude ou doença, pouco monta – de alma e corpo, sinto-me a ela tão preso, que, assim como não sai da órbita a estrela, sem ela não me mexo. O outro motivo que me impede de com ele justar contas é o grande amor que lhe devota a plebe, que, na afeição banhando seus defeitos, como as fontes que os lenhos em pedra mudam, de ferros faz relíquias. Minhas setas, talhadas em madeira muito leve para tão forte vento, voltariam para o arco, sem que no alvo se encravassem.

Laertes E assim perdi meu nobre pai, e vejo caída na demência minha irmã, cujo valor, se é lícito falar-se do que já foi, nenhum outro acharia que pudesse igualá-lo em perfeição. Mas espero vingar-me.

Rei Vosso sono não perturbeis com semelhante ideia, nem penseis, porventura, que sejamos compostos de matéria tão grosseira, que deixemos puxar-nos pela barba com violência e ainda achemos que é brinquedo. Breve ouvireis o resto. Era afeiçoado a vosso pai; amamos a nós mesmos, por isso espero que havereis de, em breve…

(Entra um mensageiro)

Que há de novo?

Messenger Letters, my lord, from Hamlet. This to your Majesty; this to the Queen.

King From Hamlet! Who brought them?

Messenger Sailors, my lord, they say; I saw them not. They were given me by Claudio. He receiv'd them Of him that brought them.

King Laertes, you shall hear them. Leave us.

[Exit Messenger.]

[Reads.] 'High and mighty, you shall know I am set naked on your kingdom. Tomorrow shall I beg leave to see your kingly eyes. When I shall, first asking your pardon thereunto, recount the occasions of my sudden and more strange return. *Hamlet'* What should this mean? Are all the rest come back? Or is it some abuse, and no such thing?

Laertes Know you the hand?

King 'Tis Hamlet's character. 'Naked!' And in a postscript here he says 'alone.' Can you advise me?

Laertes I am lost in it, my lord. But let him come, It warms the very sickness in my heart That I shall live and tell him to his teeth, 'Thus diest thou.'

King If it be so, Laertes,— As how should it be so? How otherwise?— Will you be rul'd by me?

Laertes Ay, my lord; So you will not o'errule me to a peace.

King To thine own peace. If he be now return'd, As checking at his voyage, and that he means No more to undertake it, I will work him To an exploit, now ripe in my device, Under the which he shall not choose but fall; And for his death no wind shall breathe, But even his mother shall uncharge the practice And call it accident.

Laertes My lord, I will be rul'd; The rather if you could devise it so That I might be the organ.

King It falls right. You have been talk'd of since your travel much, And that in Hamlet's hearing, for a quality Wherein they say you shine. Your sum of parts Did not together pluck such envy from him As did that one, and that, in my regard, Of the unworthiest siege.

Laertes What part is that, my lord?

Mensageiro	Senhor, cartas de Hamlet para a rainha e Vossa Majestade.
Rei	De Hamlet? Quem as trouxe?
Mensageiro	Marinheiros, senhor, segundo dizem não lhes falei; foi Cláudio quem me deu; a este é que o portador as entrega.
Rei	Laertes, vais ouvi-las. Podes ir.

(Sai o mensageiro)

	(Lê) "Alto e poderoso senhor: sabei que fui trazido nu para vosso reino. Amanhã vos pedirei permissão para contemplar vossos reais olhos, quando pretendo, depois de obtido consentimento, relatar-vos os motivos de meu inesperado e muito estranho regresso. Hamlet." Que é isso? E os companheiros, voltariam? Não será tudo apenas uma farsa?
Laertes	E a letra?
Rei	Os traços são de Hamlet: "Nu"; e adiante, em pós-escrito, diz "Sozinho". Podeis aconselhar-me?
Laertes	Não sei também que faça. Mas que venha! Sinto que se me inflama o peito à ideia de viver e poder dizer-lhe aos dentes: assim fizeste!
Rei	Se assim é, Laertes, e por que não? Por que de outra maneira? Quereis que vos oriente?
Laertes	Então, senhor! Contanto que de paz não seja o assunto.
Rei	Vossa paz, simplesmente. Já que a viagem ficou frustrada e que ele já não cuida de reiniciá-la, penso em concitá-lo a um feito em que de há muito estou pensando, que a morte dele implica, sem que vento de censura nenhum nos incomode; a própria mãe verá no efeito o acaso, chamando-lhe acidente.
Laertes	Estou de acordo e mais ainda estarei, se dispuserdes que seja eu o instrumento.
Rei	Vem a tempo. Desde o momento em que viajastes, fostes elogiado na presença de Hamlet por um dote que, diz-se, primais. Todas as outras qualidades, reunidas, não tiveram o poder de despertar-lhe tanto a inveja, como essa, que, a meu ver, é a mais modesta.
Laertes	Que talento, senhor, gabaram tanto?

King	A very riband in the cap of youth, Yet needful too, for youth no less becomes The light and careless livery that it wears Than settled age his sables and his weeds, Importing health and graveness. Two months since Here was a gentleman of Normandy,— I've seen myself, and serv'd against, the French, And they can well on horseback, but this gallant Had witchcraft in't. He grew unto his seat, And to such wondrous doing brought his horse, As had he been incorps'd and demi-natur'd With the brave beast. So far he topp'd my thought That I in forgery of shapes and tricks, Come short of what he did.
Laertes	A Norman was't?
King	A Norman.
Laertes	Upon my life, Lamord.
King	The very same.
Laertes	I know him well. He is the brooch indeed And gem of all the nation.
King	He made confession of you, And gave you such a masterly report For art and exercise in your defence, And for your rapier most especially, That he cried out 'twould be a sight indeed If one could match you. The scrimers of their nation He swore had neither motion, guard, nor eye, If you oppos'd them. Sir, this report of his Did Hamlet so envenom with his envy That he could nothing do but wish and beg Your sudden coming o'er to play with him. Now, out of this,—
Laertes	What out of this, my lord?
King	Laertes, was your father dear to you? Or are you like the painting of a sorrow, A face without a heart?
Laertes	Why ask you this?
King	Not that I think you did not love your father, But that I know love is begun by time, And that I see, in passages of proof, Time qualifies the spark and fire of it. There lives within the very flame of love A kind of wick or snuff that will abate it; And nothing is at a like goodness still, For goodness, growing to a pleurisy, Dies in his own too much. That we would do, We should do when we would; for this 'would' changes, And hath abatements and delays as many As there are tongues, are hands, are accidents; And then this 'should' is like a spendthrift sigh That hurts by easing. But to the

Rei Um laço no chapéu da juventude, conquanto necessário; porque aos moços cai bem a vestimenta leve e simples, como peles e mantos à velhice, que a protegem, tornando-a circunspecta. Aqui esteve, há dois meses, um normando. Lutei contra os franceses; sei, de viso, que são bons cavaleiros. Esse bravo, contudo, fez milagres, de tal modo se unia à sela, e tais e tantas coisas ao cavalo obrigava. Pareciam um só corpo e que meia natureza do formoso animal ele possuísse. De tal modo excedeu meu pensamento, que só de imaginar voltas e saltos fico aquém de seus efeitos.

Laertes Um normando?

Rei Normando, isso.

Laertes Lamord, por minha vida!

Rei Esse mesmo.

Laertes Conheço-o bem; é a pérola e a joia de seu povo.

Rei Fez-vos grandes encômios, elogiando-vos de tal maneira na arte e no manejo das armas, sobretudo do florete, que proclamavam digno de ser visto, se alguém vos desafiasse. Os esgrimistas de sua pátria, jurava, careciam de vista, precaução e agilidade, quando em jogo convosco. Esses encômios envenenaram tanto a alma de Hamlet, que vivia a querer que regressásseis porque logo convosco se medisse. Ora, assim sendo…

Laertes Sendo assim, senhor?

Rei Laertes, vosso pai vos era caro ou sois tal como a imagem da tristeza, rosto sem coração?

Laertes Por que isso agora?

Rei Não penso que esse amor vos falecesse; mas sei que o amor no tempo se origina, sobre haver-me a experiência demonstrado que o tempo lhe modera o ardor e o brilho. No centro dessa chama se acha sempre uma mecha ou um pavio que a amortece. Nada conserva sempre o mesmo aspecto; que até mesmo a bondade, em demasia, morre do próprio excesso. O que queremos deve ser feito, que o querer varia, mostrando tantas quedas e delongas quantas línguas existem, mãos e casos, e o "devia" se muda em um suspiro que alivia e faz mal. Mas vamos à

quick o' th'ulcer: Hamlet comes back: what would you undertake To show yourself your father's son in deed, More than in words?

Laertes To cut his throat i' th' church.

King No place, indeed, should murder sanctuarize; Revenge should have no bounds. But good Laertes, Will you do this, keep close within your chamber. Hamlet return'd shall know you are come home: We'll put on those shall praise your excellence, And set a double varnish on the fame The Frenchman gave you, bring you in fine together And wager on your heads. He, being remiss, Most generous, and free from all contriving, Will not peruse the foils; so that with ease, Or with a little shuffling, you may choose A sword unbated, and in a pass of practice, Requite him for your father.

Laertes I will do't. And for that purpose I'll anoint my sword. I bought an unction of a mountebank So mortal that, but dip a knife in it, Where it draws blood no cataplasm so rare, Collected from all simples that have virtue Under the moon, can save the thing from death This is but scratch'd withal. I'll touch my point With this contagion, that if I gall him slightly, It may be death.

King Let's further think of this, Weigh what convenience both of time and means May fit us to our shape. If this should fail, And that our drift look through our bad performance. 'Twere better not assay'd. Therefore this project Should have a back or second, that might hold If this did blast in proof. Soft, let me see. We'll make a solemn wager on your cunnings,— I ha't! When in your motion you are hot and dry, As make your bouts more violent to that end, And that he calls for drink, I'll have prepar'd him A chalice for the nonce; whereon but sipping, If he by chance escape your venom'd stuck, Our purpose may hold there.

Enter Queen.

How now, sweet Queen?

Queen One woe doth tread upon another's heel, So fast they follow. Your sister's drown'd, Laertes.

Laertes Drown'd! O, where?

úlcera: Hamlet volta; como demonstráreis que de tal pai sois filho, mais com atos do que simples palavras?

Laertes Cortar-lhe-ia o pescoço na igreja.

Rei De fato, não devia haver santuário que o homicida amparasse, nem limites para a vingança. Mas, bondoso Laertes, se concordais, ficai no vosso quarto. Hamlet vai saber que já voltastes; cuidarei que de vós lhe falem muito, pondo duplo verniz nos elogios do francês. Em resumo: aproximamo-nos e faremos apostas. Desatento como ele é, sobre nobre e sem suspeita, as armas não verá. Daí ser fácil, na confusão, ficardes com o florete não protegido, o que vos ensejará, em um bote calculado, compensá-lo por vos ter matado o pai.

Laertes Aceito o alvitre, e ainda mais: enveneno minha espada. Comprei de um charlatão certa mistura tão mortal, que, banhando nela a faca, uma vez feito o sangue, não há emplastro, ainda que preparado só de simples virtuosos sob a Lua, que consiga dar vida a quem tocado for de leve. Vou pôr esse veneno na minha arma, porque esflorar o contendor já seja para ele a morte.

Rei Vamos tratar disso. Pesemos ora o tempo e as circunstâncias adequadas ao caso. Se essa traça falhar, transparecendo nosso intento por falecer-nos jeito, melhor fora não ter tentado. Daí ser preciso novo plano, numa espécie de reforço, para o caso de a prova não dar certo. Esperai… quero ver… apostaremos por maneira solene na arte de ambos… Eis aqui! Quando a luta vos der calor e sede, esforçai-vos para isso nos ataques e ele quiser beber, hei de uma taça ter à mão. Bastará que nela molhe de leve os lábios, caso ele consiga livrar-se do florete envenenado, para que o plano dê certo. Mas que é isso?

(Entra a Rainha)

Então, meiga rainha?

Rainha Tanto as desgraças correm, que se enleiam no encalço umas das outras. Vossa irmã afogou-se, Laertes.

Laertes Afogou-se?! Onde? Como?

Queen	There is a willow grows aslant a brook, That shows his hoary leaves in the glassy stream. There with fantastic garlands did she make Of crow-flowers, nettles, daisies, and long purples, That liberal shepherds give a grosser name, But our cold maids do dead men's fingers call them. There on the pendant boughs her coronet weeds Clamb'ring to hang, an envious sliver broke, When down her weedy trophies and herself Fell in the weeping brook. Her clothes spread wide, And mermaid-like, awhile they bore her up, Which time she chaunted snatches of old tunes, As one incapable of her own distress, Or like a creature native and indued Unto that element. But long it could not be Till that her garments, heavy with their drink, Pull'd the poor wretch from her melodious lay To muddy death.
Laertes	Alas, then she is drown'd?
Queen	Drown'd, drown'd.
Laertes	Too much of water hast thou, poor Ophelia, And therefore I forbid my tears. But yet It is our trick; nature her custom holds, Let shame say what it will. When these are gone, The woman will be out. Adieu, my lord, I have a speech of fire, that fain would blaze, But that this folly douts it.

[Exit.]

King	Let's follow, Gertrude; How much I had to do to calm his rage! Now fear I this will give it start again; Therefore let's follow.

[Exeunt.]

Rainha Um salgueiro reflete na ribeira cristalina sua copa acinzentada. Para aí foi Ofélia sobraçando grinaldas esquisitas de rainúnculos, margaridas, urtigas e de flores de púrpura, alongadas, a que os nossos campônios chamam nome bem grosseiro, e as nossas jovens "dedos de defunto". Ao tentar pendurar suas coroas nos galhos inclinados, um dos ramos invejosos quebrou, lançando na água chorosa seus troféus de erva e a ela própria. Seus vestidos se abriram, sustentando-a por algum tempo, qual a uma sereia, enquanto ela cantava antigos trechos, sem revelar consciência da desgraça, como criatura ali nascida e feita para aquele elemento. Muito tempo, porém, não demorou, sem que os vestidos se tornassem pesados de tanta água e que de seus cantares arrancassem a infeliz para a morte lamacenta.

Laertes Afogou-se, dissestes?

Rainha Afogou-se.

Laertes Querida irmã, já tens água de sobra; não te darei mais lágrimas. Contudo, somos assim, que a natureza o obriga, sem que importe a vergonha; uma vez fora, deixou de ser mulher. Adeus, senhor. Com as palavras, só chamas me sairiam, se não fosse apagá-las a tolice.

(Sai)

Rei Sigamo-lo, Gertrudes. Que trabalho me custou para a cólera acalmá-lo! Receio que de novo a explodir venha. Sigamo-lo, portanto.

(Saem)

ATO V
ACT V

CENA I
SCENE I

SCENE I

A CHURCHYARD.

Enter two Clowns *with spades, &c.*

First Clown Is she to be buried in Christian burial, when she wilfully seeks her own salvation?

Second Clown I tell thee she is, and therefore make her grave straight. The crowner hath sat on her, and finds it Christian burial.

First Clown How can that be, unless she drowned herself in her own defence?

Second Clown Why, 'tis found so.

First Clown It must be *se offendendo*, it cannot be else. For here lies the point: if I drown myself wittingly, it argues an act: and an act hath three branches. It is to act, to do, and to perform: argal, she drowned herself wittingly.

Second Clown Nay, but hear you, goodman delver,—

First Clown Give me leave. Here lies the water; good. Here stands the man; good. If the man go to this water and drown himself, it is, will he nill he, he goes,—mark you that. But if the water come to him and drown him, he drowns not himself. Argal, he that is not guilty of his own death shortens not his own life.

Second Clown But is this law?

First Clown Ay, marry, is't, crowner's quest law.

Second Clown Will you ha' the truth on't? If this had not been a gentlewoman, she should have been buried out o' Christian burial.

First Clown Why, there thou say'st. And the more pity that great folk should have countenance in this world to drown or hang themselves more than their even Christian. Come, my spade. There is no ancient gentlemen but gardeners, ditchers, and grave-makers: they hold up Adam's profession.

Second Clown Was he a gentleman?

First Clown He was the first that ever bore arms.

Second Clown Why, he had none.

CENA I

UM CEMITÉRIO.

(Entram dois coveiros, com alviões e pás)

Primeiro Coveiro Poderá ser-lhe dada sepultura cristã, se foi ela quem procurou a salvação?

Segundo Coveiro Digo-te que sim: por isso, trata de abrir logo a sepultura; o magistrado já fez investigações, tendo concluído pelo sepultamento em chão sagrado.

Primeiro Coveiro Como assim, se ela não se afogou em defesa própria?

Segundo Coveiro Foi o que decidiram.

Primeiro Coveiro Então foi-se ofendendo; não pode ter sido de outro modo, que o ponto principal é o seguinte: se eu me afogar voluntariamente, pratico um ato; um ato é composto de três partes: agir, fazer e realizar. Logo, afogou-se porque quis.

Segundo Coveiro Mas ouvi, compadre coveiro…

Primeiro Coveiro Com licença. Aqui está a água; bem. Aqui está o homem; bem. Se o homem vai para a água e se afoga, é ele, quer o queira, quer não, que vai até lá. Toma nota. Mas, se a água vem para ele e o afoga, não é ele que se afoga. Logo, quem não é culpado de sua própria morte não encurta a vida.

Segundo Coveiro E isso é lei?

Primeiro Coveiro É, de acordo com as conclusões do magistrado.

Segundo Coveiro Quereis que vos seja franco? Se não se tratasse de uma senhorinha de importância, não lhe dariam sepultura cristã.

Primeiro Coveiro Tu o disseste; é pena que neste mundo os grandes tenham mais direito de se enforcarem e afogarem do que os seus irmãos em Cristo. Dá-me a pá. Não há nobreza mais antiga do que a dos jardineiros, dos abridores de fossas e dos coveiros; todos exercem a profissão de Adão.

Segundo Coveiro Adão era nobre?

Primeiro Coveiro Foi quem primeiro usou armas.

Segundo Coveiro Como, se não as possuía?

First Clown	What, art a heathen? How dost thou understand the Scripture? The Scripture says Adam digg'd. Could he dig without arms? I'll put another question to thee. If thou answerest me not to the purpose, confess thyself—
Second Clown	Go to.
First Clown	What is he that builds stronger than either the mason, the shipwright, or the carpenter?
Second Clown	The gallows-maker; for that frame outlives a thousand tenants.
First Clown	I like thy wit well in good faith, the gallows does well. But how does it well? It does well to those that do ill. Now, thou dost ill to say the gallows is built stronger than the church; argal, the gallows may do well to thee. To't again, come.
Second Clown	Who builds stronger than a mason, a shipwright, or a carpenter?
First Clown	Ay, tell me that, and unyoke.
Second Clown	Marry, now I can tell.
First Clown	To't.
Second Clown	Mass, I cannot tell.

Enter Hamlet *and* Horatio, *at a distance.*

First Clown	Cudgel thy brains no more about it, for your dull ass will not mend his pace with beating; and when you are asked this question next, say 'a grave-maker'. The houses he makes last till doomsday. Go, get thee to Yaughan; fetch me a stoup of liquor.

[Exit Second Clown.*]*

First Clown	*[Digs and sings.]* In youth when I did love, did love, Methought it was very sweet; To contract, O, the time for, a, my behove, O methought there was nothing meet.
Hamlet	Has this fellow no feeling of his business, that he sings at grave-making?
Horatio	Custom hath made it in him a property of easiness.
Hamlet	'Tis e'en so; the hand of little employment hath the daintier sense.
First Clown	*[Sings.]* But age with his stealing steps Hath claw'd me in his clutch, And hath shipp'd me into the land, As if I had never been such.

Primeiro Coveiro	Quê! És pagão? Como é que interpretas a Escritura? A Escritura diz que Adão cavou. Como poderia ele cavar, se não possuísse armas? Vou fazer-te outra pergunta; se não responderes certo, terás de confessar que és…
Segundo Coveiro	Pois que venha a pergunta.
Primeiro Coveiro	Quem é que constrói mais solidamente do que o pedreiro, o carpinteiro e o construtor de navios?
Segundo Coveiro	O que levanta cadafalsos, porque suas construções sobrevivem a milhares de inquilinos.
Primeiro Coveiro	Realmente, aprecio a tua vivacidade. O cadafalso faz bem; mas para quem faz ele bem? Para os que fazem mal. Por isso, fizeste mal em dizer que o cadafalso é mais sólido do que a Igreja. Logo o cadafalso te faria bem. Vamos, responde logo.
Segundo Coveiro	Quem é que constrói mais solidamente do que o pedreiro, o carpinteiro e o construtor de navios?
Primeiro Coveiro	Justamente. Responde isso e sai da canga.
Segundo Coveiro	Desta vez vou acertar.
Primeiro Coveiro	Veremos.
Segundo Coveiro	Com a breca! Não o consigo.

(Hamlet e Horácio aparecem no fundo)

Primeiro Coveiro	Não dês tratos à bola, que o teu asno preguiçoso não andará mais depressa com as chibatadas. Quando te fizerem de novo essa pergunta, responde que é o coveiro, porque a casa que ele constrói dura até o Dia do Juízo. Corre à hospedaria e traz-me uma caneca de aguardente.

(Sai o segundo coveiro)

Primeiro Coveiro	*(Canta, continuando a cavar)* Quando rapaz, amei, amei bastante. Quão doce me sabia tudo aquilo! Que tempo! Um só instante mais que tudo valia.
Hamlet	Esse sujeito não terá o sentimento da profissão, para cantar, quando está abrindo uma sepultura?
Horácio	O hábito facilitou-lhe a tarefa.
Hamlet	É isso; as mãos que trabalham pouco são mais sensíveis.
Primeiro Coveiro	*(Canta)* Mas a idade, com passo de ladrão, nas garras me apanhou, tirando-me do mundo folgazão; e tudo se acabou.

[*Throws up a skull.*]

Hamlet That skull had a tongue in it, and could sing once. How the knave jowls it to th' ground, as if 'twere Cain's jawbone, that did the first murder! This might be the pate of a politician which this ass now o'er-offices, one that would circumvent God, might it not?

Horatio It might, my lord.

Hamlet Or of a courtier, which could say 'Good morrow, sweet lord! How dost thou, good lord?' This might be my lord such-a-one, that praised my lord such-a-one's horse when he meant to beg it, might it not?

Horatio Ay, my lord.

Hamlet Why, e'en so: and now my Lady Worm's; chapless, and knocked about the mazard with a sexton's spade. Here's fine revolution, an we had the trick to see't. Did these bones cost no more the breeding but to play at loggets with 'em? Mine ache to think on't.

First Clown [*Sings.*] A pickaxe and a spade, a spade, For and a shrouding-sheet; O, a pit of clay for to be made For such a guest is meet.

[*Throws up another skull.*]

Hamlet There's another. Why may not that be the skull of a lawyer? Where be his quiddits now, his quillets, his cases, his tenures, and his tricks? Why does he suffer this rude knave now to knock him about the sconce with a dirty shovel, and will not tell him of his action of battery? Hum. This fellow might be in's time a great buyer of land, with his statutes, his recognizances, his fines, his double vouchers, his recoveries. Is this the fine of his fines, and the recovery of his recoveries, to have his fine pate full of fine dirt? Will his vouchers vouch him no more of his purchases, and double ones too, than the length and breadth of a pair of indentures? The very conveyances of his lands will scarcely lie in this box; and must the inheritor himself have no more, ha?

(Joga um crânio)

Hamlet Tempo houve em que aquele crânio teve língua e podia cantar; agora, esse velhaco o atira ao solo, como se se tratasse da mandíbula de Caim, o primeiro homicida. É bem possível que a cabeça que esse asno maltrata desse jeito seja de algum político que enganava ao próprio Deus, não te parece?

Horácio É bem possível, milorde.

Hamlet Ou de algum cortesão que sabia dizer: "Bom dia, meu doce senhor! Como vai passando, meu bom senhor?". Talvez a de lorde fulano, que elogiava o cavalo de lorde sicrano, quando tinha a intenção de pedir-lho, não é verdade?

Horácio É isso mesmo.

Hamlet E agora, depois de pertencer a lorde Verme, que lhe comeu as carnes, este sujeito lhe bate com a enxada no maxilar. Se pudéssemos acompanhá-lo em todas as fases, surpreenderíamos nisso uma bela revolução. Levarem tanto tempo esses ossos para se formarem, só para virem a servir de bola! Só de pensar em tal coisa sinto doer os meus.

Primeiro Coveiro *(Canta)* Uma enxada e uma pá bem resistente, mais um lençol bem-feito e uma cova de lama indiferente fazem do hóspede o leito.

(Joga outro crânio)

Hamlet Mais um crânio. Por que não há de ser o de um jurista? Onde foram parar as sutilezas, os equívocos, os casos, as enfiteuses, todas as suas chicanas? Por que consente que este maroto rústico lhe bata com a enxada suja, e não lhe arma um processo por lesões pessoais? Hum! É bem possível que esse sujeito tivesse sido um grande comprador de terras, com suas escrituras, hipotecas, multas, endossos e recuperações. Consistirá a multa das multas e a recuperação das recuperações em ficarmos com a bela cabeça assim, cheia de tão bonito lodo? Não lhe arranjaram seus fiadores, com as fianças duplas, mais espaço do que o de seus contratos? Os títulos de suas propriedades não caberiam em seu caixão; não obterão os herdeiros mais do que isso?

Horatio	Not a jot more, my lord.
Hamlet	Is not parchment made of sheep-skins?
Horatio	Ay, my lord, and of calf-skins too.
Hamlet	They are sheep and calves which seek out assurance in that. I will speak to this fellow.—Whose grave's this, sir?
First Clown	Mine, sir. *[Sings.]* O, a pit of clay for to be made For such a guest is meet.
Hamlet	I think it be thine indeed, for thou liest in't.
First Clown	You lie out on't, sir, and therefore 'tis not yours. For my part, I do not lie in't, yet it is mine.
Hamlet	Thou dost lie in't, to be in't and say it is thine. 'Tis for the dead, not for the quick; therefore thou liest.
First Clown	'Tis a quick lie, sir; 't will away again from me to you.
Hamlet	What man dost thou dig it for?
First Clown	For no man, sir.
Hamlet	What woman then?
First Clown	For none neither.
Hamlet	Who is to be buried in't?
First Clown	One that was a woman, sir; but, rest her soul, she's dead.
Hamlet	How absolute the knave is! We must speak by the card, or equivocation will undo us. By the Lord, Horatio, these three years I have taken note of it, the age is grown so picked that the toe of the peasant comes so near the heel of the courtier he galls his kibe.—How long hast thou been a grave-maker?
First Clown	Of all the days i' th' year, I came to't that day that our last King Hamlet o'ercame Fortinbras.
Hamlet	How long is that since?
First Clown	Cannot you tell that? Every fool can tell that. It was the very day that young Hamlet was born,—he that is mad, and sent into England.
Hamlet	Ay, marry, why was he sent into England?
First Clown	Why, because he was mad; he shall recover his wits there; or if he do not, it's no great matter there.
Hamlet	Why?

Horácio	Nada mais, milorde.
Hamlet	Pergaminho não é feito de pele de carneiro?
Horácio	Perfeitamente, príncipe; e também de bezerro.
Hamlet	Não passam de carneiros e de bezerros os que procuram segurar-se nisso. Vou dirigir-me a esse maroto. De quem é essa cova, camarada?
Primeiro Coveiro	É minha, senhor. *(Canta)* E uma cova de lama indiferente faz do hóspede o leito.
Hamlet	Estou vendo que é tua, de fato, porque te encontras dentro dela.
Primeiro Coveiro	Estais fora dela, senhor; logo, não vos pertence. Enquanto a mim, muito embora não esteja deitado nela, posso dizer que é minha.
Hamlet	Não é certo dizeres que te pertence porque estás dentro dela. Sepultura é para os mortos, não para os que estão com vida. Logo, estás mentindo.
Primeiro Coveiro	Uma mentira viva, senhor, que voltará de mim para vós.
Hamlet	Para que homem estás cavando essa sepultura?
Primeiro Coveiro	Não é para nenhum homem, senhor.
Hamlet	Para que mulher, então?
Primeiro Coveiro	Não é para mulher, tampouco.
Hamlet	Quem é que vai ser enterrado nela?
Primeiro Coveiro	Alguém que foi mulher, senhor, e que Deus a tenha em sua santa guarda já faleceu.
Hamlet	Como esse sujeito é meticuloso! Precisamos falar-lhe com a bússola na mão; qualquer equívoco poderá ser-nos fatal. Por Deus, Horácio, tenho observado que nestes três últimos anos o mundo se torna cada vez mais sutil. O pé do campônio toca tão de perto no calcanhar do nobre, que causa esfoladuras. Há quanto tempo és coveiro?
Primeiro Coveiro	Entre todos os dias do ano, iniciei a profissão no dia em que o nosso defunto rei Hamlet venceu a Fortimbrás.
Hamlet	E quanto tempo faz isso?
Primeiro Coveiro	Não sabeis? Qualquer bobo poderia dizer-vos: foi no dia em que nasceu o moço Hamlet, aquele que ficou louco e que mandaram para a Inglaterra.
Hamlet	Ah, sim? E por que o mandaram para a Inglaterra?
Primeiro Coveiro	Ora, porque enlouqueceu. Lá, ele há de recuperar o juízo; mas, se o não fizer, importa pouco.
Hamlet	Por que razão?

First Clown	'Twill not be seen in him there; there the men are as mad as he.
Hamlet	How came he mad?
First Clown	Very strangely, they say.
Hamlet	How strangely?
First Clown	Faith, e'en with losing his wits.
Hamlet	Upon what ground?
First Clown	Why, here in Denmark. I have been sexton here, man and boy, thirty years.
Hamlet	How long will a man lie i' th'earth ere he rot?
First Clown	Faith, if he be not rotten before he die,—as we have many pocky corses nowadays that will scarce hold the laying in,—he will last you some eight year or nine year. A tanner will last you nine year.
Hamlet	Why he more than another?
First Clown	Why, sir, his hide is so tann'd with his trade that he will keep out water a great while. And your water is a sore decayer of your whoreson dead body. Here's a skull now; this skull hath lain in the earth three-and-twenty years.
Hamlet	Whose was it?
First Clown	A whoreson, mad fellow's it was. Whose do you think it was?
Hamlet	Nay, I know not.
First Clown	A pestilence on him for a mad rogue! A pour'd a flagon of Rhenish on my head once. This same skull, sir, was Yorick's skull, the King's jester.
Hamlet	This?
First Clown	E'en that.
Hamlet	Let me see. *[Takes the skull.]* Alas, poor Yorick. I knew him, Horatio, a fellow of infinite jest, of most excellent fancy. He hath borne me on his back a thousand times; and now, how abhorred in my imagination it is! My gorge rises at it. Here hung those lips that I have kiss'd I know not how oft. Where be your gibes now? your gambols? your songs? your flashes of merriment, that were wont to set the table on a roar? Not one now, to mock your own grinning? Quite chop-fallen? Now get you to my lady's chamber, and tell her, let her paint an inch thick, to this favour she must come. Make her laugh at that.—Prithee, Horatio, tell me one thing.

Primeiro Coveiro	É que ninguém se aperceberá disso; todos por lá são tão loucos quanto ele.
Hamlet	E como foi que ele enlouqueceu?
Primeiro Coveiro	Por maneira muito estranha, dizem.
Hamlet	Estranha como?
Primeiro Coveiro	Ora, perdendo o juízo.
Hamlet	E onde foi isso?
Primeiro Coveiro	Ora, aqui na Dinamarca. Entre rapaz e homem feito, sou coveiro há trinta anos.
Hamlet	Quanto tempo pode uma pessoa ficar na terra sem apodrecer?
Primeiro Coveiro	Se já não começara a apodrecer em vida, que atualmente há muitos bexiguentos que mal esperam pela inumação, poderá durar-vos coisa de oito ou nove anos; um curtidor demora nove anos.
Hamlet	E por que ele mais tempo do que os outros?
Primeiro Coveiro	Ora, senhor, é que a profissão lhe endurece a pele, tornando-a impermeável à água, que é o mais ativo destruidor do bandido do cadáver. Temos aqui outro crânio, que vos ficou na terra seus vinte e três anos.
Hamlet	De quem era este?
Primeiro Coveiro	Do mais extravagante louco que já se viu. Quem pensais que ele fosse?
Hamlet	Não posso sabê-lo.
Primeiro Coveiro	Para o diabo com sua loucura! Certa vez, atirou-me à cabeça uma botija de vinho do Reno. Esse crânio aí, senhor, era o crânio de Yorick, o bobo do rei.
Hamlet	Este?
Primeiro Coveiro	Precisamente.
Hamlet	Deixe-me vê-lo. *(Toma o crânio)* Pobre Yorick! Conheci-o, Horácio; um sujeito de chistes inesgotáveis e de uma fantasia soberba. Carregou-me muitas vezes às costas. E, agora, como me atemoriza a imaginação! Sinto engulhos. Era aqui que se encontravam os lábios que eu beijei não sei quantas vezes. Onde estão agora os chistes, as cabriolas, as canções, os rasgos de alegria que faziam explodir a mesa em gargalhadas? Não sobrou uma, ao menos, para rir de tua própria careta? Tudo descarnado! Vai agora aos aposentos da senhora e dize-lhe que, embora se retoque com uma camada de um dedo de espessura, algum dia ficará deste jeito. Faze-a rir com semelhante pilhéria. Dize-me uma coisa, Horácio, por obséquio.

Horatio	What's that, my lord?
Hamlet	Dost thou think Alexander looked o' this fashion i' th'earth?
Horatio	E'en so.
Hamlet	And smelt so? Pah!

[Throws down the skull.]

Horatio	E'en so, my lord.
Hamlet	To what base uses we may return, Horatio! Why may not imagination trace the noble dust of Alexander till he find it stopping a bung-hole?
Horatio	'Twere to consider too curiously to consider so.
Hamlet	No, faith, not a jot. But to follow him thither with modesty enough, and likelihood to lead it; as thus. Alexander died, Alexander was buried, Alexander returneth into dust; the dust is earth; of earth we make loam; and why of that loam whereto he was converted might they not stop a beer-barrel? Imperious Caesar, dead and turn'd to clay, Might stop a hole to keep the wind away. O, that that earth which kept the world in awe Should patch a wall t'expel the winter's flaw. But soft! but soft! aside! Here comes the King.

Enter priests, &c, *in procession; the corpse of* Ophelia, Laertes *and* Mourners *following;* King, Queen, *their Trains, &c.*

The Queen, the courtiers. Who is that they follow? And with such maimed rites? This doth betoken The corse they follow did with desperate hand Fordo it own life. 'Twas of some estate. Couch we awhile and mark.

[Retiring with Horatio.*]*

Laertes	What ceremony else?
Hamlet	That is Laertes, a very noble youth. Mark.
Laertes	What ceremony else?
Priest	Her obsequies have been as far enlarg'd As we have warranties. Her death was doubtful; And but that great command o'ersways the order, She should in ground unsanctified have lodg'd Till the last trumpet. For charitable prayers, Shards, flints, and

Horácio Que é, príncipe?

Hamlet Acreditas que Alexandre, depois de enterrado, tivesse este mesmo aspecto?

Horácio Igual, igual, príncipe.

Hamlet E este cheiro? Ugh!

(Joga o crânio)

Horácio O mesmo, príncipe.

Hamlet A que usos ínfimos temos de prestar-nos, Horácio! Por que não acompanhar a imaginação as nobres cinzas de Alexandre, até encontrá-las servindo para tapar um barril?

Horácio É ir muito longe considerar as coisas por esse modo.

Hamlet De forma alguma. Acompanhemo-las com bastante modéstia, deixando-nos guiar apenas pela verossimilhança. Mais ou menos deste jeito: Alexandre morreu; Alexandre foi enterrado; Alexandre tornou-se pó. O pó é terra; da terra faz-se argila; por que, então, não se poderá tapar um barril de cerveja com a argila em que ele se converteu? O grande César morto e em pó tornado, pode a fenda vedar ao vento irado. O pó que o mundo inteiro trouxe atento, ora o muro protege contra o vento. Mas silêncio; cautela. Afastemo-nos. Aí vem o rei.

(Entram padres etc. em procissão. O corpo de Ofélia, Laertes, as carpideiras; o Rei, a Rainha, séquito etc.)

A Corte toda, a rainha! A quem sepultam com ritos incompletos? Isso indica que a pessoa a que trazem suicidou-se com mão desesperada. E era de estado. Vamo-nos ocultar para observá-los.

(Retira-se com Horácio)

Laertes Que cerimônia mais?

Hamlet Esse é Laertes, jovem da alta prosápia; observa-o bem.

Laertes Que cerimônia mais?

Primeiro Padre Quanto nos foi possível, prolongamos-lhe as obséquias. Sua morte foi suspeita e, a não ser a pressão sobre nossa ordem, seria sepultada em chão profano até ao clarim final. Em vez de pias orações, teríamos lhe jogado seixos, tições e

pebbles should be thrown on her. Yet here she is allowed her virgin rites, Her maiden strewments, and the bringing home Of bell and burial.

Laertes Must there no more be done?

Priest No more be done. We should profane the service of the dead To sing sage requiem and such rest to her As to peace-parted souls.

Laertes Lay her i' th'earth, And from her fair and unpolluted flesh May violets spring. I tell thee, churlish priest, A minist'ring angel shall my sister be When thou liest howling.

Hamlet What, the fair Ophelia?

Queen *[Scattering flowers.]* Sweets to the sweet. Farewell. I hop'd thou shouldst have been my Hamlet's wife; I thought thy bride-bed to have deck'd, sweet maid, And not have strew'd thy grave.

Laertes O, treble woe Fall ten times treble on that cursed head Whose wicked deed thy most ingenious sense Depriv'd thee of. Hold off the earth a while, Till I have caught her once more in mine arms. [*Leaps into the grave.*] Now pile your dust upon the quick and dead, Till of this flat a mountain you have made, To o'ertop old Pelion or the skyish head Of blue Olympus.

Hamlet *[Advancing.]* What is he whose grief Bears such an emphasis? whose phrase of sorrow Conjures the wand'ring stars, and makes them stand Like wonder-wounded hearers? This is I, Hamlet the Dane. *[Leaps into the grave.]*

Laertes *[Grappling with him.]* The devil take thy soul!

Hamlet Thou pray'st not well. I prithee take thy fingers from my throat; For though I am not splenative and rash, Yet have I in me something dangerous, Which let thy wiseness fear. Away thy hand!

King Pluck them asunder.

Queen Hamlet! Hamlet!

All Gentlemen!

Horatio Good my lord, be quiet.

[The Attendants *part them, and they come out of the grave.]*

Hamlet Why, I will fight with him upon this theme Until my eyelids will no longer wag.

Queen O my son, what theme?

	cardos. Em vez disso, consentimos nas flores sobre a tumba, a coroa de virgem e no dobre de finados durante o saimento.
Laertes	Não se fará mais nada?
Primeiro Padre	Nada mais; mancharíamos agora esse serviço se cantássemos réquiem, como em casos de morte em santa paz.
Laertes	Ponde-a na terra! Que de sua carne pura e não manchada nasçam violetas. Padre bronco, digo-te que minha irmã vai ser um anjo, enquanto tu ficarás a contorcer-te em urros.
Hamlet	Que ouço? A bela Ofélia?
Rainha	Para a fragrância, mais perfume. Adeus. Sempre esperei que viesses a casar-te com meu Hamlet; imaginara o leito de núpcias enfeitar-te, doce criança, jamais a sepultura.
Laertes	Maldição tríplice, triplicada mais dez vezes, caia sobre a cabeça amaldiçoada do infame causador de teu desvairo. Parai com a terra até que nestes braços a aperte novamente. *(Salta na cova)* Agora, ponde sobre o vivo e o cadáver vossa poeira até que o chão transformeis numa montanha que vença o velho Pélio ou a azul cabeça do celestial Olimpo.
Hamlet	Quem se queixa com ênfase tão grande e com palavras que detêm as estrelas em seu curso como ouvintes pasmados? Sou Hamlet, sim, o dinamarquês. *(Salta na cova)*
Laertes	*(Atraca-se com ele)* O diabo te leve a alma!
Hamlet	Não rezaste direito. Digo-te que me soltes a garganta, porque, embora eu não seja nem furioso nem frenético, posso conter algo de que deves recear-te. Tira as mãos!
Rei	Separem-nos!
Rainha	Hamlet! Hamlet!
Todos	Calma!
Horácio	Príncipe, por favor…

(Alguns dos presentes os apartam; saem da sepultura)

Hamlet	Por tal motivo lutarei com ele enquanto eu conseguir mover as pálpebras.
Rainha	Que motivo, meu filho?

Hamlet I lov'd Ophelia; forty thousand brothers Could not, with all their quantity of love, Make up my sum. What wilt thou do for her?

King O, he is mad, Laertes.

Queen For love of God forbear him!

Hamlet 'Swounds, show me what thou'lt do: Woul't weep? woul't fight? woul't fast? woul't tear thyself? Woul't drink up eisel? eat a crocodile? I'll do't. Dost thou come here to whine? To outface me with leaping in her grave? Be buried quick with her, and so will I. And if thou prate of mountains, let them throw Millions of acres on us, till our ground, Singeing his pate against the burning zone, Make Ossa like a wart. Nay, an thou'lt mouth, I'll rant as well as thou.

Queen This is mere madness: And thus awhile the fit will work on him; Anon, as patient as the female dove, When that her golden couplets are disclos'd, His silence will sit drooping.

Hamlet Hear you, sir; What is the reason that you use me thus? I lov'd you ever. But it is no matter. Let Hercules himself do what he may, The cat will mew, and dog will have his day.

[Exit.]

King I pray thee, good Horatio, wait upon him.

[Exit Horatio.]

[To Laertes] Strengthen your patience in our last night's speech; We'll put the matter to the present push.— Good Gertrude, set some watch over your son. This grave shall have a living monument. An hour of quiet shortly shall we see; Till then in patience our proceeding be.

[Exeunt.]

Hamlet Amava Ofélia; quarenta mil irmãos não poderiam, com todo o seu amor multiplicado, perfazer o total do que eu lhe tinha. Que farias por ela?

Rei Ó, Laertes! Ele está louco.

Rainha Evitai-o, por Deus.

Hamlet Com os diabos! Dize logo o que farias. Chorar? Brigar? Jejuar? Fazer-te em tiras? Beber vinagre e até engolir inteiro um crocodilo? Tudo isso eu posso. Que vieste aqui fazer? Gemer apenas? Desafiar-me na cova? Se desejas que te enterrem, também posso imitar-te. Se falas de montanhas, que despejem sobre nós milhões de acres, até que o solo vá queimar-se de encontro à zona ardente, deixando o Ossa tornar-se uma verruga. Como vês, eu também falo empolado.

Rainha É da loucura; o acesso dura pouco; mas logo, tão quietinho como a pomba, quando os gêmeos lhe nascem de cor de ouro, as asas o silêncio lhe adormece.

Hamlet Respondei-me, senhor: por que motivo me tratais desse modo? Amei-vos sempre. Mas isso pouco importa; deixai que Hércules faça como entender; o gato mia; o cachorro também terá seu dia.

(Sai)

Rei Meu caro Horácio, peço-te, acompanha-o.

(Sai Horácio)

(A Laertes) Fortifica a paciência no que à noite conversamos, que breve decidimos esse assunto. *(À rainha)* Boa Gertrudes, cuida de teu filho. *(À parte)* Esta cova há de ter movimento vivo. Uma hora de sossego ainda virá; com paciência esperemos até lá.

(Saem todos)

CENA II
SCENE II

SCENE II

A HALL IN THE CASTLE.

Enter Hamlet *and* Horatio.

Hamlet So much for this, sir. Now let me see the other; You do remember all the circumstance?

Horatio Remember it, my lord!

Hamlet Sir, in my heart there was a kind of fighting That would not let me sleep. Methought I lay Worse than the mutinies in the bilboes. Rashly, And prais'd be rashness for it,—let us know, Our indiscretion sometime serves us well, When our deep plots do pall; and that should teach us There's a divinity that shapes our ends, Rough-hew them how we will.

Horatio That is most certain.

Hamlet Up from my cabin, My sea-gown scarf'd about me, in the dark Grop'd I to find out them; had my desire, Finger'd their packet, and in fine, withdrew To mine own room again, making so bold, My fears forgetting manners, to unseal Their grand commission; where I found, Horatio, Oh royal knavery! an exact command, Larded with many several sorts of reasons, Importing Denmark's health, and England's too, With ho! such bugs and goblins in my life, That on the supervise, no leisure bated, No, not to stay the grinding of the axe, My head should be struck off.

Horatio Is't possible?

Hamlet Here's the commission, read it at more leisure. But wilt thou hear me how I did proceed?

Horatio I beseech you.

Hamlet Being thus benetted round with villanies,— Or I could make a prologue to my brains, They had begun the play,—I sat me down, Devis'd a new commission, wrote it fair: I once did hold it, as our statists do, A baseness to write fair, and labour'd much How to forget that learning; but, sir, now It did me yeoman's service. Wilt thou know The effect of what I wrote?

Horatio Ay, good my lord.

CENA II

UMA SALA NO CASTELO.

(Entram Hamlet e Horácio)

Hamlet Sobre esse assunto, é quanto basta; agora cuidemos do outro. Lembras-te de todas as particularidades?

Horácio Se me lembro!

Hamlet Uma luta travou-se-me no peito, que o sono me tirou; sofria como revoltosos em ferro. De repente – Viva a temeridade! –, é muito certo que a indiscrição por vezes nos ampara quando a trama periga. Isso nos mostra que um deus aperfeiçoa nossos planos, ainda que mal traçados.

Horácio É bem certo.

Hamlet Saí do camarote envolto às pressas no meu roupão de viagem para achá-los na escuridão. Consigo o intento, lanço mão do pacote e me retiro para o meu quarto novamente. Com audácia, que o medo vence o brio, os selos quebro da grande comissão, achando, Horácio – ah, banditismo real! –, uma ordem clara, com vários argumentos relativos ao bem da Dinamarca e da Inglaterra e não sei mais que duendes e fantasmas, no caso de com vida me deixarem, para que na mesma hora, sem delongas, nem sequer a de afiar a machadinha, me degolassem.

Horácio Quê! É então possível?

Hamlet Aqui tens o mandato. Podes lê-lo com vagar, mas não queres que te conte como me decidi?

Horácio Com todo o gosto.

Hamlet Cercado assim por tantas vilanias, mesmo antes de eu poder dizer o prólogo, representava o cérebro. Sentei-me e escrevi com capricho nova carta. Já pensei, como os nossos estadistas, que é feio escrever bem, tendo insistido, até, em desaprendê-lo; mas nessa hora muito bom me foi isso. Quererias saber qual o conteúdo da mensagem?

Horácio Com todo o gosto, príncipe.

Hamlet	An earnest conjuration from the King, As England was his faithful tributary, As love between them like the palm might flourish, As peace should still her wheaten garland wear And stand a comma 'tween their amities, And many such-like 'as'es of great charge, That on the view and know of these contents, Without debatement further, more or less, He should the bearers put to sudden death, Not shriving-time allow'd.
Horatio	How was this seal'd?
Hamlet	Why, even in that was heaven ordinant. I had my father's signet in my purse, Which was the model of that Danish seal: Folded the writ up in the form of the other, Subscrib'd it: gave't th'impression; plac'd it safely, The changeling never known. Now, the next day Was our sea-fight, and what to this was sequent Thou know'st already.
Horatio	So Guildenstern and Rosencrantz go to't.
Hamlet	Why, man, they did make love to this employment. They are not near my conscience; their defeat Does by their own insinuation grow. 'Tis dangerous when the baser nature comes Between the pass and fell incensed points Of mighty opposites.
Horatio	Why, what a king is this!
Hamlet	Does it not, thinks't thee, stand me now upon,— He that hath kill'd my king, and whor'd my mother, Popp'd in between th'election and my hopes, Thrown out his angle for my proper life, And with such cozenage—is't not perfect conscience To quit him with this arm? And is't not to be damn'd To let this canker of our nature come In further evil?
Horatio	It must be shortly known to him from England What is the issue of the business there.
Hamlet	It will be short. The interim is mine; And a man's life's no more than to say 'One'. But I am very sorry, good Horatio, That to Laertes I forgot myself; For by the image of my cause I see The portraiture of his. I'll court his favours. But sure the bravery of his grief did put me Into a tow'ring passion.
Horatio	Peace, who comes here?

Enter Osric.

Hamlet	Rogo instante do rei, considerando que a Inglaterra era fiel subordinada, que o amor entre os dois povos deveria florescer como a palma, que a concórdia a grinalda de trigo apresentava como traço de união entre as coroas, e outros considerandos de igual porte, para que, conhecido o teor da carta, fossem mortos depressa os portadores, sem delongas, e até sem dar-lhes tempo de confessar as culpas.
Horácio	Bem; e o selo?
Hamlet	Nisto o céu me ajudou. Tinha na bolsa o sinete que fora de meu pai e que serviu de norma para o selo da Dinamarca. Após dobrada a carta, subscritada e impresso nela o timbre, pula no lugar da outra, sem vestígio deixar da troca. Deu-se no outro dia o combate. Já sabes tudo o mais.
Horácio	Desta arte, Rosencrantz e Guildenstern seguiram seu caminho.
Hamlet	Ora, homem; foram eles que namoraram esse emprego. Remorso algum me vem por ter feito isso. Caem por terem sido intrometidos. É perigoso, para a gente baixa, ficar entre os floretes inflamados de dois opositores poderosos.
Horácio	E dizer-se que é rei!
Hamlet	Não achas que fiz bem? Ele privou-me do meu pai, prostituiu-me a mãe, meteu-se entre a escolha do povo e meus anelos, jogou o laço, visando até me matar, e com tanta perfídia… Em sã consciência, não cabe a este meu braço dar-lhe o troco? Não é crime deixar um verme desses corroer-me por mais tempo a própria carne?
Horácio	Dentro de pouco tempo, hão de chegar-lhe notícias da Inglaterra sobre o caso.
Hamlet	Até lá o tempo é meu. A vida humana não dura mais do que a contagem de um. Mas, meu bondoso Horácio, fico triste por me haver esquecido de mim mesmo frente a Laertes; vejo em minha causa representada a sua. Estimo-o muito; mas, realmente, as bravatas nos lamentos deixaram-me furioso.
Horácio	Basta. Vede quem vem chegando.

(Entra Osrico)

Osric	Your lordship is right welcome back to Denmark.
Hamlet	I humbly thank you, sir. Dost know this waterfly?
Horatio	No, my good lord.
Hamlet	Thy state is the more gracious; for 'tis a vice to know him. He hath much land, and fertile; let a beast be lord of beasts, and his crib shall stand at the king's mess; 'tis a chough; but, as I say, spacious in the possession of dirt.
Osric	Sweet lord, if your lordship were at leisure, I should impart a thing to you from his Majesty.
Hamlet	I will receive it with all diligence of spirit. Put your bonnet to his right use; 'tis for the head.
Osric	I thank your lordship, 'tis very hot.
Hamlet	No, believe me, 'tis very cold, the wind is northerly.
Osric	It is indifferent cold, my lord, indeed.
Hamlet	Methinks it is very sultry and hot for my complexion.
Osric	Exceedingly, my lord; it is very sultry,—as 'twere—I cannot tell how. But, my lord, his Majesty bade me signify to you that he has laid a great wager on your head. Sir, this is the matter,—
Hamlet	I beseech you, remember,—

[Hamlet *moves him to put on his hat.]*

Osric	Nay, in good faith; for mine ease, in good faith. Sir, here is newly come to court Laertes; believe me, an absolute gentleman, full of most excellent differences, of very soft society and great showing. Indeed, to speak feelingly of him, he is the card or calendar of gentry; for you shall find in him the continent of what part a gentleman would see.
Hamlet	Sir, his definement suffers no perdition in you, though I know, to divide him inventorially would dizzy th'arithmetic of memory, and yet but yaw neither, in respect of his quick sail. But, in the verity of extolment, I take him to be a soul of great article and his infusion of such dearth and

Osrico Vossa Alteza é muito bem-vindo à Dinamarca.

Hamlet Humildemente vos agradeço, meu senhor. *(À parte, a Horácio)* Conheces esse mosquito?

Horácio *(À parte, a Hamlet)* Não, caro príncipe.

Hamlet Tanto melhor para a tua salvação, porque é vício conhecê-lo. Possui muitas terras e todas férteis. Se fosse animal o rei dos animais, a manjedoura deste ficaria sempre ao lado da mesa do rei. É um bisbórria, mas, como disse, dono de grandes extensões de lama.

Osrico Meu doce senhor, se Vossa Alteza dispuser de tempo, farei uma comunicação da parte de Sua Majestade.

Hamlet Recebê-la-ei com a máxima atenção. Usai vosso chapéu de acordo com a sua finalidade; foi feito para a cabeça.

Osrico Agradeço a Vossa Senhoria; mas faz muito calor.

Hamlet Ao contrário, podeis crer-me; faz muito frio; é vento do norte.

Osrico Realmente, príncipe, está fazendo bastante frio.

Hamlet Conquanto me pareça que o tempo está abafado e quente para a minha compleição.

Osrico Sim, não há dúvida, algo abafado, de certo modo... Não sei como me exprima. Mas, senhor, Sua Majestade me incumbiu de comunicar-vos que apostou uma grande quantia sobre vossa pessoa. O caso é o seguinte...

Hamlet Peço-vos, não vos esqueçais...

(Concitando a cobrir-se)

Osrico Deixai, meu caso senhor; estou à vontade. Mas, senhor, Laertes chegou à Corte há pouco tempo; um cavalheiro, podeis crer-me, na acepção lata do termo, com excelentes qualidades, boa presença e conversação agradável. De fato, para falar dele com toda a propriedade, é a carta ou o almanaque da cortesania por encontrar-se nele a súmula de todos os dotes que pode um gentil homem ambicionar.

Hamlet O seu elogio nada perdeu em vossa boca, conquanto eu saiba que, se fôssemos fazer um inventário de suas qualidades, padeceria a aritmética da memória sem que na rota em que ele vai se observasse a menor guinada. Para exaltá-lo com toda sinceridade, considero-o um espírito muito aberto, com dotes tão preciosos e raros que, para tudo dizer em uma

	rareness as, to make true diction of him, his semblable is his mirror and who else would trace him his umbrage, nothing more.
Osric	Your lordship speaks most infallibly of him.
Hamlet	The concernancy, sir? Why do we wrap the gentleman in our more rawer breath?
Osric	Sir?
Horatio	Is't not possible to understand in another tongue? You will do't, sir, really.
Hamlet	What imports the nomination of this gentleman?
Osric	Of Laertes?
Horatio	His purse is empty already, all's golden words are spent.
Hamlet	Of him, sir.
Osric	I know you are not ignorant,—
Hamlet	I would you did, sir; yet in faith if you did, it would not much approve me. Well, sir?
Osric	You are not ignorant of what excellence Laertes is,—
Hamlet	I dare not confess that, lest I should compare with him in excellence; but to know a man well were to know himself.
Osric	I mean, sir, for his weapon; but in the imputation laid on him, by them in his meed he's unfellowed.
Hamlet	What's his weapon?
Osric	Rapier and dagger.
Hamlet	That's two of his weapons. But well.
Osric	The King, sir, hath wager'd with him six Barbary horses, against the which he has imponed, as I take it, six French rapiers and poniards, with their assigns, as girdle, hangers, and so. Three of the carriages, in faith, are very dear to fancy, very responsive to the hilts, most delicate carriages, and of very liberal conceit.
Hamlet	What call you the carriages?
Horatio	I knew you must be edified by the margin ere you had done.
Osric	The carriages, sir, are the hangers.
Hamlet	The phrase would be more german to the matter if we could carry cannon by our sides. I would it might be hangers till then. But on. Six Barbary horses against six French swords, their assigns, and three liberal conceited carriages: that's the

só palavra, igual a ele só poderá encontrar em seu próprio espelho. Qualquer outra tentativa para retratá-lo redundaria em sua simples sombra.

Osrico Vossa Alteza fala com convicção.

Hamlet A que respeito, senhor? Mas, afinal, por que motivo estamos a envolver esse cavalheiro em nosso grosseiro fôlego?

Osrico Senhor?

Horácio Não seria possível fazerem-se ambos compreender em outra língua? Decerto o podem.

Hamlet A que vem agora o nome desse cavalheiro?

Osrico De Laertes?

Horácio Esvaziou-se-lhe a bolsa; estão gastas todas as palavras de ouro.

Hamlet Dele mesmo, senhor.

Osrico Sei que não ignorais…

Hamlet Folgo com isso, conquanto não me recomende muito o fato de o saberdes. Prosseguí, senhor.

Osrico … não ignorais a que ponto Laertes prima…

Hamlet Não me atrevo a dizer que sim, com medo de comparar-me ao seu merecimento; conhecermos bem uma pessoa é conhecermos a nós mesmos.

Osrico Refiro-me à sua habilidade de manejar arma; o conceito de que desfruta nesse terreno não lhe permite competidor.

Hamlet E qual é a sua arma?

Osrico Florete e adaga.

Hamlet Seriam, então, duas. Mas prossiga.

Osrico O rei, senhor, empenhou seis cavalos berberes, contra os quais, diz-se, Laertes joga seis espadas francesas com todas as suas pertenças: cinturões, talabartes e o resto. Três desses trens são realmente soberbos, bem-adaptados aos punhos, trabalhados com esmero e de invenção admirável.

Hamlet A que dais o nome de trem?

Horácio Já sabia que haveríeis de recorrer à nota marginal antes de chegar ele ao fim.

Osrico Trens, meu senhor, são os sustentáculos.

Hamlet A expressão assentaria se usássemos canhões à cinta. Até lá, fiquemos com sustentáculos. Mas prosseguí: seis cavalos berberes contra seis espadas com todos os seus acessórios e mais três desses trens de elevada invenção: uma aposta da França

French bet against the Danish. Why is this all imponed, as you call it?

Osric — The King, sir, hath laid that in a dozen passes between you and him, he shall not exceed you three hits. He hath laid on twelve for nine. And it would come to immediate trial if your lordship would vouchsafe the answer.

Hamlet — How if I answer no?

Osric — I mean, my lord, the opposition of your person in trial.

Hamlet — Sir, I will walk here in the hall. If it please his Majesty, it is the breathing time of day with me. Let the foils be brought, the gentleman willing, and the King hold his purpose, I will win for him if I can; if not, I will gain nothing but my shame and the odd hits.

Osric — Shall I re-deliver you e'en so?

Hamlet — To this effect, sir; after what flourish your nature will.

Osric — I commend my duty to your lordship.

Hamlet — Yours, yours.

[Exit Osric.]

He does well to commend it himself, there are no tongues else for's turn.

Horatio — This lapwing runs away with the shell on his head.

Hamlet — He did comply with his dug before he suck'd it. Thus has he,—and many more of the same bevy that I know the drossy age dotes on,— only got the tune of the time and outward habit of encounter; a kind of yeasty collection, which carries them through and through the most fanned and winnowed opinions; and do but blow them to their trial, the bubbles are out.

Enter a Lord.

Lord — My lord, his Majesty commended him to you by young Osric, who brings back to him that you attend him in the hall. He sends to know if your pleasure hold to play with Laertes or that you will take longer time.

contra a Dinamarca. Mas por que motivo, para usar de vossa expressão, empenharam tudo isso?

Osrico O rei, senhor, apostou que, em doze botes entre Laertes e Vossa Alteza, aquele não levará mais do que três de vantagem; Laertes aposta que vos tocará nove vezes em doze, o que poderá ser posto imediatamente à prova, se Vossa Alteza se dignar de responder-lhes.

Hamlet E se eu me decidir pela negativa?

Osrico Quero dizer, príncipe, no caso de quererdes expor vossa pessoa.

Hamlet Senhor, vou pôr-me a passear nesta sala; se for do agrado de Sua Majestade, estarei na hora de tomar um pouco de ar fresco. Tragam os floretes, uma vez que o cavalheiro consinta; se o rei persiste em seu intento, ganharei para ele o que puder; em caso contrário, lucrarei apenas a vergonha e os golpes sobressalentes.

Osrico Posso transmitir vossa resposta nesses termos?

Hamlet O sentido é esse, senhor, ficando-vos facultado florear de acordo com vossa capacidade.

Osrico Minha gratidão se recomenda a Vossa Alteza.

Hamlet A minha, a minha.

(Sai Osrico)

Fez ele muito bem em recomendar-se, que não há línguas que pudessem fazê-lo.

Horácio Esse abibe fugiu do ninho com a casca do ovo na cabeça.

Hamlet Para mamar, ele fazia mesuras aos peitos da ama; como os muitos do mesmo rebanho, que constituem o encanto de nossa época superficial, adquiriu apenas o tom da moda e o verniz da sociedade, que, como espuma fina, o fazem passar através das opiniões mais joeiradas e batidas. Mas bastará soprar para que as bolhas se desfaçam.

(Entra um nobre)

Nobre Alteza, Sua Majestade se recomendou a vós pelo moço Osrico, que de vossa parte lhe disse que o aguardaríeis na sala. Agora me manda saber se é de vosso agrado medir-vos logo com Laertes ou se preferes adiar a partida.

Hamlet	I am constant to my purposes, they follow the King's pleasure. If his fitness speaks, mine is ready. Now or whensoever, provided I be so able as now.
Lord	The King and Queen and all are coming down.
Hamlet	In happy time.
Lord	The Queen desires you to use some gentle entertainment to Laertes before you fall to play.
Hamlet	She well instructs me.

[Exit Lord.]

Horatio	You will lose this wager, my lord.
Hamlet	I do not think so. Since he went into France, I have been in continual practice. I shall win at the odds. But thou wouldst not think how ill all's here about my heart: but it is no matter.
Horatio	Nay, good my lord.
Hamlet	It is but foolery; but it is such a kind of gain-giving as would perhaps trouble a woman.
Horatio	If your mind dislike anything, obey it. I will forestall their repair hither, and say you are not fit.
Hamlet	Not a whit, we defy augury. There's a special providence in the fall of a sparrow. If it be now, 'tis not to come; if it be not to come, it will be now; if it be not now, yet it will come. The readiness is all. Since no man has aught of what he leaves, what is't to leave betimes?

Enter King, Queen, Laertes, Lords, Osric *and* Attendants *with foils &c.*

King	Come, Hamlet, come, and take this hand from me.

[The King puts Laertes's *hand into* Hamlet's.*]*

Hamlet	Give me your pardon, sir. I have done you wrong; But pardon't as you are a gentleman. This presence knows, and you must needs have heard, How I am punish'd with sore distraction. What I have done That might your nature, honour, and exception Roughly awake, I here proclaim was madness. Was't Hamlet wrong'd Laertes? Never Hamlet. If Hamlet from himself be ta'en away, And when he's

Hamlet	Sou constante em meus intentos; meus intentos seguem o prazer do rei. Se falar a sua conveniência, a minha nada terá a objetar: agora, ou em qualquer tempo, uma vez que me encontre tão forte como agora.
Nobre	O rei, a rainha e toda a Corte se encaminham para cá.
Hamlet	Em boa hora.
Nobre	É desejo da rainha que Vossa Alteza dirija palavras de cortesia a Laertes antes de iniciardes a partida.
Hamlet	É razoável o que aconselha.

(Sai o nobre)

Horácio	Ides perder essa partida, príncipe.
Hamlet	Não creio; desde que ele foi para a França, não deixei de praticar esgrima; vou ganhar dentro da margem que me concede. Mas não fazes ideia de como sinto apertar-se-me o coração. Não importa…
Horácio	Se assim é, príncipe…
Hamlet	Tolice… Um pressentimento apenas, mas que bastaria para preocupar uma mulher.
Horácio	Se vosso espírito revela qualquer repugnância, convém obedecer-lhe, irei ao encontro deles para dizer-lhes que vos achais indisposto.
Hamlet	De forma alguma; desafio os presságios. Há uma especial Providência na queda de um pardal. Se tem de ser já, não será depois; se não for depois, é que vai ser agora; se não for agora, é que poderá ser mais tarde. O principal é estarmos preparados, uma vez que ninguém sabe o que deixa, que importa que seja logo? Que seja!

(Entram o Rei, a Rainha, Laertes, nobres, Osrico e ajudantes, com floretes etc.)

Rei	Recebe, Hamlet, a mão que te apresento.

(O rei coloca a mão de Laertes sobre a de Hamlet)

Hamlet	Perdoai, senhor; causei-vos grande ofensa. Sabem-no os circunstantes, e decerto já ouvistes comentar, que estou sofrendo de atroz melancolia. Tudo o que fiz, que a vossa natureza porventura ofendesse, e a honra e o caráter, proclamo-o: foi loucura. Foi Hamlet que a Laertes magoou? Jamais. Se Hamlet de si mesmo se abstrai e, sem ser ele, causa a

	not himself does wrong Laertes, Then Hamlet does it not, Hamlet denies it. Who does it, then? His madness. If't be so, Hamlet is of the faction that is wrong'd; His madness is poor Hamlet's enemy. Sir, in this audience, Let my disclaiming from a purpos'd evil Free me so far in your most generous thoughts That I have shot my arrow o'er the house And hurt my brother.
Laertes	I am satisfied in nature, Whose motive in this case should stir me most To my revenge. But in my terms of honour I stand aloof, and will no reconcilement Till by some elder masters of known honour I have a voice and precedent of peace To keep my name ungor'd. But till that time I do receive your offer'd love like love, And will not wrong it.
Hamlet	I embrace it freely, And will this brother's wager frankly play.— Give us the foils; come on.
Laertes	Come, one for me.
Hamlet	I'll be your foil, Laertes; in mine ignorance Your skill shall like a star i' th' darkest night, Stick fiery off indeed.
Laertes	You mock me, sir.
Hamlet	No, by this hand.
King	Give them the foils, young Osric. Cousin Hamlet, You know the wager?
Hamlet	Very well, my lord. Your Grace has laid the odds o' the weaker side.
King	I do not fear it. I have seen you both; But since he is better'd, we have therefore odds.
Laertes	This is too heavy. Let me see another.
Hamlet	This likes me well. These foils have all a length?

[They prepare to play.]

Osric	Ay, my good lord.
King	Set me the stoups of wine upon that table. If Hamlet give the first or second hit, Or quit in answer of the third exchange, Let all the battlements their ordnance fire; The King shall drink to Hamlet's better breath, And in the cup an union shall he throw Richer than that which four successive kings In Denmark's crown have worn. Give me the cups; And let the kettle to the

Laertes uma ofensa, Hamlet não foi o causador, pode afirmá-lo. Quem foi, então? Sua loucura. Logo, Hamlet está do lado do ofendido; seu maior inimigo é a própria doença. Deixai, senhor, que, em face dos presentes, o franco renegar de maus intentos me absolva ante vossa alma generosa. É como se uma flecha eu disparasse por sobre a casa e o irmão, sem ver, ferisse.

Laertes Declaro satisfeita a natureza que razões encontrava de à vingança concitar-me. No campo estrito da honra, contudo, impugnarei qualquer proposta de reconciliação, até que mestres idosos, de lealdade comprovada, firmados na experiência, me declarem limpo o meu nome. Antes, porém, que chegue essa hora, aceitarei vossa amizade, qual é, sem a magoar.

Hamlet Isso me alegra. Encetarei lealmente esta compita fraternal. Os floretes!

Laertes Vamos; quero um, também.

Hamlet Vou servir de fundo para vosso brilho, Laertes. Minha inépcia fará luzir vossa arte, como a noite a uma estrela fulgente.

Laertes Estais zombando.

Hamlet Por estas mãos o juro.

Rei Jovem Osrico, entrega-lhes as armas. Conheces, primo Hamlet, as condições?

Hamlet Conheço-as. Vossa graça dá vantagens para o mais fraco.

Rei Não receio nada; já os vi lutar; mas, se ele fez progressos, que seja para nós a diferença.

Laertes Este é muito pesado; mostrai-me outro.

Hamlet Este é bom; todos são de igual tamanho?

(Colocam-se)

Osrico Todos, meu bom senhor.

Rei Ponde as jarras de vinho sobre a mesa. Se Hamlet da primeira ou da segunda vez o tocar, ou se aparar o golpe na terceira investida, que abram fogo todas as baterias. O rei bebe à saúde de Hamlet, pondo dentro de sua taça uma pérola mais rica do que as que em seus diademas ostentaram os quatro últimos reis da Dinamarca. Tragam taças. Transmitam os timbales a notícia às

trumpet speak, The trumpet to the cannoneer without, The cannons to the heavens, the heavens to earth, 'Now the King drinks to Hamlet.' Come, begin. And you, the judges, bear a wary eye.

Hamlet Come on, sir.

Laertes Come, my lord.

Hamlet One.

Laertes No.

Hamlet Judgement.

Osric A hit, a very palpable hit.

Laertes Well; again.

King Stay, give me drink. Hamlet, this pearl is thine; Here's to thy health. Give him the cup.

[Trumpets sound, and cannon shot off within.]

Hamlet I'll play this bout first; set it by awhile. *[They play.]* Come. Another hit; what say you?

Laertes A touch, a touch, I do confess.

King Our son shall win.

Queen He's fat, and scant of breath. Here, Hamlet, take my napkin, rub thy brows. The Queen carouses to thy fortune, Hamlet.

Hamlet Good madam.

King Gertrude, do not drink.

Queen I will, my lord; I pray you pardon me.

King *[Aside.]* It is the poison'd cup; it is too late.

Hamlet I dare not drink yet, madam. By and by.

Queen Come, let me wipe thy face.

Laertes My lord, I'll hit him now.

King I do not think't.

Laertes *[Aside.]* And yet 'tis almost 'gainst my conscience.

Hamlet Come for the third, Laertes. You do but dally. I pray you pass with your best violence. I am afeard you make a wanton of me.

Laertes Say you so? Come on. *[They play.]*

Osric Nothing neither way.

Laertes Have at you now.

*[*Laertes *wounds* Hamlet*; then, in scuffling, they change rapiers, and* Hamlet *wounds* Laertes*.]*

King Part them; they are incens'd.

	trombetas, estas logo aos canhoneiros fora o sinal levem, os canhões para o céu, o céu à terra: à saúde de Hamlet que o rei bebe! Vamos logo! E vós, juízes, olho atento!
Hamlet	Vamos.
Laertes	Em guarda, príncipe.
Hamlet	Uma.
Laertes	Não.
Hamlet	O juiz que o decida.
Osrico	Tocado, não há dúvida.
Laertes	De novo.
Rei	Descansem; tragam vinho. Hamlet, a pérola é em teu louvor. Saúde! Deem-lhe a taça.

(Soam trombetas; disparos de canhões no fundo)

Hamlet	Depois; primeiro novo assalto. Vamos. *(Lutam)* Novamente tocado; que dizeis?
Laertes	Fui tocado, confesso-o.
Rei	Nosso filho vai ganhar.
Rainha	Está suando e perde o fôlego. Toma o meu lenço, Hamlet; limpa a fronte. A rainha ora bebe ao teu bom êxito.
Hamlet	Nobre senhora!
Rei	Não! Não bebas, Gertrudes.
Rainha	Consenti, caro esposo; é meu desejo.
Rei	*(À parte)* A taça envenenada; é muito tarde.
Hamlet	Não quero ainda, senhora; mais um pouco.
Rainha	Vem até aqui, para enxugar-te o rosto.
Laertes	Pretendo desta vez, senhor, tocá-lo.
Rei	Não creio.
Laertes	*(À parte)* Contudo, é quase contra minha própria consciência.
Hamlet	Vinde, Laertes, para o terceiro assalto. Estais brincando. Peço-vos que empregueis toda a perícia. Temo que me trateis como a uma criança.
Laertes	É assim? Pois bem. *(Lutam)*
Osrico	De parte a parte, nada.
Laertes	Tomai cuidado agora.

(Laertes fere Hamlet; depois, no afogo da luta, trocam as armas, e Hamlet fere Laertes)

Rei	Separem-nos! Excedem-se!

Hamlet	Nay, come again!
	[The Queen falls.]
Osric	Look to the Queen there, ho!
Horatio	They bleed on both sides. How is it, my lord?
Osric	How is't, Laertes?
Laertes	Why, as a woodcock to my own springe, Osric. I am justly kill'd with mine own treachery.
Hamlet	How does the Queen?
King	She swoons to see them bleed.
Queen	No, no, the drink, the drink! O my dear Hamlet! The drink, the drink! I am poison'd. *[Dies.]*
Hamlet	O villany! Ho! Let the door be lock'd: Treachery! Seek it out.
	[Laertes falls.]
Laertes	It is here, Hamlet. Hamlet, thou art slain. No medicine in the world can do thee good. In thee there is not half an hour of life; The treacherous instrument is in thy hand, Unbated and envenom'd. The foul practice Hath turn'd itself on me. Lo, here I lie, Never to rise again. Thy mother's poison'd. I can no more. The King, the King's to blame.
Hamlet	The point envenom'd too! Then, venom, to thy work.
	[Stabs the King.]
All	Treason! treason!
King	O yet defend me, friends. I am but hurt.
Hamlet	Here, thou incestuous, murderous, damned Dane, Drink off this potion. Is thy union here? Follow my mother.
	[King dies.]
Laertes	He is justly serv'd. It is a poison temper'd by himself. Exchange forgiveness with me, noble Hamlet. Mine and my father's death come not upon thee, Nor thine on me. *[Dies.]*

Hamlet	Não! Não! Em guarda!

(A Rainha cai)

Osrico	Ah! A rainha! Vede-a!
Horácio	Ambos se acham feridos. Como estais, príncipe?
Osrico	Como estais vós, Laertes?
Laertes	Como um galo silvestre, Osrico, preso no seu laço; fui vítima de minha felonia.
Hamlet	Que é que houve com a rainha?
Rei	Desmaiou por ter visto sangue em ambos.
Rainha	Não é isso… a bebida… ah, caro Hamlet! A bebida… a bebida… envenenada… *(Morre)*
Hamlet	Ah! Vilania! Fechem bem as portas! Traição! Ah! Procuremos os culpados!

(Laertes cai)

Laertes	Aqui, Hamlet, aqui! Estás perdido; nada no mundo existe que te salve; não tens nem meia hora mais de vida. O instrumento fatal se acha em tuas mãos, sem guarda e envenenado. Minha astúcia se virou contra mim. Jazo por terra para sempre. Tua mãe está envenenada. Não posso mais… O rei… é ele o culpado.
Hamlet	A ponta envenenada? Então, veneno, prossegue em teu trabalho.

(Fere o rei)

Todos	Traição! Traição!
Rei	Amigos, defendei-me! Estou apenas ferido.
Hamlet	Incestuoso assassino, dinamarquês maldito! Bebe, bebe tua parte, também. Contém tua pérola? Vai, vai com minha mãe.

(O Rei morre)

Laertes	É justo! É justo! O veneno, ele mesmo o preparara. Perdoemo-nos, agora, nobre Hamlet. Que minha morte e a de meu pai não caiam sobre ti, nem a tua sobre mim. *(Morre)*

Hamlet	Heaven make thee free of it! I follow thee. I am dead, Horatio. Wretched Queen, adieu. You that look pale and tremble at this chance, That are but mutes or audience to this act, Had I but time,—as this fell sergeant, death, Is strict in his arrest,—O, I could tell you,— But let it be. Horatio, I am dead, Thou liv'st; report me and my cause aright To the unsatisfied.
Horatio	Never believe it. I am more an antique Roman than a Dane. Here's yet some liquor left.
Hamlet	As th'art a man, Give me the cup. Let go; by Heaven, I'll have't. O good Horatio, what a wounded name, Things standing thus unknown, shall live behind me. If thou didst ever hold me in thy heart, Absent thee from felicity awhile, And in this harsh world draw thy breath in pain, To tell my story.

[March afar off, and shot within.]

	What warlike noise is this?
Osric	Young Fortinbras, with conquest come from Poland, To the ambassadors of England gives This warlike volley.
Hamlet	O, I die, Horatio. The potent poison quite o'er-crows my spirit: I cannot live to hear the news from England, But I do prophesy th'election lights On *Fortinbras* He has my dying voice. So tell him, with the occurrents more and less, Which have solicited. The rest is silence. *[Dies.]*
Horatio	Now cracks a noble heart. Good night, sweet prince, And flights of angels sing thee to thy rest. Why does the drum come hither?

[March within.]

Enter Fortinbras, the English Ambassadors *and others.*

Fortinbras	Where is this sight?
Horatio	What is it you would see? If aught of woe or wonder, cease your search.
Fortinbras	This quarry cries on havoc. O proud death, What feast is toward in thine eternal cell, That thou so many princes at a shot So bloodily hast struck?

Hamlet	O céu te absolva; sigo-te. Estou morto, Horácio. Infeliz mãe, adeus, adeus. Vós que empalideceis a esta catástrofe, que não passais de mudos assistentes desta cena… Se o tempo me sobrasse – que a morte, o beleguim que não conhece contemplações, é sempre rigorosa. Se pudesse contar-vos! Que importa? Horácio, eu morro, mas tu vives; perante os descontentes, justifica-me e à minha causa.
Horácio	Não; não penseis nisso; sou mais romano antigo do que mesmo dinamarquês. Na taça ainda há veneno.
Hamlet	Como o homem que és, entrega-me essa taça. Entregue-me, por Deus! Larga-a! Desejo-a! Ó, Deus! Que nome eu deixo, Horácio, caso continuem confusas essas coisas? Se algum dia em teu peito me abrigaste, priva-te por um tempo da ventura e respira cansado mais um pouco neste mundo tão duro, para a todos contares minha história.

(Marcha ao longe; tiros de canhão por trás da cena)

	Que barulho marcial se está ouvindo?
Osrico	É o jovem Fortimbrás que da Polônia retorna vitorioso e os emissários da Inglaterra saúda desse modo.
Hamlet	Morro, Horácio; o veneno me domina já quase todo o espírito; não posso viver para saber o que nos chega da Inglaterra. Contudo, profetizo que há de ser escolhido Fortimbrás. Meu voto moribundo é também dele. Dize-lhe isso e conta-lhe mais ou menos quanto ora aconteceu… O resto é silêncio. *(Morre)*
Horácio	Um nobre coração que assim se parte. Boa noite, meu bom príncipe. Que os anjos com seu canto ao repouso te acompanhem. E esse tambor agora?

(Marcha ao longe)
(Entram Fortimbrás, os embaixadores da Inglaterra e outros)

Fortimbrás	Onde é esta cena?
Horácio	Que espécie procurais? Se de infortúnio, ou de assombro, parai com vossas buscas.
Fortimbrás	Destroço é o que se vê. Ó, feroz morte! Que festim se processa em tua cela, para que de um só golpe tantos príncipes banhes em sangue?

First Ambassador	The sight is dismal; And our affairs from England come too late. The ears are senseless that should give us hearing, To tell him his commandment is fulfill'd, That Rosencrantz and Guildenstern are dead. Where should we have our thanks?
Horatio	Not from his mouth, Had it th'ability of life to thank you. He never gave commandment for their death. But since, so jump upon this bloody question, You from the Polack wars, and you from England Are here arriv'd, give order that these bodies High on a stage be placed to the view, And let me speak to th' yet unknowing world How these things came about. So shall you hear Of carnal, bloody and unnatural acts, Of accidental judgements, casual slaughters, Of deaths put on by cunning and forc'd cause, And, in this upshot, purposes mistook Fall'n on the inventors' heads. All this can I Truly deliver.
Fortinbras	Let us haste to hear it, And call the noblest to the audience. For me, with sorrow I embrace my fortune. I have some rights of memory in this kingdom, Which now to claim my vantage doth invite me.
Horatio	Of that I shall have also cause to speak, And from his mouth whose voice will draw on more. But let this same be presently perform'd, Even while men's minds are wild, lest more mischance On plots and errors happen.
Fortinbras	Let four captains Bear Hamlet like a soldier to the stage, For he was likely, had he been put on, To have prov'd most royally; and for his passage, The soldiers' music and the rites of war Speak loudly for him. Take up the bodies. Such a sight as this Becomes the field, but here shows much amiss. Go, bid the soldiers shoot.

[A dead march.]

[Exeunt, bearing off the bodies, after which a peal of ordnance is shot off.]

Primeiro Embaixador A vista é pavorosa. Chegamos atrasados; surdos se acham os ouvidos que audiência deveriam conceder-nos a fim de lhes contarmos da execução de seu mandado: mortos se encontram Rosencrantz e Guildenstern. Quem há de agradecer-nos?

Horácio Não o rei, certamente, ainda que vida lhe sobrasse para isso, pois não dera ordem no que respeita à morte de ambos. Mas, uma vez chegados a esta cena sangrenta, um da Inglaterra, outro da guerra da Polônia, ordenai que os corpos sejam expostos em um tablado bem à vista, que eu contarei ao mundo, que ainda o ignora, como tudo se deu. Ouvireis todos falar de atos carnais, de incestos, sangue, julgamentos casuais, mortes fortuitas, de crimes por acaso ou pela astúcia, e de planos gorados, que caíram sobre os próprios autores. Com verdade, tudo isso contarei.

Fortimbrás Que seja logo. Convoquemos os nobres ao conselho. Quanto a mim, com dor abraço a sorte: tenho sobre este reino alguns direitos, que o interesse me faz ora lembrados.

Horácio Tenho algo que dizer também sobre isso, em nome de uma boca cujo voto muitos há de arrastar. Ponhamos pressa na execução de tudo, enquanto inquietos os espíritos se acham, para novas desgraças evitar, oriundas de erros ou de tramas conscientes.

Fortimbrás Que quatro capitães a Hamlet levem como a um soldado e o ponham sobre o leito. Se o trono ele alcançasse, tudo o indica, seria um grande rei. Que à sua passagem música militar e salvas bélicas falem alto por ele. Removei logo os corpos; esta vista é própria só dos campos de batalha; neste lugar, porém, é em tudo falha. Uma salva geral!

(Marcha fúnebre)

(Saem carregando os corpos, depois do que se ouve uma salva de artilharia)

CURIOSIDADES SOBRE A OBRA

Considerada uma das maiores obras da literatura ocidental, *Hamlet* é também a peça mais longa escrita por William Shakespeare. Em sua versão integral, uma apresentação completa pode ultrapassar quatro horas de duração. Por esse motivo, montagens teatrais e adaptações cinematográficas frequentemente cortam trechos ou condensam diálogos para torná-la mais dinâmica e acessível ao público moderno. Mas é justamente nessa vastidão que reside parte de sua força: a complexidade da linguagem, a densidade dos personagens e a riqueza filosófica tornam *Hamlet* uma peça de estudo contínuo há mais de quatro séculos.

Outro aspecto curioso é que *Hamlet* não chegou aos nossos dias em uma única versão definitiva. Como muitas das peças de Shakespeare, ela foi publicada em diferentes edições ao longo do século XVII. Existem ao menos três versões textuais principais da obra: dois "Quartos" (publicações independentes e muitas vezes baseadas em memórias de atores) e o *First Folio*, uma coletânea oficial organizada por colegas do dramaturgo após sua morte. Cada uma dessas versões apresenta variações significativas - com trechos a mais ou a menos, ordens diferentes de cenas e até falas alteradas. Por isso, o texto de *Hamlet* que conhecemos hoje é resultado de escolhas editoriais cuidadosas, muitas vezes unindo trechos das diferentes fontes para criar uma narrativa coesa e fiel ao espírito original.

A própria estrutura da peça também revela sua inovação: ao contrário da rigidez das tragédias clássicas, *Hamlet* mistura gêneros, alternando cenas de profunda tragédia com momentos de humor ácido e observações filosóficas. Essa fusão de tons e estilos era incomum para a época e estabeleceu um novo paradigma no teatro, influenciando gerações de dramaturgos. O famoso "solilóquio do ser ou não ser" é um exemplo dessa profundidade: em poucas linhas, Shakespeare condensa questões metafísicas, éticas e existenciais que ainda ressoam com leitores e espectadores de todas as idades.

O personagem Hamlet, príncipe da Dinamarca, é frequentemente descrito como o mais complexo da dramaturgia ocidental. Ele representa o dilema da ação diante da dúvida, da moral diante do instinto, da vingança diante do luto. Segundo o crítico literário Harold Bloom, Hamlet pode ser visto como o primeiro grande personagem psicológico da literatura, alguém cuja identidade se forma diante do olhar do espectador, que compartilha suas hesitações, angústias e reflexões. Para Bloom, Hamlet é também o primeiro "homem moderno", por ser movido não pela ordem divina ou pela tragédia cega do destino, mas pela sua própria consciência e senso de responsabilidade.

A peça é marcada por temas que transcendem tempo e espaço: a traição, a vingança, o assassinato, a loucura - real ou fingida -, a busca pela verdade, o enfrentamento da morte e a corrupção do poder. Esses temas são universais e fazem de *Hamlet* uma obra eternamente atual, capaz de

dialogar tanto com questões pessoais quanto sociais, psicológicas e políticas. É por isso que, mesmo passados mais de quatrocentos anos desde sua criação, a peça ainda provoca debates, leituras críticas, interpretações filosóficas e montagens experimentais ao redor do mundo.

Um detalhe curioso é que o próprio Shakespeare interpretou um papel em *Hamlet* durante sua vida: o do fantasma do rei, pai do protagonista. Isso mostra não apenas sua proximidade com a obra, mas também sua habilidade como ator, além de dramaturgo. Outro fato interessante é que, por causa de sua extensão e riqueza linguística, *Hamlet* foi uma das peças mais estudadas e traduzidas do mundo – e uma das que originaram mais palavras no idioma inglês, com muitas expressões e construções utilizadas pela primeira vez em seus diálogos.

Mais do que uma simples tragédia, *Hamlet* é uma meditação poética sobre o ser humano: suas contradições, seus limites, suas dores, suas máscaras e, acima de tudo, sua consciência. Sua permanência no imaginário coletivo é a prova de que, ao escrever sobre um príncipe, Shakespeare escreveu sobre todos nós.

CURIOSIDADES SOBRE O AUTOR

William Shakespeare, nascido em abril de 1564 em Stratford-upon--Avon, Inglaterra, é conhecido como o maior dramaturgo da história da literatura. Apesar disso, sua vida é cercada de enigmas e curiosidades que o tornam tão fascinante quanto as peças que escreveu. A começar pela assinatura do próprio nome: embora hoje adotemos a forma "William Shakespeare" como padrão, não há registros seguros de que ele mesmo tenha usado essa grafia. Em documentos da época, sua assinatura aparece com grafias variadas, como Shakspere, Shappere, Shakespe e outras. Isso gera debates até hoje entre estudiosos, especialmente aqueles que questionam a autoria de suas obras - uma teoria minoritária, mas que ainda atrai curiosos.

Ao contrário da ideia romantizada do artista que só é reconhecido após a morte, Shakespeare conquistou fama e fortuna ainda em vida. Muito mais do que um simples escritor, ele foi também empresário e ator. Associou-se à companhia teatral *The Lord Chamberlain's Men* - depois rebatizada como *The King's Men* - e tornou-se coproprietário do famoso *Globe Theatre*, em Londres. Seus lucros com as encenações e a publicação de suas obras permitiram que, aos 33 anos, comprasse a segunda maior casa de sua cidade natal, símbolo de sua ascensão social e financeira em uma época na qual o teatro era visto com certa desconfiança pela elite tradicional.

Outra curiosidade marcante é o fato de que Shakespeare teve três filhos com sua esposa, Anne Hathaway, com quem se casou em 1582. O casamento, inclusive, foi alvo de comentários e críticas desde o início: Anne era oito anos mais velha que William e já estava grávida quando se casaram - um escândalo para os padrões da época. Apesar disso, os dois permaneceram casados até a morte de Shakespeare, embora ele tenha passado grande parte da vida em Londres, longe da família. Curiosamente, embora tenha tido filhos e netos, sua linhagem terminou com a morte da neta Elisabeth em 1670. Assim, não existem descendentes vivos de Shakespeare.

Entre 1590 e 1614, Shakespeare escreveu cerca de 37 peças - incluindo tragédias, comédias, dramas históricos e romances tardios -, além de 154 sonetos e alguns poemas narrativos. Esse volume de produção, em um período de aproximadamente 24 anos, é impressionante, especialmente considerando o contexto histórico e as limitações da época. Ele produziu, em média, mais de uma peça por ano, muitas vezes com temas e estilos completamente diferentes.

Seu talento para a linguagem também é notável: o *Oxford English Dictionary* atribui a Shakespeare o uso inaugural de mais de 3 mil palavras ainda em uso na língua inglesa. Muitas expressões populares em inglês surgiram em suas peças, o que demonstra não apenas sua genialidade, mas também seu papel na formação da linguagem moderna. Ele manipulava o verso e a prosa com maestria, criando frases que se tornaram eternas. O pentâmetro iâmbico, por exemplo - um tipo de métrica poética usada

extensivamente por ele – tornou-se símbolo do teatro elisabetano.

Além de escrever, Shakespeare também subia ao palco. Há registros de que tenha interpretado pequenos papéis em suas próprias peças. Essa presença cênica mostra que seu envolvimento com o teatro era completo: do texto à atuação, da administração à produção.

Nem tudo, porém, era preciso em sua obra. Shakespeare demonstrava uma liberdade criativa notável, inclusive com os aspectos geográficos de suas histórias. Embora ambientasse suas peças em locais diversos, como Itália, Dinamarca e França, cometia erros geográficos notáveis. Um dos mais famosos está na peça *O conto do inverno*, em que se refere ao "mar da Boêmia", apesar de a Boêmia (atual República Tcheca) não ter acesso ao mar. Isso revela que, provavelmente, ele nunca viajou fora da Inglaterra e que muitas vezes se baseava na imaginação ou em relatos de terceiros para construir os cenários de suas histórias.

Ainda assim, seu legado é incomparável. De acordo com a *Literary Encyclopedia*, as obras de Shakespeare são as segundas mais citadas de todos os tempos, atrás apenas da Bíblia. Sua influência atravessa séculos e fronteiras, sendo referência para dramaturgos, escritores, cineastas, estudiosos e leitores ao redor do mundo. Poucos nomes na história da arte alcançaram tamanho prestígio, e talvez nenhum outro tenha sido tão universal.

INFLUÊNCIA NA LITERATURA, CINEMA E TV

Desde sua criação no início do século XVII, *Hamlet* não apenas se consolidou como um marco da dramaturgia ocidental, mas também transbordou os limites do teatro elisabetano para se tornar uma referência duradoura nas mais diversas manifestações artísticas contemporâneas – especialmente no cinema, na televisão e na literatura. Sua capacidade de dialogar com os dilemas mais profundos do ser humano faz da peça uma fonte inesgotável de inspiração e reinvenção.

A começar pelo cinema, *Hamlet* tem sido adaptado e reinterpretado desde os primórdios da sétima arte. A primeira versão filmada da tragédia data de 1900, em um curta-metragem francês. Desde então, mais de cinquenta adaptações cinematográficas da história original foram realizadas, com destaque para versões marcantes, como a de Laurence Olivier (1948), que venceu o Oscar de Melhor Filme e Melhor Ator; a de Kenneth Branagh (1996), que apresentou o texto completo da peça em uma grandiosa produção de mais de quatro horas; e a de Ethan Hawke (2000), que transportou a trama para um ambiente corporativo contemporâneo em Nova York.

Talvez uma das mais conhecidas e acessíveis adaptações seja *O rei leão* (1994), da Disney, que se tornou um dos maiores sucessos da história da animação. No filme, Simba, o jovem leão herdeiro, enfrenta o assassinato do pai, a traição do tio e a necessidade de retornar ao trono, retomando o equilíbrio do reino – espelhando de forma clara e simbólica a trajetória do príncipe Hamlet. A presença de figuras como o fantasma do pai, os conselheiros atrapalhados e a jornada de autoconhecimento tornam *O rei leão* uma releitura moderna e emotiva da obra shakespeariana.

A influência de *Hamlet* no cinema internacional também se espalha por diversas culturas e gêneros. No Japão, Akira Kurosawa dirigiu *O homem mau dorme bem* (1960), transportando os temas de vingança e corrupção para um cenário corporativo moderno. Na Finlândia, *Hamlet Goes Business* (1987) satiriza a peça ao ambientá-la no mundo dos negócios e das cervejarias. Nos Estados Unidos, *A morte se veste de negro* (1999) ofereceu uma abordagem sombria e contemporânea. Na China, o épico *Inimigos do Império* (2006) funde *Hamlet* e *Macbeth* em um drama de traição e ambição. Já na Índia, *Haider* (2014), do diretor Vishal Bhardwaj, adaptou a história para o conturbado cenário político da Caxemira, atualizando os dilemas de lealdade, identidade e justiça.

Na televisão, a presença de Shakespeare e especialmente de *Hamlet* também é marcante. O recurso do solilóquio, tão característico da peça – em que o personagem revela seus pensamentos mais íntimos diretamente ao público –, foi incorporado por diversas séries modernas, como *House of Cards*, onde o protagonista dialoga com a câmera de forma cúmplice e manipuladora. Além disso, personagens como o vilão carismático, o herói trágico e o bobo que diz verdades incômodas foram amplamente inspirados na galeria shakespeariana e hoje são recorrentes em novelas, dramas políticos e séries de suspense psicológico.

A literatura, por sua vez, tem sido talvez o campo onde *Hamlet* encontrou mais liberdade para se expandir. Diversos autores, fascinados pela profundidade simbólica e filosófica da peça, escreveram obras inspiradas em sua estrutura, personagens ou conflitos centrais. Um exemplo moderno e ousado é o romance *Enclausurado*, de Ian McEwan, em que o narrador é um feto ainda no ventre da mãe, ouvindo os planos da mãe e do amante – que é também seu tio – para assassinar o pai. É uma reinterpretação direta e irônica de *Hamlet*, que brinca com os limites da narrativa e da consciência.

Em *A história de Edgar Sawtelle*, de David Wroblewski, um menino mudo que vive em uma fazenda e vê sua vida virar de cabeça para baixo após a morte do pai e a chegada suspeita do tio, o que desencadeia uma jornada silenciosa por justiça. David Foster Wallace, em seu monumental *Graça infinita*, dialoga abertamente com o universo de *Hamlet* – o título é uma tradução literal de *infinite jest*, uma expressão usada por Hamlet para se referir ao bobo da corte Yorick – e a estrutura fragmentada e introspectiva do romance evoca o espírito labiríntico da peça original.

Outros autores reimaginaram personagens secundários, como Tom Stoppard, que em *Rosencrantz e Guildenstern estão mortos* coloca os dois coadjuvantes no centro da narrativa, refletindo sobre o acaso, o absurdo e a falta de controle sobre o próprio destino. John Updike escreveu *Gertrudes e Cláudio*, romance que explora a origem do relacionamento entre a mãe e o tio de Hamlet, oferecendo uma leitura mais empática e íntima desses personagens controversos. Já *Ofélia*, de Lisa Klein, propõe uma releitura feminista, colocando a jovem amante de Hamlet como protagonista de sua própria história.

Até mesmo o gênero da ficção científica abraçou *Hamlet* com *Something Rotten*, de Jasper Fforde, onde o personagem principal tenta resolver conflitos existenciais e literários em uma realidade alternativa. Matt Haig, autor do best-seller *A biblioteca da meia-noite*, escreveu *Sociedade dos pais mortos*, que apresenta uma versão infantojuvenil da tragédia, com o fantasma do pai aparecendo para um menino de 11 anos.

Na literatura nacional, o autor Rodrigo Lacerda lançou *Hamlet ou Amleto?*, uma adaptação criativa e comentada da peça, pensada para leitores jovens e adultos. O livro reconta a trama de forma moderna e acessível, sem abrir mão da poesia dramática original. Já o premiado romance *Hamnet*, de Maggie O'Farrell, ficcionaliza os efeitos da morte do filho de Shakespeare – chamado Hamnet – na vida do autor e especula sobre como essa perda profunda teria inspirado a escrita de Hamlet.

Tudo isso prova que *Hamlet* é muito mais do que uma peça sobre um príncipe melancólico. É uma lente poderosa para observar a alma humana, uma base rica para novas criações que continua refletindo as angústias, contradições e aspirações da nossa era.

(1564–1616)

Foi um dramaturgo, poeta e ator inglês, amplamente considerado o maior escritor da língua inglesa e um dos mais influentes da literatura mundial. Nascido em Stratford-upon-Avon, ele escreveu 38 peças, 154 sonetos e diversos poemas ao longo de sua carreira.

Suas obras abrangem tragédias como *Hamlet*, *Macbeth* e *Romeu e Julieta*; comédias como *Sonho de uma noite de verão* e *Muito barulho por nada;* além de peças históricas como *Henrique V* e *Ricardo III.* Shakespeare explorou a complexidade da natureza humana com profundidade e beleza poética.

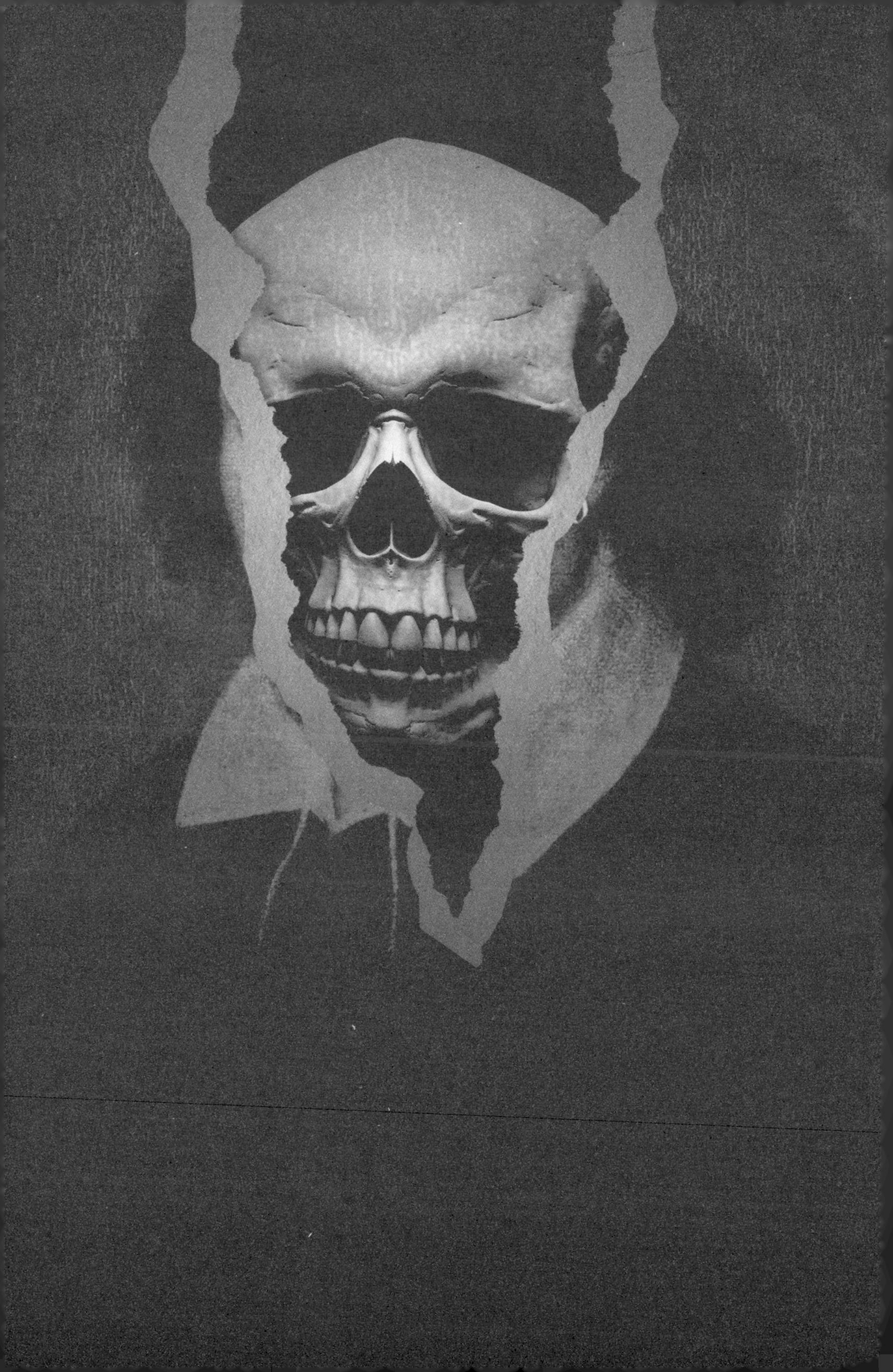

DIREÇÃO EDITORIAL
Luiz Vasconcelos

COORDENAÇÃO | PRODUÇÃO EDITORIAL
Mariana Paganini

TRADUÇÃO
Luis I de Portugal

PREPARAÇÃO
Bruna Tinti

REVISÃO
Ana C. Moura

PROJETO GRÁFICO
Mariana Paganini

DIAGRAMAÇÃO
Marília Garcia

EDIÇÃO DE IMAGENS
Rafael Fernandes

ILUSTRAÇÕES
Eugène Delacroix

CAPA
Raul Vilela

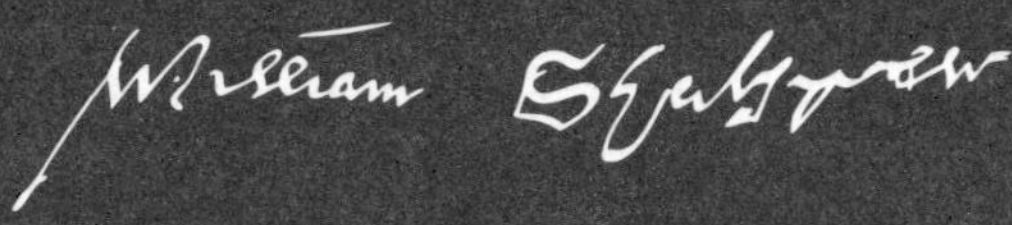

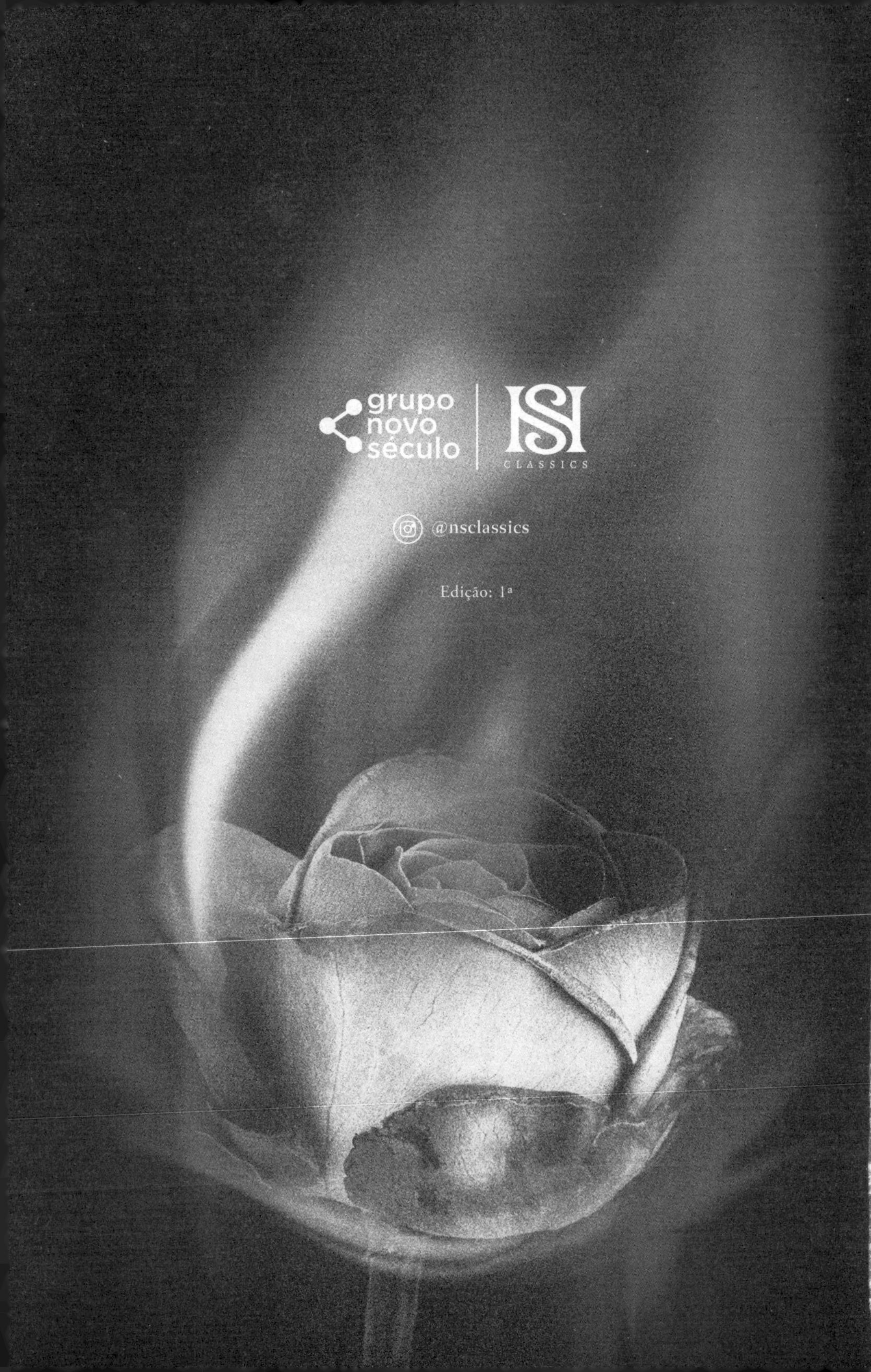

grupo novo século | NS CLASSICS

@nsclassics

Edição: 1ª